KB231831

신기루

蜃氣樓

신기루 1

허담 新무협 판타지 소설

초판 1쇄 찍은 날 § 2006년 11월 20일
초판 1쇄 펴낸 날 § 2006년 11월 28일

지은이 § 허담
펴낸이 § 서경석

편집장 § 문혜영
편집책임 § 이재권
편집 § 유경화

펴낸곳 § 도서출판 청어람
등록번호 § 제1081-1-89호
등록일자 § 1999. 5. 31
어람번호 § 제2-1066호

주소 § 경기도 부천시 원미구 심곡1동 350-1 남성B/D 3F (우) 420-011
전화 § 032-656-4452 팩스 § 032-656-4453
http://www.chungeoram.com
E-mail § eoram99@chollian.net

ⓒ 허담, 2006

ISBN 89-251-0413-X 04810
ISBN 89-251-0412-1 (세트)

蜃氣樓

• 귀곡의 사형제들

신기루

허담 新무협 판타지 소설

Fantastic Oriental Heroes

1

모든 일은 내가 태어나기 살 난 전, 그러니까 지금으로부터 십 오 년 전에 시작되었다. 내가 살고 있는 등록에서 작은 어촌에서 배를 몰아 북쪽으로 오 일 정도 북상하면 수많은 섬으로 이루어진 성주군도(星州群島)라는 다도해가 펼쳐진다. 물은 맑고 수초는 풍성해 한낱 그물을 드리우면 그것이 넘쳐날 만큼 많은 고기를 낚을 수 있는

도서출판

청어람

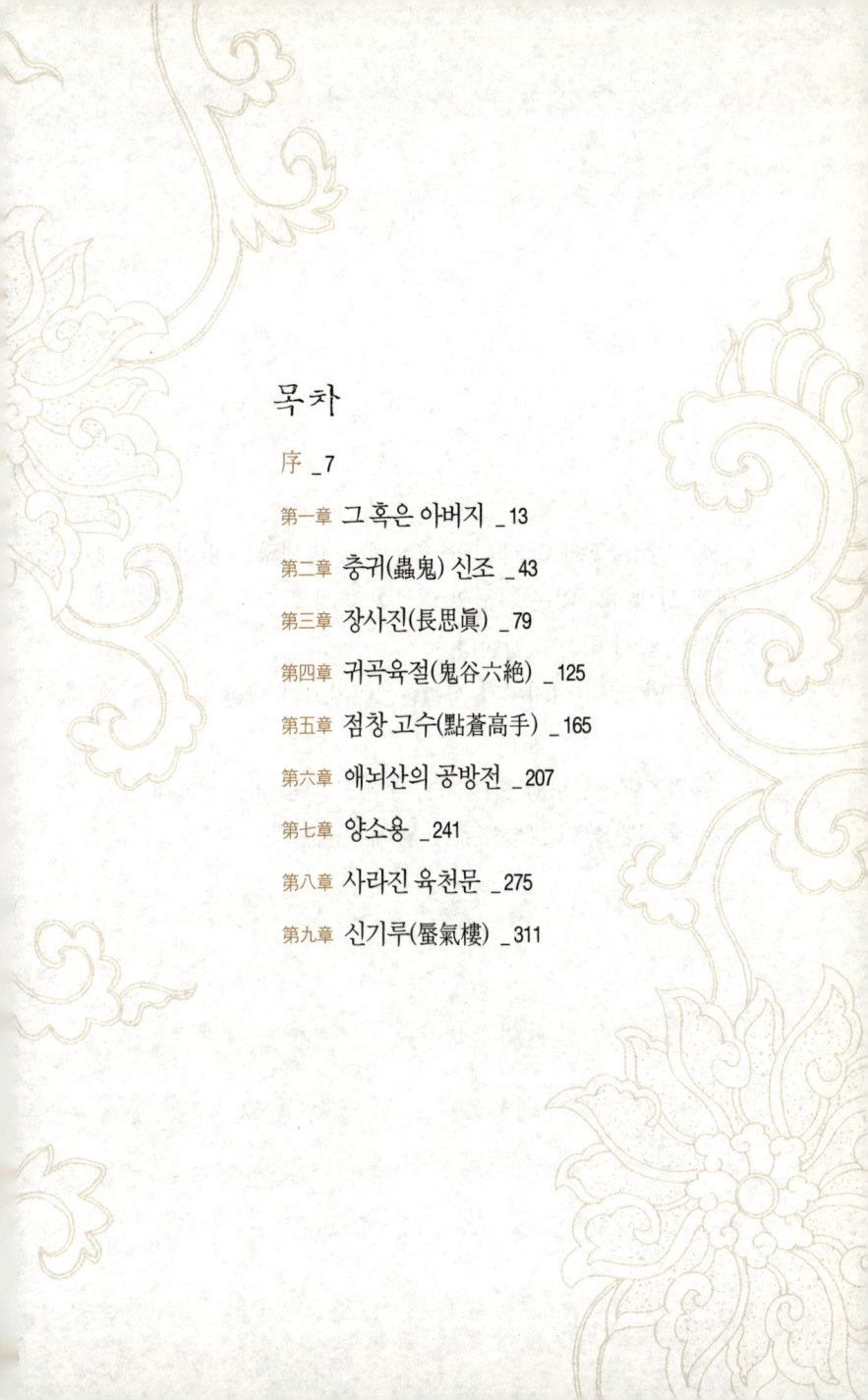

목차

신기루(蜃氣樓)란 대기의 기온 차로 발생하는 빛의 굴절에 의해 실재하지 않는 사물의 형상이 마치 실재하는 것처럼 보여지는 착시 현상을 말한다.

하지만 어찌 신기루가 자연현상이라고만 말할 수 있을 것인가.

꿈과 야망, 분노와 한을 가슴에 품고 사는 인간들에게 신기루는 굴절된 삶의 모습으로 그 앞에 존재한다.

序

모든 일은 내가 태어나기 삼 년 전, 그러니까 지금으로부터 십오 년 전에 시작되었다.

내가 살고 있는 동해의 작은 어촌, 풍화촌에서 배를 몰아 북쪽으로 오 일 정도 북상하면 수많은 섬으로 이루어진 성주군도(星珠群島)라 불리는 다도해가 펼쳐진다. 물은 맑고 수초는 풍성해 한번 그물을 드리우면 그물이 찢어질 만큼 많은 고기를 잡을 수 있는, 목 좋은 어장으로 이름난 그 섬의 군락은 그러나 천험의 물길과 수많은 암초를 가지고 있어 노련한 뱃사람이 아니면 근접할 수 없는 험지로 유명하다.

아주 드물게 성주군도의 격류에 도전하는 혈기 왕성한 젊은 뱃사람들이 있긴 했지만, 그들 중 만선의 꿈을 이룬 자는 없었다. 오히려 열에 아홉은 다도해의 격류 속에 배와 함께 수장되고 말았던 것이다.

때문에 그곳에 그물을 드리울 수만 있다면 십 년 안에 남부럽지 않은 큰 부자가 될 수 있었지만 그곳으로 배를 몰아가는 어부는 좀처럼 찾아볼 수 없었다.

그런데 십오 년 전, 몹시도 고기가 잡히지 않던 그해, 몇몇 노련한 뱃사람들이 흉어기의 빈곤함을 견디지 못하고 성주군도의 격류 속으로 배를 몰아갔다. 그리고 어쩌면 당연하게도 그들이 몰고 간 고깃배는 항구로 돌아오지 않았다. 성주군도의 거친 격류가 어부들이 자신들의 항구로 돌아가는 것을 허락하지 않았던 것이다.

오직 한 사람만을 제외하고는…….

왕삼 아저씨가 발견된 곳은 마을 북쪽 수십 리에 걸쳐 펼쳐진 백사장이었다. 성주군도로 노를 저어간 일곱 명의 뱃사람 중 오직 왕삼 아저씨만이 배의 잔해를 끌어안고 천우신조로 살아 돌아온 것이다.

그런데 정신을 차린 왕삼 아저씨의 입에서 진위를 알 수 없는 이야기가 흘러나왔다. 왕삼 아저씨와 그의 동료들이 섬과 섬 사이의 격랑을 뚫고 사람들의 발길이 닿지 않은 성주군도 깊숙이 배를 저어가던 중 놀라운 광경을 목격했다는 것이었다.

이름 모를 섬의 군락 속으로 급류를 타고 배를 몰아가던 그들 앞에 천신이 사는 천궁(天宮)인 양 화려하고 장대한 수십 채의 고루거각들이 홀연히 나타났다는 것이다. 왕삼 아저씨와 동료들은 그 화려한 궁전의 자태에 정신을 빼앗겼다가 그 잠깐의 방심으로 그만 성주군도의 격류에 휩쓸려 들었다고 한다.

　하지만 왕삼 아저씨가 보았다는 그 신비한 궁전 이야기는 오직 마을의 어린아이들에게만 인정받았다. 나이 든 노인들은 왕삼 아저씨의 이야기를 듣고 혀를 차며 이렇게 말했다고 한다.

　"왕삼, 자네가 본 것은 신기루(蜃氣樓)일세. 바다에서는 종종 있는 일이지. 힘든 항해에 지친 자네들의 눈에 신기루가 나타났던 것뿐이다. 그것에 혹해 배를 잃었으니, 왕삼 자네도 그리 솜씨 좋은 뱃사람은 아니었구먼."

　그런데 왕삼 아저씨가 목격한 것이 신기루일 뿐이라는 마을 어른들의 짐작은 어쩌면 잘못된 것이었는지도 몰랐다. 왜냐하면 왕삼 아저씨가 다도해의 격류로부터 구사일생으로 돌아온 지 열흘가량이 지났을 때, 한 떼의 낯선 사람들이 왕삼 아저씨를 찾아왔기 때문이다.

　왕삼 아저씨는 당시 아저씨를 찾아왔던 사람들의 이야기

를 몇 년이 지난 후에도 종종 나와 내 동무들에게 들려주었다.

"그들은 내가 본 신기루의 모습을 아주 자세히 물어보았지. 난 내 머릿속에 남아 있는 신기루의 모습을 가능한 자세히 그들에게 설명해 주었단다. 그것은 그들이 내어놓은 금전이 적지 않았기 때문이기도 했지만 솔직히 말하자면 금전보다도 두려움 때문이었단다. 난 그들의 눈조차 제대로 보지 못했어. 그들의 기세는 저승사자처럼 차가워 내가 그들을 올려다보는 것조차도 허락하지 않았지. 그래서 그들이 돌아간 후에 난 그들의 얼굴을 전혀 기억하지 못했단 말씀이야."

노인들은 불청객들이 왕삼 아저씨를 만나고 간 이후 또 이렇게 말했다고 한다.

"조심해야겠어. 왕삼을 찾아온 자들은 무림인들이야."

그로부터 얼마 지나지 않아 노인들의 우려는 현실로 나타났다. 갑자기 어디서 나타났는지 수많은 무림인들이 성주군도로 몰려들었던 것이다.

그로부터 한 달간 성주군도는 피로 물들었다. 얼마나 많은 무림인들이 죽었는지는 알 수 없다. 하지만 어쨌든 약간 허풍

섞인 마을 어른들의 말에 따르면 성주군도에서 뿌려진 붉은 피기 마을 잎바나까시 빌려왔다고 한다. 그리고 그 핏빛이 가시고 바다가 다시 푸른빛을 되찾기까지는 또 한 달여의 시간이 필요했다던가.

그 즈음 왕삼 아저씨가 발견되었던 마을 북쪽 백사장에서 다시 한 명의 사내가 발견되었다. 그리고 그로부터 삼 년 뒤 내가 태어났다. 내가 태어나기 몇 달 전 그 사내는 어머니와 뱃속의 아들을 남겨두고 홀로 풍화촌을 떠났다.

*　　　*　　　*

그가 돌아왔다.
사람들은 그를 나의 아버지라 했다.

"얘야, 어서 가서 안겨보렴. 저분이 바로 네 아버지란다."

얼굴에 주름이 가득한, 그러나 아직 오십이 멀리 남은 어머니가 나의 등을 떠밀었지만 난 그에게 다가갈 수 없었다. 그의 시선과 나의 시선이 허공에서 묘하게 얽혀들었지만 우리는 서로가 부자임을 확신할 만한 조그만 감정도 각자의 가슴 속에 만들어내지 못했다. 내가 알기로 그런 기억이란 함께한 시간으로 만들어지는 것이었다. 그러니 함께한 시간이 일각조차 없던 우리 두 사람에게 그런 감정이 존재할 리 없었다.

그래서 생전 처음 그, 즉 나의 아버지를 만났을 때 나의 첫 느낌은 낯선 이방인을 가족으로 받아들여야 하는 어색함이었던 것이다.

아버지가 돌아온 것은 그가 어머니와 채 태어나지도 않은 나를 남겨두고 풍화촌을 떠난 지 정확히 십이 년 만의 일이었다.

第一章

그 혹은 아버지

발밑으로 수십 척 높이의 절벽이 위태롭게 펼쳐져 있었
다. 그 아래 검푸른 다도해의 격류가 지옥의 악귀처럼 입을
벌리고 있었다. 송무군은 그 위태로운 절벽 위에 홀로 검을
들고 서 있었다.

하늘은 온통 검은색으로 물들어 있었다. 언제부터인가
앞을 볼 수 없을 만큼 거친 폭우가 쏟아지기 시작했다. 송무
군은 손에 들고 있던 청명검을 좀 더 강한 힘으로 움켜쥐었
다.

"네 목숨으로 청명검을 지켜라. 청명검이 곧 사부이고 또한 귀

곡이다. 네가 이 사부의 은혜를 알고 있다면 네 목숨으로 이 청명검을 지켜야 할 것이다. 이것이 내가 너에게 청명검을 물려주는 조건이다."

불현듯 송무군의 귀에 사부 방국진의 음성이 들려왔다.
그리고 사부의 목소리가 사라지는 순간 그를 향해 수십 개의 도검이 노도처럼 밀려왔다.

"천문시를 내놔라!"

도검을 든 자들이 악귀처럼 외쳐 댔다.
'이건 함정이야! 우리에겐 천문시가 없어!'
송무군은 힘주어 외쳤지만 그의 말은 공허하게 허공으로 흩어졌다. 악귀들이 휘두르는 수십 개의 도검은 이제 송무군의 코앞까지 다가와 있었다. 순간, 송무군이 손에 든 청명검을 거칠게 휘둘렀다.

잿빛 선혈이 분수처럼 솟구쳤다. 송무군을 공격하던 수십 개의 도검이 순식간에 사라졌다. 하지만 잠시 후 다시 새로운 인물들이 나타났다.

"사제, 청명검을 내놓게."
"청명검을 우리에게 넘기게."

익숙한 다섯 명의 남녀, 송무군의 사형제들이었다.

'그럴 수 없소. 이 무군은 청명검을 목숨으로 지키겠다고 사부와 약속했소. 사형들!'

송무군이 사형제들을 향해 소리쳤다.

"그럼 목숨을 내놓아라!"

그의 사형제들이 악귀로 변하여 송무군을 공격했다. 송무군은 차마 사형제들을 향해 청명검을 휘두를 수 없었다. 잠시 망설이는 사이 악귀들이 내려치는 도검이 송무군의 전신에 꽂혀들었다. 송무군의 신형이 절벽에서 튕겨져 날아갔다. 도검을 든 악귀들의 모습이 갑자기 시야에서 멀어졌다.

어느새 송무군은 절벽을 따라 떨어져 내리고 있었다.

'죽는 것인가? 그것도 괜찮지!'

죽음을 떠올리자 송무군은 마음이 편안해졌다. 죽으면 모든 강호의 은원도 함께 사라질 것이다. 하지만 다음 순간 허공에 한 여인의 얼굴이 떠올랐다.

"돌아오실 거죠? 이것 봐요. 당신의 아들이 기다리고 있잖아요!"

'옥청!'

송무군이 여인을 보고 외쳤다. 그녀의 품속엔 갓난아이가 꿈틀거리고 있었다. 갑자기 삶에 대한 강렬한 욕구가 무섭게 끓어올랐다. 하지만 여전히 몸은 검푸른 파도, 지옥의 입구를 향해 무서운 속도로 떨어져 내리고 있었다.

그리고 한순간 얼음처럼 차가운 바닷물이 그의 머리를 때렸다.

"어헛!"

송무군이 번쩍 눈을 떴다. 동시에 언제나 들고 있던 청명검을 꽉 움켜쥐었다.

"가위에 눌렸나 보군."

누군가 그를 보며 말을 걸었다.

"셋째 사형!"

셋째 사형 신조가 송무군을 돌아보며 말을 걸고 있었다. 그 뒤쪽으로 나머지 사형제들도 잠에서 깨어나 물끄러미 송무군을 바라보고 있었다. 아니, 어쩌면 그들은 송무군이 아니라 송무군이 들고 있는 청명검을 바라보고 있었는지도 몰랐다.

'돌아가야겠어. 옥청에게로… 이 징그러운 무림을 떠나야 겠어.'

귀곡 출신으론 유일하게 의협으로 제법 이름 높은 청명검 송무군이 허탈한 시선으로 밤하늘을 올려다보며 무림을 떠날 것을 결심했다. 눈앞에 동해의 푸른 바다가 불현듯 떠올랐다.

*　　　*　　　*

"글은 읽을 줄 아느냐?"

송무군(宋武君)은 무릎을 꿇은 채 낯선 이방인의 질문에 곤혹스러워하는 소년을 보며 물었다. 인연은 소년을 자신의 아들로 이어놓았다.

"조금……."

소년이 그의 시선을 피하며 작은 목소리로 대답했다. 갑작스레 아버지라고 나타난 송무군이 불편한지 말꼬리가 흐릿하다. 갑자기 불쾌한 감정이 송무군의 가슴속에서 치밀어 올랐다. 무인(武人) 송무군은 우유부단함을 싫어했다. 그리고 자신을 경계하는 자신의 아들도 마음에 들지 않았다.

"난 네 아비다."

"알고 있어요."

이번에는 또렷하면서도 도발적인 음성이다.

송무군의 눈빛이 번쩍였다. 이것은 순박한 열두 살짜리의 음성이 아니다. 적개심을 가지고 있었던가? 하긴 그럴 만도 했다. 아비란 자가 처자식을 버려두고 십 년 넘게 떠돌다 돌아왔으니 아비 대접 받기를 바라는 것이 오히려 뻔뻔스럽다 할 수 있었다. 송무군이 잘게 한숨을 내쉬었다.

"시간이 필요할 거예요."

옆에서 나이보다 훨씬 늙어버린 아이의 어머니, 그러니까 송무군의 부인 화옥청이 조용한 목소리로 달래듯 말을 건넸다.

'그래, 시간이 필요하겠지.'

송무군도 묵묵히 고개를 끄덕였다. 핏줄이라고는 하나 생면부지의 인간을 보자마자 아비로 받아들일 아이가 몇이나 될 것인가?

"나가보아라."

송무군의 끊임없이 흔들리는 눈동자에서 마음의 심란함을 읽은 화옥청이 아이에게 부드럽게 말했다.

"예, 어머니."

아이는 이번에는 지극히 공손한 목소리로 대답하고는 낡은 방문을 열고 밖으로 나갔다. 그러자 그 틈을 타고 비릿한 바다 냄새가 방 안으로 밀려들어 왔다.

"얼마나 계실 생각이세요?"

문득 화옥청이 물었다.

'얼마나?'

송무군은 화옥청의 질문이 당황스러운 듯 쉽게 대답하지 못했다. 왜냐하면 송무군은 영원히 풍화촌에 정착할 생각으로 돌아온 것이기 때문이었다. 그런데 화옥청은 그가 당연히 곧 그들 모자를 떠날 사람인 듯 묻고 있지 않은가?

"내가 떠나야 하오?"

송무군이 되묻자 이번에는 화옥청이 당황한 눈으로 송무군을 바라봤다.

"그럼……?"

"그렇소. 난 이제부터 풍화촌에서 살아볼까 생각 중이오. 안 되겠소?"

송무군의 물음에 화옥청의 주름진 얼굴에 살짝 미소가 찾아들었다.

"그럴 리가요. 이곳은 당신 집인걸요."

화옥청의 목소리는 약간 들떠 있었다. 그 모습을 보고 있자니 송무군의 마음속에 새삼스런 죄책감이 생겨났다. 자신이 머물겠다는 것만으로도 이렇게 기뻐한단 말인가?

과거 그는 이 풍화촌에 정확히 삼 년간 머물렀었다. 그가 이 풍화촌에 삼 년간 머물게 된 것은 실상 어쩔 수 없는 상황 때문이었다. 그때 그는 무림의 풍파에 연루되어 몹시 심한 부상을 입었었다. 마침 그 사건이 발생한 곳이 이 외딴 바닷가 마을 풍화촌과 그리 멀리 떨어져 있지 않은 성주군도였기 때문에 우연히 파도에 밀려 이 마을로 들어온 후, 이곳에서 삼 년의 시간을 보냈던 것이다.

그때 그는 일생에 처음으로 정착이란 것을 생각했었다. 촌장의 손에 구함을 받아 생명이 위독할 정도의 상처를 치료하던 중, 촌장의 딸인 화옥청과 정분이 났던 것이다.

　그것은 마치 한여름 걷잡을 수 없이 찾아온 폭풍과 같은 감정이었다. 그는 난생처음 한 여인에 대한 감정이 무림을 질타하는 웅심도, 천하를 호령하고픈 패기도 사그라뜨릴 수 있는 힘이 있다는 것을 경험했다.

　하지만 삼 년의 시간이 지나자 그는 또 깨달았다. 그런 폭풍과도 같은 정염이란 시간이 지나면 바뀌는 계절처럼 소멸해 간다는 것을, 그리고 지나간 정염의 뒤를 채운 것은 풀지 못한 강호의 은원, 그래서 송무군은 화옥청과 그녀의 뱃속에 든 자신의 아들 송문악을 떠났었던 것이다.

　"그런데 옥청 그대는 몸이 어디 안 좋은 것이오?"

　송무군이 걱정스런 눈으로 화옥청의 안색을 살피며 물었다.

　"아뇨, 특별히 아픈 곳은 없어요."

　화옥청은 송무군의 질문에 고개를 저으며 대답했으나 그녀의 목소리에는 힘이 없었다.

　"옥청 그대도 알다시피 나는 무림의 사람이오. 무공을 익힌 사람은 사람의 건강을 살피는 재주도 가지고 있게 마련이라오. 내가 보기에 그대는 몹시 몸이 쇠약해진 것 같소만……."

송무군이 재차 묻자 그제야 화옥청이 고개를 끄덕이며 대답했다.

"사실 요즘 들어 몸이 좋지 않았어요. 그저 농사일이 많아 그렇겠지 생각을 했는데 의원에게 약을 지어 먹어도 좀체 기력이 회복되지가 않네요."

"모두가 내 잘못이오. 장인어른께서 그렇게 빨리 돌아가실 줄은 생각도 못했구려. 그저 장인어른의 도움으로 큰 어려움 없이 살고 있을 거라고만 생각하고 있었으니 말이오. 그런데 옥청 그대는 내가 천하를 떠도는 동안 혼자의 몸으로 문악을 키우느라 이렇게 몸이 상하게 되었구려."

화옥청은 자신의 잘못을 사죄하는 송무군의 얼굴을 유심히 보며 대답했다.

"그때 전 이미 당신이 다시 세상으로 나갈 것이라는 것을 알고 있었어요. 그러니 내가 이렇게 된 것은 당신의 잘못이 아니에요. 제가 선택한 일이었으니까요. 그래도 그리 나쁜 선택은 아니었던 것 같아요. 당신은 떠났지만 문악이 곁에 있었으니까요."

송문악의 이름을 입에 올리는 화옥청의 얼굴에 환한 미소가 감돌았다.

"그 아이는 나에게 불만이 많은가 보더군."

"그건 당신이 이해하셔야 해요. 어린 나이에 아비 없는 자식이란 손가락질은 견디기 쉬운 일이 아니니까요."

화옥청의 말에 송무군이 고개를 끄덕였다.

"옥청 그대의 말이 맞소. 확실히 난 문악 그 아이에게 큰 잘못을 저지른 것이지. 태어나는 것을 보지도 않고 이곳을 떠났으니……."

"시간을 가지고 정을 주시다 보면 차차 문악이도 마음을 열 거예요. 본성이 착한 아이랍니다."

"옥청 그대의 손에 자랐으니 당연히 그렇겠지. 그런데 왜 아이의 이름을 문악으로 지은 것이오?'

문득 생각난 듯 송무군이 화옥청에게 물었다. 그러자 화옥청이 대답하기 곤란한 듯 잠시 머뭇거렸다. 그러다 송무군의 재촉하는 눈빛을 대하자 겨우 입을 열었다.

"그 아이의 이름을 문악으로 지은 것은 그 아이가 글을 가까이하기를 바랐기 때문이지요."

순간 송무군의 입에서 작은 탄식이 흘러나왔다.

"아아, 옥청 그대는 나를 원망하지 않은 것이 아니었구려. 그대는 문악이 나와 같이 도검을 든 무림인이 되지 않기를 바라는 마음에서 그리 이름을 지은 것이구려."

송무군의 말을 화옥청은 굳이 부인하지 않았다. 그녀는 자신의 아들 송문악이 아버지처럼 정처없이 강호를 떠도는 무림인이 되는 것을 바라지 않았던 것이다.

"그럼 그 아이에게 그 서책도 전하지 않았겠구려."

송무군이 화옥청을 보며 물었다. 그러자 화옥청이 고개를 저으며 대답했다.

"당신이 남긴 유일한 물건인데 전하지 않을 수는 없었지요. 단지 문악 그 아이가 그 서책을 읽었는지는 모르겠어요. 하지만 그 아이가 그 서책을 무척이나 소중하게 생각하고 있는 것은 알고 있어요. 제가 구할 수 있는 한 많은 서책을 구해주었지만 항상 당신이 남겨놓고 떠나신 서책을 가장 귀하게 간직하는 것 같았으니까요."

"문악의 글재주는 어떻소?"

"훈장 어른이 칭찬을 할 정도는 되나 봅니다."

"재능이 있구려. 하긴 당신 생각이 옳소. 도검보다야 서책을 가까이하는 것이 훨씬 좋은 일이지. 자, 문악이 문제는 나중에 다시 이야기하기로 하고 일단 당신의 몸부터 빨리 회복하도록 합시다. 아무래도 다시 한 번 의원을 찾아가 봐야 할 것 같소."

"그럴 필요 없어요. 조금 쉬면 곧 좋아질 거예요."

"고집 부리지 마시구려. 이제는 내가 당신과 문악을 보살피도록 하리다."

송무군의 말에 화옥청이 빙그레 미소를 지었다. 그녀는 자신의 남편인 이 송무군이라는 사내가 무척 고집이 세다는 것을 알고 있었으므로 더 이상 그의 말에 반대하지 않았다. 그리고 송무군의 고집스런 표정에서 문득 아들 송문악의 성정이 떠올랐던 것이다.

'문악이도 당신을 닮아 고집이 무척 세답니다.'

화옥청의 병은 생각했던 것보다도 훨씬 깊었다. 풍화촌에
는 특별히 의원이랄 사람이 없었으므로 송무군은 화옥청을
데리고 풍화촌으로부터 이틀 거리에 있는 제법 큰 성시의 의
원을 찾아갔는데 화옥청을 진맥한 의원은 고개부터 저었다.

"너무 늦은 듯하오이다. 이미 오장에 병화가 침습해 손을
쓸 수 없는 지경이외다. 그저 남은 삶이라도 편하게 지내다
보내주시오."

화옥청을 진맥한 의원이 송무군을 따로 불러 이른 말이었
다.

송무군은 감정을 숨길 줄 아는 사람이었다. 그는 적어도
강호에서 고수 소리를 듣는 인물이었으므로 마음속의 감정
을 겉으로 드러내지 않는 것이 버릇이 되어 있는 사람이었
다.

송무군은 화옥청에게 자신의 감정을 드러내지 않았다. 그
저 마치 지난 십이 년 동안 해주지 못한 지아비로서의 사랑을
한 번에 만회하려는 듯 극진한 사랑을 화옥청에게 쏟을 뿐이
었다.

그런데 이상한 것은 화옥청도 마찬가지였다. 화옥청은 송
무군이라는 사내가 살뜰한 것과는 거리가 먼 사람이란 것을
알면서도 자신에게 극진한 사랑을 쏟는 송무군의 정성을 전

혀 이상하게 생각지 않고 기꺼이 받아들였던 것이다. 그렇게 꿈같은 석 달을 보내고 화옥청은 위중한 지경에 빠져들었다.

"방문을 열어주세요."
화옥청이 송무군을 보며 말했다.
"바람이 차오. 몸에 좋지 않아."
송무군의 말에 화옥청이 웃으며 대답했다.
"열어주세요. 마지막으로 바다를 한번 보고 싶어요. 그리고 당신에게 할 말이 있어요."
송무군은 화옥청을 한번 물끄러미 바라보고는 그녀의 말대로 바다를 향해 난 방문을 살짝 열었다.
"활짝 열어주세요."
송무군은 아무 말 없이 활짝 방문을 열어젖혔다. 그러자 화옥청의 얼굴에 밝은 미소가 떠올랐다.
"호호, 당신은 마치 말 잘 듣는 아이 같군요. 좋아요. 이제 제 곁으로 와주세요. 당신에게 할 말이 있어요."
송무군이 화옥청의 말에 따라 그녀의 곁으로 가 앉자 화옥청이 그윽한 눈으로 송무군을 바라보고는 천천히 입을 열었다.
"당신이 돌아왔을 때 전 이미 제가 오래 살지 못할 거란 걸 알고 있었어요. 그래서 지난 십이 년간 당신을 무척이나 원망

했으면서도 당신을 웃으며 맞아들였던 거지요. 덕분에 난 지난 삼 개월간 죽어도 여한이 없을 만큼 당신의 사랑을 받았으니 당신을 내치지 않은 것은 잘한 결정이었던 것 같아요."

화옥청의 얼굴엔 장난기까지 떠올라 있어, 죽음을 앞둔 사람의 모습이라고는 생각할 수 없을 지경이었다. 그러나 송무군은 화옥청의 장난스런 말에도 어두운 얼굴을 펴지 않고 우울한 눈으로 화옥청의 눈을 바라보고 있었다.

"이봐요. 그렇게 어두운 얼굴 하지 말아요. 그러면 내가 말을 편하게 하지 못하잖아요."

화옥청이 힘없는 손으로 송무군의 손을 잡아갔다. 그러자 송무군이 억지로 얼굴에 웃음을 띠었다.

"그래요. 그렇게 웃어주세요. 이제 제가 당신에게 부탁할 일이 있어요. 바로 문악이의 일이에요."

화옥청이 정색을 하며 송무군을 바라봤다.

"말해보시구려."

송무군이 고개를 끄덕인다. 그러자 화옥청이 다시 입을 열었다.

"전 사실 당신과 부부의 연을 맺고 있었지만 당신에 대해서는 잘 몰랐지요. 그저 당신이 이곳 풍화촌 사람들과는 다른 삶을 사는 무림인이라는 것만 알았을 뿐이지요. 또한 전 무림이라는 곳에 대해서도 잘 알지 못해요. 도검에 목숨을 의지해 살아가는 사람들의 집단이라는 것 정도만 알 뿐이지요."

회옥청은 평생 풍화촌을 백 리 이상 벗어나 본 적이 없는 여인이었다. 그녀가 알고 있는 무림인이란 송무군 말고는 없었다. 그러니 자연히 그녀의 강호무림에 대한 지식은 단편적일 수밖에 없었다.

"하지만 지난날 당신이 이 풍화촌에 들어올 때의 모습이나 당신이 이곳을 떠나실 때의 모습, 그리고 이번에 다시 이곳에 돌아오실 때의 모습을 저는 기억하고 있어요. 무림은 무서운 곳이지요?"

송무군이 고개를 끄덕였다.

"그렇소. 무림은 당신이 아는 것보다 훨씬 위태로운 곳이오."

"그래서 드리는 부탁이에요. 가능하면 문악을 무림에 들이지 말아주세요. 당신의 아이이니 이미 무림에 들어 있는 아이일지도 모르지요. 하지만 당신이 할 수 있는 한 문악에게 칼을 들게 하지 말아주세요. 그보다 아이가 글을 가까이하게 해주세요. 전 문악이 글을 익혀 큰 출세를 하기를 바라는 것은 아니에요. 그저 한평생 칼보다는 책과 가까이 살기를 바랄 뿐이지요. 제 부탁을 들어주시겠어요?"

송무군이 천천히 고개를 끄덕였다.

"알겠소. 사람의 운명이란 알 수 없는 것이지만 억지로 문악이를 무림인으로 만들지 않겠소. 당신의 말이 아니더라도 나 또한 그 아이에게 비정한 강호의 세계를 알려주고 싶지는

그 혹은 아버지 29

않구려."

송무군의 말에 화옥청이 안심이 되는 듯 고개를 끄덕였다.

"좋아요. 당신의 그 말을 들으니 이제 안심이 되는군요. 자, 이제 당신은 제 손을 좀 잡아주세요."

화옥청의 말에 송무군이 거친 손을 내밀어 그녀의 힘없는 손을 잡았다.

"좋군요. 전 지난 십이 년 동안 당신이 이렇게 제 손을 잡아줄 날만을 기다리고 있었지요. 그나마 죽기 전에 당신이 찾아와 주어 얼마나 다행인지 모르겠어요. 고마워요."

송무군은 그저 침통한 표정으로 화옥청을 바라볼 뿐 입을 열지 않았다.

"이제 문악이를 불러주세요."

화옥청이 송무군의 손을 놓으며 말하자 그는 조용히 일어나 밖으로 나가 문밖에 서 있던 송문악을 보며 낮은 목소리로 말했다.

"들어가 보거라. 어머니가 널 찾으시는구나."

송문악은 송무군의 말에 고개를 끄덕이면서도 애써 그의 시선을 외면하며 방 안으로 들어갔다. 송무군은 그런 송문악을 씁쓸한 표정으로 보며 나직이 중얼거렸다.

"옥청이 떠나면 너와 난 유일한 혈육인데 이제는 그만 나에 대한 마음을 풀 때도 되지 않았느냐?"

하지만 송문악은 송무군의 말을 듣지 못했다. 송문악은 이미 화옥청이 머리맡에 앉아 있었던 것이다.

"어서 오거라, 아가."

화옥청이 웃는 얼굴로 송문악을 향해 손을 내밀었다. 송문악은 어느새 눈물이 그렁한 눈으로 화옥청을 보며 그녀의 손을 꼭 잡았다.

"문악아, 너도 알고 있겠지? 이 어미는 더 이상 네 곁에 있을 수 없단다."

"어머니……."

송문악이 참았던 눈물을 뺨 위로 흘려보냈다.

"울지 말거라. 아가! 사람이란 언젠가는 죽기 마련이란다. 빨리 가고 늦게 가는 차이가 있을 뿐이지. 그러니 눈물을 거두어라. 이제 이 어미가 너에게 부탁하고 싶은 말이 있는데 들어주겠지?"

화옥청의 말에 송문악이 애써 눈물을 참으며 고개를 끄덕였다.

"그래, 착하구나. 그럼 지금부터 이 어미가 하는 말을 잘 기억해 두기 바란다. 먼저 밖에 계신 분이 네 아버지임을 부정하려 하지 말아라. 내가 죽으면 너에게 친인이라고는 아버지밖에 없으니 이젠 그만 아버지를 용서하거라. 알겠지?"

화옥청의 말에 송문악이 잠시 망설이다 고개를 끄덕였다.

"알겠습니다, 어머니."

"그래그래. 넌 본시 심성이 곧은 아이니 내가 부탁하지 않아도 아버지에 대한 도리를 저버리지는 않았을 거야. 그리고 두 번째는, 네 아버지에게도 부탁한 것이지만 넌 가능하면 서책을 가까이하도록 하여라. 네가 학문을 익혀 세상에 나아가 큰 공적을 이루기를 바라는 것은 아니다. 이 어미가 바라는 것은 네가 이름을 날리는 것이 아니라 단지 평온한 삶을 사는 것이다. 학문을 한다는 것은 세상의 이치를 알아가는 일이고 세상의 이치를 깨달은 사람은 자연히 편안한 삶을 살지 않겠니?"

"알겠습니다, 어머니. 그렇게 할게요."

송문악이 몇 차례 고개를 끄덕이며 대답했다.

"오냐오냐. 넌 총명한 아이이니 슬기롭게 세상을 살아갈 거야. 넌 이 어미가 없어도 충분히 잘해낼 수 있겠지?"

"네네, 알겠어요. 어머니, 그러니 제발 죽지 마세요."

송문악이 더 이상 슬픔을 참지 못하고 울음을 터뜨렸다. 문악은 총명하고 고집이 센 아이였지만 열두 살에 지나지 않았다. 태어나서 항상 함께 살아온 어머니가 죽어가는 슬픔을 참아낼 수 있는 나이가 아니었던 것이다.

"울지 마라. 아가… 이 어미는 그리 불행한 사람은 아니었단다. 네 아버지를 만났으니 이 어미는 행복한 사람이라고 해야겠지……."

화옥청의 말에 힘이 사라지고 있었다. 화옥청이 눈을 들어 송무군을 찾았다. 송무군은 어느새 방으로 들어와 두 모자의

이야기를 듣고 있었다

"이봐요, 당신!"

화옥청이 웃으며 송무군을 불렀다.

"말하시구려."

송무군이 침통한 표정으로 대답했다.

"나에게 미안해하지 말아요. 난 정말 당신을 만나 행복했어요. 우리 문악이 같은 아들을 얻기까지 했으니 말이에요. 그래서 난 당신에게 오히려 감사하고 있답니다. 그러니 나에게 미안해할 것 없어요. 그리고… 그리고… 우리 문악이를 잘 보살펴 줄 거죠?"

화옥청이 힘겹게 물었다. 송무군이 화옥청의 말에 대답을 하려는 순간 그의 눈빛이 어둡게 내려앉았다. 화옥청은 이미 숨이 끊어졌던 것이다.

"옥청, 나와 같은 사람을 만났으니 그대는 참으로 박복한 사람이었구려. 그대는 나에게 죄책감을 갖지 말라고 하나 내가 어찌 그대에게 미안한 마음을 갖지 않을 수 있겠소. 약속하리다. 다시 태어나 또다시 그대를 만날 수 있다면 그때는 결코 그대를 힘들게 하지 않겠소."

송무군의 탄식이 흘러나오고 송문악이 참았던 울음을 터뜨리며 화옥청의 몸 위로 쓰러졌다.

*   *   *

화옥청이 죽은 지 육 개월이 흘렀다. 하지만 송무군과 송문악 두 부자의 생활은 크게 달라지지 않았다. 둘은 여전히 풍화촌에 살고 있었으며 또한 두 사람 모두 화옥청의 죽음에서 벗어나지 못하고 있었다.

두 사람의 관계도 여전했다. 화옥청의 유언이 있었지만 송문악은 송무군에게 쉽게 마음을 열지 않았다. 송문악은 마치 화옥청이 살아 있기라도 한 듯 그녀가 살아 있을 때와 똑같은 생활을 하며 송무군에게는 전혀 관심을 나타내지 않았다.

송무군이 몇 차례 말을 걸어보려 했으나 송문악은 그런 송무군의 접근을 매번 회피했다. 두 사람이 하루 중 얼굴을 마주하는 시간은 오직 세 번 식사 때뿐이었다.

어린 나이에도 불구하고 화옥청이 아팠을 때부터 부엌일을 해왔던 송문악은 마치 자신의 일이라도 되는 양 자연스럽게 두 사람의 식사 준비를 했다. 송무군은 자신이 끼니를 준비하려고 몇 번 송문악이 일하는 부엌을 기웃거렸으나 송문악은 마치 부엌이 반드시 지켜야 할 장소나 되는 것처럼 송무군이 부엌에 들어올 기회를 주지 않았다.

오늘도 송문악은 정갈한 밥상을 차려 들고는 송무군의 방으로 들어섰다. 밥상이 놓여지자 송무군과 송문악은 아무런 말 없이 상 위에 차려진 간단한 밥과 찬으로 요기를 하기 시작했다. 두 사람 모두 밥 먹기에 열중할 뿐 다른 이야기가 없

있으므로 두 사람의 식사는 금세 끝이 났다. 식사가 끝나자 송문악은 들어올 때와 마찬가지로 아무 말 없이 일어나 밥상을 들고 나가려 했다.

"거기 좀 앉아보거라."

밖으로 나가려는 송문악을 송무군이 불러 세웠다. 그러자 잠시 머뭇거리던 송문악이 들고 있던 상을 내려놓고 다시 그 자리에 주저앉았다.

"나에게 아무런 할 말이 없느냐?"

송무군의 질문에 송문악이 천천히 고개를 저었다. 여전히 송문악은 송무군과 눈을 마주치지 않았다. 송무군이 씁쓸한 웃음을 지으며 다시 입을 열었다.

"이것 봐라, 문악아. 옥청이 세상을 뜬 지가 벌써 반년이 지났다. 그런데 그동안 너와 나는 채 열 마디의 말도 나누지 않았구나. 이래서야 어디 우리가 부자 관계라고 할 수 있겠느냐? 옥청이 죽으면서 부탁한 말이 아니더라도 난 너의 아버지로서 널 보살필 의무가 있다. 너 또한 좋거나 싫거나 이제 세상에 피붙이라고는 이 아비밖에 없지 않느냐? 결국 우리는 함께 살아가야 할 터인데 지금처럼 서로 말도 안 하고 지내는 것은 좀 문제가 있지 않느냐?"

송무군은 강호의 거친 삶을 살아온 사람이라 본시 성격이 과단한 면이 있었다. 그래서 그가 송문악과의 이런 껄끄러운 관계를 육 개월이나 끌고 왔다는 것은 대단한 인내심을 발휘

한 것이라 할 수 있었다. 하지만 언제까지나 이런 관계를 이어갈 수는 없었다. 두 사람은 부자간이었다.

"무슨 말씀을 듣고 싶은 건데요?"

송문악이 퉁명스럽게 물었다.

"무엇이든 좋다. 네가 하고 싶은 말을 해보거라."

"전 별로 할 말이 없어요."

송문악이 퉁명스럽게 대답했다. 그런 송문악을 송무군이 난감한 눈으로 바라보다 한숨을 내쉬며 입을 열었다.

"좋다. 네가 할 말이 없다니 어쩔 수 없지. 하지만 난 너에게 할 말이 있다. 그러니 일단 내가 하는 말을 들어보아라. 먼저 이제 좋으나 싫으나 우리가 함께 살아가야 한다는 것은 너도 알고 있겠지?"

"떠나실 생각이면 부담 갖지 말고 떠나세요. 전 혼자서도 충분히 잘 지낼 수 있으니까요."

송문악의 당돌한 대답에 송무군이 말문이 막힌 듯 잠시 아무런 말도 하지 않다가 좀 더 목소리를 부드럽게 하여 입을 열었다.

"난 이곳을 떠날 생각이 없다. 또한 만약 이곳을 떠나야 한다고 해도 혼자 떠날 생각은 없다. 난 네 어머니와 약속을 했단 말이다. 널 잘 보살피기로. 또한 그 약속이 아니더라도 자식을 두고 혼자 떠날 아비는 없다."

"예전에는 그러셨잖아요."

송문악이 반박하듯 대답했다.

"물론 그때는 그랬지. 하지만 그때는 네 외조부와 네 어머니를 믿었기 때문이다. 이제는 그 두 사람이 모두 세상을 떠났으니 널 홀로 두고 떠날 수는 없는 일이지. 난 네 아버지다."

"그건 저도 잘 알고 있어요."

"좋아. 그럼 이제 다른 이야기를 하자. 넌 요즘 통 서당에 나가지를 않는 것 같더구나?"

송무군의 말에 송문악이 움찔했다. 사실 송문악은 어머니인 화옥청이 죽은 이후 서당에 나가지 않고 있었다.

"난 네 어머니에게서 네가 서책을 가까이하도록 해달라는 부탁을 받았다. 그런데 넌 네 어머니가 세상을 떠나자마자 더이상 서당엘 가지 않더구나. 자, 이제 이유를 말해보거라. 왜 넌 요즘 서당을 가지 않는 것이지?"

그러자 송문악이 주억거리며 즉시 대답을 하지 못했다.

"말해보거라. 무슨 문제가 있는지."

송무군의 재촉에 그제야 송문악이 어렵게 입을 열었다.

"두 가지 이유가 있어요."

"이유가 두 가지씩이나 된단 말이냐?"

송무군이 놀란 듯 되물었다. 솔직히 송무군은 송문악이 서당에 가지 않는 이유가 글을 익히는 데 관심이 없어서가 아닐까 걱정하고 있던 터였다. 화옥청이 살아 있는 동안에는 그녀가 원하니 서당엘 다닐 수밖에 없었으나 그녀가 세상을 떠나자 더 이상 다니기 싫은 서당을 다닐 이유가 없어진 것이 아닌가 하고 생각했던 것이다. 그런데 송문악은 또렷한 목소리로 자신이 서당에 가지 않는 이유가 두 가지나 있다고 말하는 것이 아닌가?

송무군의 물음에 송문악이 고개를 끄덕였다.

"그래, 그 두 가지 이유를 들어보자."

"먼저 서당에 다니려면 은전이 필요한데 전 이미 몇 달째 서당에 은전을 가지고 가지 못했어요."

"허험. 그, 그렇구나."

송무군의 얼굴이 잠시 붉어졌다. 송문악에게 서당에 다닐 금전이 없다는 것을 미처 모르고 있었던 자신이 미안해졌던 것이다.

"미리 말을 하지 그랬느냐? 그런 문제라면 당연히 부모가 해결을 해야 하는 일이지. 그래, 그 다음 이유는 무엇이냐?"

송무군이 변명하듯 말하고는 이내 두 번째 이유를 물었다.

"사실 두 번째 이유가 서당을 다니지 않는 가장 큰 이유예요. 그래서 은전에 관해 말씀드리지 않은 거예요. 제가 서당에 가지 않는 두 번째 이유는 서당에서 더 이상 배울 것이 없기 때문이에요. 지금 서당에서 훈장님이 가르치는 서책들은 이미 오래전에 모두 읽기를 마친 것들이거든요."

순간 송무군의 이마에 몇 가닥 주름살이 생겼다.

'이 아이는 너무 자만하는 것이 아닌가?'

송무군은 무림인이었다. 그의 이름은 강호에 제법 알려져 있어 그의 이름 석 자를 대면 누구나 고개를 끄덕일 정도의 명성을 얻고 있었다.

또한 그의 일신에는 수십 년 고련을 통해 성취한 제법 고강한 무공이 들어 있었다. 따라서 송무군 정도의 사람이 무공을 익히거나 학문을 익힐 때 가장 경계해야 하는 것이 자만심임을 모를 리 없었다. 당연히 송무군으로서는 자신의 어린 아들이 비록 시골의 서당이라도 더 이상 배울 것이 없다고 말하는 것을 걱정하지 않을 수 없었다.

"넌 네 학문에 대해 무척 자신이 있는 모양이구나."

송무군의 질문에 송문악이 고개를 저었다.

"그렇지 않아요. 전 아직도 배울 게 많다는 것을 알고 있어요. 하지만 서당의 훈장님께서도 이미 여섯 달 전에 더 이상 서당에 와서 배울 것이 없다 말씀하셨고, 저도 이미 오래전에 익힌 것들을 다시 배우는 것은 그리 흥미가 나지 않기에 더 이상 서당에는 나가지 않았던 거예요."

그 말에 송무군이 새삼스런 눈으로 송문악을 살폈다. 송문악은 남들이 보기에는 그저 평범한 시골 소년의 모습을 하고 있었다. 조금 마른 듯하지만 단단한 뼈와 검게 탄 피부, 그리고 그런 몸을 온전히 가리지 못하는 허술한 옷차림, 솔직히 송문악의 겉모습은 학문을 익혀 학자로서 큰 성취를 이루길

꿈꾸는 아이로 보기에는 무리가 있었다.

'내가 모르는 총명이 있었던가?'

송무군이 송문악을 유심히 살피며 생각했다. 아무리 작은 어촌의 훈장이라도 아이들을 가르치는 서당의 훈장에게 더 배울 것이 없다는 말을 들을 정도라면 어쩌면 송문악은 자신이 생각했던 것보다 훨씬 총명할지도 모른다는 생각이 불쑥 머릿속에 생겨났다.

그런데 잠시 후 송무군은 전혀 엉뚱한 생각을 하게 됐다.

'뛰어난 재목이다.'

그리곤 퍼뜩 스스로의 생각에 놀랐다.

'내가 지금 무슨 생각을 하고 있는 것인가? 문악에게 무공을 가르치지 않겠다고 약속한 사람이 무재(武才)를 살피고 있다니. 허허, 옥청이 알면 저승에서라도 몹시 화를 내겠군. 하지만… 역시 좋은 몸을 가지고 있어. 거기에 뛰어난 문재(文才)라… 아들 하나는 잘 둔 것인가?'

송무군이 피식 낮은 웃음을 흘려냈다.

"집에 읽을 책은 좀 있느냐?"

송무군이 물었다. 지난 육 개월간 특별한 일이 없을 때 송문악은 항상 자신의 방에 틀어박혀 책을 뒤적거리고 있었기 때문에 한 질문이었다.

"어머니께서 구해주신 책은 적지 않지만 이미 그것들도 모두 읽은 상태예요. 지금은 그중 흥미있는 것들을 다시 읽고 있는 중이지요."

송문악의 대답을 들으며 송무군이 깊은 생각에 잠겨들었
다. 송문악의 수준이 이 정도라면 이제는 좀 더 좋은 스승을
찾아 나서야 할 때였다. 학문도 무공과 같이 때가 되면 좀 더
좋은 스승, 좀 더 심오한 서책이 필요한 법이다.

"넌 좀 더 훌륭한 스승을 만나고 싶겠지?"

"기회가 된다면요."

"으음, 그래. 그렇다면 너와 나는 이곳을 떠나야 할지도 모
르겠구나. 앉아서 좋은 스승을 만나기를 기다릴 수는 없으니
까. 또한 이 아비는 도검을 익힌 사람이라 학문과는 거리가
멀어 널 가르칠 수도 없다. 그래도 괜찮겠느냐?"

송무군의 질문에 송문악이 고개를 끄덕였다. 아이의 눈에
는 어떤 흥분 같은 것이 담겨 있었다.

'하하, 난 이곳으로 올 때 평생 이곳에 정착하겠다는 마음
이었는데 결국 다시 이곳을 떠나게 될지도 모르겠구나. 자,
그런데 누굴 찾아가야 하나. 난 도통 이쪽으로는 아는 사람이
없으니… 내일부터라도 근방에 이름난 학자가 있는지부터 알
아봐야겠군.'

송무군이 내심 풍화촌을 떠나 송문악의 스승을 구할 결심
을 굳히며 입을 열었다.

"좋다. 그럼 내일부터 이 아비가 누굴 찾아가면 좋을지 수
소문해 보도록 하마. 마땅한 사람을 알게 된다면 그때 이 풍

화촌을 떠나자꾸나."

"네, 알겠어요."

송무군의 말에 송문악이 활기차게 대답했다. 그리고 그때 송무군은 그동안 줄곧 무뚝뚝하던 송문악의 얼굴에 엷은 미소가 드리워지는 것을 눈치 챘다. 송문악은 송무군을 만난 이후 처음으로 그에게 자신의 미소를 보여주었던 것이다.

第二章

충귀(蟲鬼) 신조

송무군과 송문악은 그날 이후 조금씩 대화를 나누기 시작했다. 어린아이들이란 일단 누군가와 말을 하기 시작하면 자신도 모르는 사이에 상대를 향해 마음을 열기 마련이다. 하물며 송무군은 송문악의 유일한 혈육이었으므로 두 부자는 기회가 찾아오자 금세 혈육의 정을 쌓아가기 시작하는 것이었다.

송무군은 먼저 가까운 곳에 이름난 학자가 있는지를 수소문하기 시작했다. 하지만 풍화촌은 워낙 벽지에 있는 마을이라 쉽게 송문악을 맡길 만한 스승을 찾을 수 없었다.

"아무래도 대도(大都)로 나가봐야 하는 것이 아닐까?"

어느 날 저녁 송무군이 이른 저녁 식사를 마치고는 초가의 마루에 앉아 곰곰이 생각에 잠겨 있었다. 풍화촌 근방에서는 송문악의 글 선생을 찾기가 어렵다는 것을 알았기 때문에 결국 애초의 생각대로 풍화촌을 떠나야 할 듯싶었다. 그때였다. 갑자기 부엌에서 송문악의 목소리가 들려왔다.

"저리 가! 저리 가! 이놈들! 에잇······."

그리곤 부엌으로부터 소란스런 소음이 들려오기 시작했다.

"아니, 저 아이가 왜 저러지?"

송무군이 고개를 갸웃거렸다. 그가 알고 있는 송문악은 고집이 세긴 하지만 성격이 가벼운 아이는 아니었다. 그래서 송무군은 은근히 송문악의 그런 진중한 성격을 마음에 들어하던 터였다. 그런데 지금 부엌에서 일어나고 있는 소란은 평소 알고 있던 송문악의 성격과는 달리 지나치게 부산했다.

"아아, 도대체 이놈들이 어디서 몰려온 것일까?"

한참 소란스럽던 부엌에서 송문악의 허탈한 탄식 소리가 들려왔다. 송무군은 더 이상 궁금함을 참지 못하고 몸을 일으켜 자신의 방을 나와 부엌 쪽으로 다가갔다.

"문악아, 도대체 무슨 일인데 이렇게 시끄러운 거냐?"

송무군이 어둑한 부엌으로 고개를 들이밀며 묻자 송문악이 땀이 번질거리는 얼굴로 그를 돌아보며 난감한 목소리로 투덜거렸다.

"이것 좀 보세요. 어디서 나왔는지 갑자기 벌레들이 사방에서 몰려나오고 있어요. 도대체 어떻게 이런 일이 있을 수 있는 거죠?"

송문악은 자신의 눈앞에서 일어나고 있는 일을 도저히 믿을 수 없다는 듯 두 손을 들고 고개를 절레절레 흔들었다. 과연 부엌에서는 어린 송문악이 놀랄 수밖에 없는 일이 벌어지고 있었다. 어둡긴 했지만 무공을 익힌 송무군은 부엌에서 일어나고 있는 일을 단번에 알아볼 수 있었다.

부엌은 온통 벌레들 세상이었다. 흙벽과 바닥, 그리고 양식을 넣어두는 항아리에까지 수없이 많은 벌레들이 깨알처럼 붙어 있었다. 벌레들의 종류도 다양해서 작은 개미에서부터 사람이 사는 집에는 잘 나타나지 않는 숲 속의 곤충들까지 온갖 벌레란 벌레는 모두 몰려 들어온 듯 부엌은 온통 벌레들의 천지가 되어 있었다.

순간 송무군의 눈이 번쩍였다. 그리고 그의 눈빛이 변했다고 느끼는 순간 그의 신형이 번개처럼 움직여 부엌을 벗어나더니 순식간에 자신이 있던 방 안으로 뛰어들었다.

"헛!"

송문악의 입에서 헛바람이 새어 나왔다. 송문악은 자신의 아버지가 무림인이라는 것을 알고 있었다. 그리고 무림이란 곳에 사는 사람들은 도검을 익혀 보통의 사람들이 상상하기 힘든 능력을 가지고 살겁을 일삼는 자들이란 것도 알고 있었다.

하지만 지금 송무군이 펼쳐 보인 이 한 번의 움직임은 무림인들이 범상치 않은 존재들이란 것을 알고 있던 송문악조차도 놀라게 만들기에 충분했다. 사람이 어떻게 저렇게 빠른 속도로 움직일 수 있단 말인가?

송문악이 송무군이 움직였다고 느끼는 순간, 송무군은 이미 자신의 방으로 사라지고 있었던 것이다.

송무군이 무서운 속도로 방으로 뛰어들며 어두운 방 안을 재빨리 살폈다. 그러자 과연 자신의 짐작대로 방 안 한쪽 구석에서 거무스름한 인영이 은밀하게 움직이고 있었다.

스스슥!

송무군은 방 안의 불청객을 발견하고는 미끄러지듯 불청객이 서 있는 곳과 반대쪽으로 움직이더니 일고의 망설임도 없이 벽 속으로 자신의 손을 푹 꽂아 넣었다. 그리고 다음 순간 흙벽에 찔러 넣었던 그의 손이 빠져나오자 그 손에는 어느 틈에 검집에서 벗어나 영롱한 청색 빛을 뿌리는 한 자루 검이 들려 있었다. 동시에 송무군의 다른 한 손에 비쪽이 벽 밖으로 고개를 내밀고 있는 검집을 잡아챘다.

"사형! 오랜만입니다."

송무군이 청색 검을 거꾸로 세운 후 가슴 앞에 두 손을 모으곤 불청객을 향해 고개를 까닥였다.

"헤헤, 사제, 그동안 잘 지내셨는가?"

그러자 어둠 속 인물이 겸연쩍은 듯 웃음을 지으며 대답했다.

"물론 저야 덕분에 잘 지내고 있습니다만, 사형께서는 이 사제의 집을 방문하시면서 너무 장난이 지나치시군요."

"끌끌끌, 그런 말 말게. 난 그저 자네의 아들… 아아, 그러니까 나에게는 조카가 되는 것인가? 그 아이가 너무 귀여워 잠시 놀려준 것뿐이라네."

불청객의 말에 송무군이 고소를 머금었다.

"하하, 그러셨군요. 하지만 이제 그 정도면 충분한 듯하니 그만 장난을 멈추시지요. 제 어린 아들이 그만 많이 놀랐나 봅니다. 만약 사형께서 계속 장난을 하시겠다면 저도 어쩔 수 없이 제 아들을 위해 사형의 귀여운 아이들을 해칠 수밖에 없습니다."

송무군이 말을 마치고는 방을 나가려 하자 불청객의 눈에 얼핏 다급한 기색이 드러났다.

"아아, 사제, 서두르지 마시게. 내가 어찌 조카를 위험에 빠뜨릴 수 있겠는가? 자자, 내 그만 아이들을 불러들이도록 하지."

불청객이 한 손을 들어 송무군을 만류하고는 얼른 품속에서 손바닥만 한 작은 물건을 꺼내 들었다. 그것은 어두운 방 안에서도 영롱하게 빛나는 옥으로 만든 물건이었는데 불청객은 그것을 입으로 가져가 불기 시작했다.

삐이이이……

그러자 그 옥으로 만든 물건에서 기이한 소리가 흘러나오기 시작했다. 그 소리는 피리 소리라고 하기에는 아름답지 않았고, 또 소음이라고 하기에는 그리 시끄럽지 않은 괴이한 음색을 가지고 있었다. 그렇게 한참을 불어대자 갑자기 밖에서 송문악의 목소리가 들려왔다.

"사라졌어요! 벌레들이 모두 없어졌어요!"

"그래, 다친 곳은 없느냐?"

송무군이 불청객에게서 시선을 떼지 않고 큰 소리로 송문악에게 물었다.

"예, 전 괜찮아요. 단지 양식들이 많이 상했어요."

송문악의 대답을 듣고 송무군이 불청객을 보며 말했다.

"사형의 장난은 확실히 지나친 면이 없지 않군요. 우리 두 부자의 양식을 망쳐 놓으시다니……"

"하하하. 사제, 내가 사제의 양식을 망쳐 놓은 것은 다 이유가 있다네."

"이유가 있으시다고요?"

"그렇다네."

"어디 그 이유를 한번 들어볼까요?"

송무군이 여전히 청색 검을 손에 든 채 불청객에게 물었다.

"하하, 뭐가 그리 급한가. 오랜만에 만난 사형을 이리 세워

둘 참인가? 우리 편히 앉아서 이야기를 나누도록 하세. 아, 먼저 조카에게 이 백부를 소개시켜 줘야 하지 않겠나? 그리고 그 청명검은 이제 그만 거두도록 하게. 좀 살벌한 느낌이 드는군. 휴, 그 검은 역시 보면 볼수록 대단한 물건이야."

어둠 속에서 송무군이 든 검을 바라보는 불청객의 눈에 얼핏 탐욕의 빛이 감돌았다.

"알겠습니다. 그럼 밖으로 나가시지요. 문악을 인사시키지요. 그리고 이 청명검뿐 아니라 사형의 그 옥적(玉笛) 역시 언제 보아도 신기한 물건이군요."

그러자 불청객이 손에 들고 있던 옥으로 만든 짧은 피리를 얼른 품속으로 집어넣었다.

"자자, 이제 그런 말은 그만 하고 어서 내 조카를 좀 소개시켜 주게. 내 잠시 살펴보았지만 참 영명해 보이더군. 우리 여섯 사형제는 모두 혼인을 하지 않아 자식이 없었는데 이제 자네에게 이렇게 숨겨놓은 아들이 있으니 이는 우리 귀곡의 사형제들에게는 아주 반가운 일이지. 암! 반가운 일이구말구."

그러자 송무군의 인상이 어두워졌다.

"문악은 무림에 들이지 않을 것이니, 그 아이가 귀곡과 연관될 일은 없을 겁니다. 그러니 사형께서도 그 아이를 귀곡과 연결하여 생각지 말아주십시오."

그러자 불청객이 묘한 눈으로 송무군을 바라봤다.

"그 말이 정말인가? 의협 송무군이 아들을 무림에 들이지 않겠다고? 그건 정말 의외군. 내가 잠시 살펴본 바에 의하면 자네 아들의 근골은 매우 훌륭하던데?"

"과연 사형께서는 저희 부자를 꽤 오랫동안 살피신 모양이군요."

송무군의 눈빛이 다시 차가워졌다.

"그런 눈으로 날 보지 말게. 자네를 제외한 우리 사형제가 비록 공명정대한 강호의 의협은 아니지만 어찌 사제의 아들에게 위해를 가할 수 있겠나? 우리 사형제는 제법 이기적이기는 하지만 그렇게 막돼먹지는 않았다네. 더군다나 그 아이의 아버지가 바로 청명검 송무군이라면 이 충귀는 감히 그 아이에게 위해를 가할 배짱이 없다네."

"물론 저도 우리 귀곡의 사형제들을 믿지 못하는 것은 아니지요. 하지만 지난 몇 년간 우리 사형제들은 마치 원수라도 된 듯 서로를 경계하고 있었으니 저 또한 조심할 수밖에 없지 않겠습니까? 강호의 인심이란 예측하기 어렵고, 눈에 보이지 않는 곳에서 움직이는 손은 피하기 어려운 법이니까요."

"껄껄껄, 하지만 역시 사제의 걱정은 지나친 면이 있어. 감히 누가 귀곡 청명검 송무군의 아들을 건드리겠는가 말이야. 그런 자가 있다면 이 사형도 절대 그냥 두지 않을 걸세."

불청객의 말에 송무군이 코웃음을 치며 방 밖으로 걸어나갔다. 그러자 불청객도 한번 히죽 웃어 보이더니 송무군의 뒤를 따라나서는 것이었다.

"이리 오거라."

방을 나온 송무군이 부엌 앞에서 자신과 그의 사형이 마당으로 나서는 것을 호기심 어린 표정으로 바라보고 있는 송문악을 불렀다. 그러자 송문악은 조금 겁을 먹은 모습으로 아주 천천히 송무군 앞으로 다가왔다.

"인사드려라. 이분은 이 아비의 사형이 되는 분이시다. 넌 물론 무림에 뜻을 둔 아이도 아니고, 또 이 아비의 사문인 귀곡과도 아무 연관이 없지만 그래도 이 아비의 사형에게 인사를 올리는 것은 당연한 도리지."

말을 하면서 송무군이 한쪽으로 비켜섰다. 그러자 어스름한 달빛 아래 송무군의 방을 나서는 불청객의 모습이 드러났다.

"앗!"

순간 송문악이 깜짝 놀라 탄성을 지르며 뒤로 몇 걸음 물러났다. 과연 송무군의 소개로 마주한 불청객의 모습은 어린 송문악으로서는 쉽게 다가서기 어려운 것이었다.

"히히히, 요 녀석아. 그리 겁먹지 않아도 된다. 이 백부는 비록 이렇게 형편없는 외모를 가지고 있지만 마음은 그리 나쁜 사람이 아니란다. 더군다나 넌 강호의 대협으로 이름 높은 청명검 송무군의 아들이니 무서운 것을 보았다고 그렇게 겁을 먹어서는 안 되지."

"저, 전 겁을 먹은 것은 아니에요. 단지… 단지 조금 놀랐을 뿐이에요."

"왜, 이 백부의 모습이 그렇게 이상하냐?"

불청객의 물음에 송문악이 말없이 고개를 끄덕였다. 사실이 낯선 방문객의 모습은 보는 사람으로 하여금 질겁하게 할 만큼 괴팍한 면이 있었다.

그의 얼굴은 곰보로 여기저기 얽어 있었으며 머리에 쓴 모자는 몹시 낡아 구멍이 숭숭 뚫려 있었다. 그가 걸치고 있는 의복 또한 이곳저곳 해어진 것이 흡사 거리를 떠도는 거지와 다를 바가 없는 꼴이었던 것이다.

그러나 정작 송문악을 놀래킨 것은 그의 이런 형편없는 차림새가 아니었다. 정말로 송문악을 놀라게 한 것은 바로 불청객의 낡은 옷 이곳저곳에 달려 있는 주머니 속에서 꿈틀거리는 작은 벌레들이었던 것이다.

송문악의 시선이 자신의 몸 이곳저곳에서 꿈틀대는 벌레들에게 고정된 것을 보고 불청객이 히죽 웃음을 흘렸다.

"오라, 너는 바로 이 녀석들 때문에 놀란 거로구나. 하지만 그렇게 놀랄 필요가 없단다. 사실 알고 보면 이 녀석들처럼 귀여운 녀석들도 없지. 나에겐 송 사제처럼 너와 같이 귀여운 아들이 없어서 이 녀석들을 자식처럼 기르고 있는 것이란다."

"그 벌레들을 기르신다고요?"

송문악이 믿을 수 없다는 듯 물었다.

"그렇다. 이 녀석들은 내가 기르는 녀석들이지. 왜, 이상하냐?"

"사람이 어떻게 벌레를 길러요?"

"흐흐흐, 세상에는 믿을 수 없는 일들이 무척이나 많단다. 특히 무림이라는 곳은 온갖 기상천외한 일들이 즐비한 곳이지. 그 무림에서도 너의 아버지와 이 백부의 사문인 귀곡은 무척이나 재미있는 곳으로 소문난 곳이란다."

"사형은 아이에게 쓸데없는 말을 하지 마시오."

신나게 송문악에게 무림 이야기를 늘어놓는 사형을 송무군이 제지했다. 송무군으로서는 신기한 무림의 이야기에 솔깃해 송문악이 화옥청의 바람을 잊고 무림의 세계에 관심을 가질까 걱정이 되었던 것이다.

하지만 송무군의 이런 만류는 조금 늦었다고 할 수 있었다. 아니, 어쩌면 애당초 송문악이 무림에 관심을 갖지 않게 하는 것은 불가능한 일이었는지도 몰랐다. 왜냐하면 함께 사는 송무군 자신이 무림에서 제법 이름을 날리는 무인이었기 때문이다. 비록 무림을 떠나 이곳 풍화촌에 정착을 하러 왔지만 무림에 적을 두었던 사람이 무림에서 벗어나기란 그리 쉬운 일이 아니었다. 당장 오늘 그의 사형이 자신을 찾아오지 않았던가?

더군다나 송문악의 나이는 이제 겨우 열두 살, 열두 살짜리 소년에게 무림은 호기심과 동경의 세계일 뿐이었다. 그 무림에서 벌어지는 비정한 살겁들을 알기에 송문악의 나이는 아직 너무 어렸다.

이런 현실을 증명이라도 하듯 송문악은 송무군에 의해 제지된 기괴한 불청객의 무림 이야기에 이미 흥미를 느끼고 있었다. 송문악은 어쩌면 무림이란 곳이 어머니인 화옥청이나 그곳을 버리고 돌아온 송무군이 말한 것보다 좀 더 재미있는 곳일 수도 있겠다는 생각을 품게 되었던 것이다.

"자, 넌 정식으로 백부께 인사를 드리거라!"

송무군이 얼른 송문악을 자신의 사형에게 인사시키고 방안으로 들여보내기 위해 송문악을 재촉했다.

"백부께 문악이 인사 올립니다."

송문악이 송무군의 말에 따라 작은 손을 앞에 모으고 공손히 허리를 숙여 괴인에게 인사를 했다.

"오냐오냐. 살다 보니 이런 날도 있구나. 이 충귀(蟲鬼)에게 조카가 다 생기다니. 사람들은 날 충귀라고 부른단다. 하지만 이 충귀란 호칭을 이 백부는 그리 좋아하지 않지. 왜냐하면 나에겐 신조라는 그럴듯한 이름이 있거든. 그러니 넌 날 앞으로 신 백부라고 부르도록 하거라."

"알겠습니다, 신 백부님!"

"껄껄껄! 좋아, 좋아. 널 만난 기념으로 무슨 선물이라도 주고 싶지만 이 백부가 가진 것은 사람들이 싫어하는 벌레밖에 없으니 딱히 너에게 줄 것이 없구나. 그러니 넌 향후 가지고 싶은 것이 생기면 잘 기억해 두었다가 나에게 이야기를 하렴. 그럼 이 백부가 꼭 그것을 구해주도록 하마."

"알았습니다, 백부님!"

송문악이 밝은 웃음을 지어 보였다. 송문악은 어려서부터 그의 어머니와 단둘이 살았기 때문에 비록 피가 섞이지는 않았지만 자신에게 백부가 생겼다는 것이 못내 즐거웠다. 하지만 송무군의 표정은 그리 밝지 않았다. 왜냐하면 그를 포함한 귀곡의 여섯 사형제는 다른 문파의 사형제들과는 달리 사이가 그리 좋은 편이 아니기 때문이었다. 사이가 좋지 않을뿐더러 이 여섯 사형제는 틈만 나면 상대의 품속에 있는 기보를 손에 넣을 기회만 엿보는 사이였던 것이다.

"자, 이제 넌 그만 들어가 쉬도록 하거라. 이 아비는 사형과 할 이야기가 있단다."

송무군이 등을 떠밀자 송문악이 조금 아쉬운 듯한 눈빛을 보이며 느린 걸음으로 자신의 방으로 들어갔다.

"낄낄낄! 이봐, 사제. 내가 보기엔 말이야, 자네의 아들은 정말 좋은 재목이야. 그러니 생각을 고쳐먹는 것이 어떤가? 만약 문악 저 아이가 무공을 익힌다면 후인이 없는 우리 여섯 사형제가 그에게 한 가지씩의 절기를 전수해 줄 수도 있는 일이고, 그러면 그는 대단한 고수가 되지 않겠는가? 어쩌면 사부님의 수준에 이를 수 있을지도 모르지."

"사형은 그런 말씀 마시구려. 난 결코 저 아이가 무림에 발을 들이게 하고 싶지 않소."

"흐흐, 그게 어디 자네 마음대로 되는 일인가? 이 강호란 말이야, 인연에 의해 흘러들어 오는 곳이지, 오고 싶다고 오고 가고 싶다고 가는 곳이 아니란 말이지. 문악은 이미 자네와 부자의 연을 맺었으니 어찌 무림에서 자유로울 수 있겠는가?"

"사형들께서 나의 삶에 끼어들지만 않는다면 문악은 결코 무림에 들어설 이유가 없을 거요. 그러니 지금이라도 조용히 이곳을 떠나주시구려."

"송 사제 자네는 참 매정하군. 오랜만에 만난 사형을 이 밤중에 몰아내려 하다니."

신조가 불쌍한 표정을 지어 보이며 송무군에게 말했다.

"하하, 사형이 따듯한 방보다는 어두운 숲을 더 좋아한다는 사실을 우리 사형제들은 모두 알고 있지요."

"아아, 그건 자네들이 오해를 하는 것이야. 난 단지 이 귀여운 것들이 잠을 잘 자고 있나 살펴보려 숲을 자주 찾는 것이지, 편안한 잠자리를 싫어하는 것은 아니라네."

말을 하며 신조가 자신의 주머니에서 이름 모를 벌레를 꺼내 손에 올려놓고는 잠시 바라보다 바닥에 내려놓았다.

"자, 이제 너희도 그만 잘 자리를 찾아서 한숨 푹 자도록 하거라."

신조의 말이 끝나자 바닥에 내려놓은 벌레가 어둠 속으로 재빨리 기어들어 갔다. 그러자 그 뒤를 이어 신조의 몸에서 수십 마리의 벌레가 기어나오더니 앞서 간 벌레의 뒤를 따라 어두운 숲으로 사라져 가는 것이었다.

그 모습을 물끄러미 지켜보고 있던 송무군이 벌레들의 모습이 모두 사라지자 신조를 보며 물었다.

"그런데 사형은 어째서 날 찾아오신 것이오? 더군다나 이곳은 중원에서도 멀리 떨어져 있는 곳이고, 나는 내 행선지를 누구에게도 발설하지 않았는데 어떻게 날 찾아오셨소?"

"물론 난 사제를 찾느라 무척 고생을 하긴 했지. 하지만 이 신조가 우리 사형제들 중에서 그나마 가장 앞선 능력이라고는 바로 나의 귀여운 녀석들을 이용해 사람을 찾는 일이 아니던가? 더군다나 이 풍화촌은 나에게도 낯선 곳은 아니지. 십오 년 전 신기루가 나타났던 곳이니까 말이야. 그리고 사제는 이곳에서 삼 년을 머물렀었지."

"후후, 과연 사형의 그 능력은 참으로 고절하시구려. 좋습니다. 날 찾은 것이야 사형의 능력이 뛰어나기 때문이라고 치고 이제 날 찾아온 이유를 말씀해 보시구려. 이 청명검을 노리고 이 먼 곳까지 날 찾아온 것이오?"

송무군이 손에 들고 있던 청명검을 들어 보였다. 이미 청색 검신을 자랑하던 검은 검집 속으로 자취를 감추었지만 그 검집조차도 희귀한 보석들로 치장되어 있어 화려하기 그지 없었다.

송무군은 자신이 검을 소지하고 있지 않을 것을 알고 송문악이 있는 부엌에 벌레들을 출몰시켜 자신을 유인한 후 방 안으로 스며들어 청명검을 훔쳐 내려 했던 신조의 행동을 비난하고 있는 것이었다.

"사제의 말은 좀 지나친 면이 있구만. 난 그저 사제가 무림을 떠날 결심으로 이 풍화촌에 몸을 숨긴 줄 알았기에 사제가 더 이상 그 청명검에 욕심이 없을 것이라 생각했었다네. 그러니 내가 그 청명검을 찾은 것은 꼭 나만의 잘못이라고 할 수는 없지."

"그런 생각이었다면 그냥 이 사제에게 청명검을 달라고 하시면 그만이지, 어째서 문악이 있던 부엌에 사형의 그 사랑스런 아이들을 풀어놓으며 일을 복잡하게 꾸민 것입니까?"

송무군의 추궁에 신조가 은근한 눈웃음을 지어 보였다.

"그거야 사제의 진심을 알지 못했기 때문이지. 과연 정말로 무림을 떠날 생각인지 아닌지 알 수가 없었거든. 그런데 이제 보니 사제는 무림을 완전히 떠날 생각은 아니었던가 보군. 아직도 그 청명검을 지키려 하는 것을 보니 말이야."

"사형은 그런 말씀 마시구려. 내가 비록 무림을 등지고 초야에 묻혀 살기로 작정했다고 해서 사부께서 물려주신 곡의 기물을 어찌 함부로 대할 수 있겠소이까? 내가 무림을 떠나는 것과 이 청명검을 지키는 것은 서로 관계가 없는 일입니다."

송무군이 단호한 음성으로 말하자 신조가 알겠다는 듯 고개를 끄덕였다.

"알겠네. 사제가 그렇다면 그런 것이겠지. 청명검 송무군의 말을 믿지 않으면 누구의 말을 믿겠는가?"

"자, 그럼 이제 사형께서 이 사제를 찾아온 이유를 말씀해보시구려. 무슨 특별한 이유가 있는 것입니까? 아니면 정말이 청명검을 탐내어 절 찾아오신 겁니까?"

송무군의 말에 신조가 손을 들어 흔들었다.

"아아, 자네는 이 사형을 그렇게도 모르겠나? 특별한 일이없다면 내가 어찌 사제를 찾아 이곳까지 왔겠는가?"

"물론 청명검을 얻는 것도 특별한 일이기는 하지요."

"흐흐, 사제는 보지 않는 동안 말솜씨가 무척 늘었구만. 하지만 내가 이곳에 온 이유는 그 청명검 때문은 아니라네."

"그럼 무슨 이유로 절 찾아오셨습니까?"

그러자 충귀 신조가 정색을 하며 입을 열었다.

"둘째 의숙의 흔적이 발견되었다네."

"옛? 아니, 그게 정말입니까?"

"그럼 정말이고말고. 내가 아무리 실없는 사람이라도 이런말을 거짓으로 하겠는가? 아무튼 그래서 대사형께서 다시 우리 여섯 사형제가 모이기를 원한다네. 난 그 소식을 전하러자네를 찾아온 것이지. 귀곡육절이 모이는 데 청명검 송무군이 빠진다면 말이 안 되는 소리니까."

하지만 송무군은 이미 신조의 말을 듣고 있지 않았다. 그는 고개를 숙이고 무언가를 골똘히 생각하고 있었다. 그러다가 문득 고개를 들고는 신조를 보며 말했다.

"사형, 확실히 이건 보통 일이 아니군요. 그렇게 찾아 헤매던 둘째 의숙의 흔적이 발견되다니… 난 십오 년 전 일어난 일에 대한 수수께끼를 푸는 것을 포기하고 있던 참이었습니다."

송무군의 말에 신조가 고개를 끄덕였다.

"나도 짐작하고 있었다네. 자네가 더 이상 그 일을 조사하지 않기로 했다는 것을 말일세. 만약 그렇지 않다면 자네가 이 풍화촌에 있을 리가 없지. 하지만 그것은 그 일에 대한 어떤 단서도 찾을 수 없을 때의 일이 아니겠나? 이제 둘째 의숙의 흔적이 발견되었으니 사제는 다시 청명검을 들어야 하지 않겠나?"

신조가 의미심장한 눈으로 송무군을 보자 송무군이 자신도 모르게 송문악이 있는 방으로 시선을 돌렸다. 하지만 송문악의 방에서는 아무런 기척이 느껴지지 않았다.

평소 밤이 깊을 때까지 불을 밝히고 책을 읽던 송문악이 어쩐 일인지 오늘은 일찍 불을 껐던 것이다. 하지만 송무군은 제법 뛰어난 무인이었으므로 이미 어두운 방 안에서 느껴지는 송문악의 기척을 눈치 채고 있었다. 송문악은 불을 밝히지 않은 채 문밖에서 송무군과 신조가 나누는 대화에 귀를 기울이고 있음이 분명했다.

"사형, 이 일은 매우 중요한 일이니 여기서 이럴 게 아니라 방으로 들어가 이야기를 나누도록 합시다."

그러자 신조가 송무군의 의도를 눈치 채고는 얼른 대답했다.

"하하, 나도 그 말을 기다리고 있었다네. 오랫동안 서 있었더니 다리가 아파오는군."

그러면서 송무군보다도 먼저 두 사람이 대치했던 방으로 들어가는 신조였다. 송무군은 그런 신조를 보고 씁쓸한 미소를 지어 보이고는 이내 그를 따라 자신의 방으로 들어갔다.

방문에 바짝 붙어 앉아 밖의 동정을 살피던 송문악은 두 사람이 송무군의 방으로 사라지자 얼굴에 실망의 빛을 띠면서 방 가운데로 옮겨오더니 껐던 등불을 다시 밝혔다.

"칫, 막 재미있어지려는 순간이었는데…… . 그나저나 아버지의 사문이라는 귀곡에 무슨 일이 있긴 있는 모양이구나. 백부께서 이곳까지 아버지를 찾아오시다니. 음, 그나저나 생각보다는 이 무림이라는 곳이 재미있는걸. 벌레를 조종하고 바람처럼 빠르게 움직이고 말이야. 난 무림인들은 그저 도검을 사용하는 방법을 익혀 사람이나 죽이는 무서운 족속들인 줄 알았는데 꼭 그런 것은 아닌 모양이야."

송문악의 눈에는 숨길 수 없는 어린아이의 호기심이 묻어나고 있었다. 자신의 아버지인 송무군과 그의 사형인 충귀 신조가 보여준 그 놀라운 모습들은 어머니 화옥청의 이야기와 아버지 송무군에 대한 반감에 의해 형성된 무림에 대한 부정적인 선입견을 호기심으로 바꿔놓고 있었던 것이다.

"가만있자, 그러고 보니 그 책을 읽어볼 필요가 있지 않을까?"

송문악은 문득 자신의 방 한쪽에 쌓여 있는 서책들 중 가장 아래쪽에 깔려 있는 목함(木函)으로 눈길이 갔다. 그 목함에는 십이 년 전 송무군이 풍화촌을 떠나면서 남긴 책이 담겨 있었다. 처음부터 그 책이 목함에 담겨 있었던 것은 아니었다. 그 책을 목함에 담은 사람은 화옥청이었는데, 그녀는 송무군이 남긴 유일한 물건인 서책을 몹시 소중하게 생각하여 이렇게 귀한 나무 목관에 담아 송문악에게 전했던 것이다.

하지만 송문악은 어머니 화옥청으로부터 그 서책을 건네받고도 그것이 자신과 어머니를 버리고 떠난 아버지가 남긴 책이라는 반발심 때문에 그 서책을 읽지 않고 이렇게 다른 책들 밑에 묻어두고 있었다.

송문악의 방에는 백여 권이 넘는 책이 있었다. 다행히 송문악이 글에 재능을 보여 화옥청이 살아 있는 동안 송문악에게 서책을 구해주는 것이 그녀의 가장 큰 즐거움이었기에 적지 않은 서책을 송문악에게 구해주었던 것이다.

풍화촌은 작은 마을이었다. 그녀가 아무리 책을 구하려 해도 풍화촌 인근에서 구할 수 있는 책에는 한계가 있었다. 그럼에도 불구하고 백여 권이 넘는 서책이 송문악의 손에 들어왔다는 것은 송문악에 대한 화옥청의 정성이 어떠했는지를 잘 보여주는 것이라 할 수 있었다.

송문악이 방 한쪽에 쌓여 있는 백여 권의 책을 하나씩 소중하게 들어내기 시작했다. 그도 어려운 살림에 이 서책들을 구하느라 화옥청이 들인 노력을 알고 있기에 서책을 만질 때면 항상 이렇게 조심스러운 손길로 책들을 대하고 있었다.

잠시 동안 책들을 다른 쪽으로 옮겨 쌓자 가장 아래에 옻칠을 해 검은색 기운이 도는 목함이 나타났다. 송문악은 십 년이 넘게 지났어도 옻을 입힌 빛깔이 살아 있는 목함의 뚜껑을 조심스럽게 열었다. 그러자 누렇게 바랜 서책 하나가 송문악의 눈에 들어왔다. 서책의 표면에는 책의 제목도 적혀 있지 않아 도대체 이 책 안에 어떤 내용의 글들이 들어 있는지 짐작할 수 없었다.

송문악은 바래진 서책을 조심스레 꺼내 들었다. 그리고 천천히 겉장을 넘겼다. 그러자 누런 종이에 약간씩 번진 검은 글씨들이 눈에 들어왔다. 바로 송무군이 쓴 글이었다.

옥청, 그대와 아이에 대한 죄책감에 차마 입이 열리지 않는구려. 태어나는 것을 보지도 못하고 떠나는 이 아비의 마음으로 이 책을 남기니 아이가 태어나면 이 책을 전해주시구려. 이 책에 담긴 내용을 잘 따라 익히면 아이가 큰 병에 걸리지 않고 건강하게 자랄 것이오. 그대와 아이를 놓아두고 떠나는 죄를 어찌 이 한 권의 책으로 대신할 수 있으리오만 그저 내 사죄의 마음을 담아 당신과 아이에게 남겨놓고 떠나오.

책에 쓰여진 글을 보자 송문악은 불현듯 화옥청의 얼굴이 떠올라 눈가에 눈물이 그렁거렸다.

"칫, 이까짓 책이 다 무슨 소용이란 말인가? 어머니는 혼자서 십이 년간 날 키우며 고생하시다 돌아가셨으니 어찌 이까짓 책으로 어머니에 대한 미안함을 대신할 수 있단 말인가! 흥!"

송문악은 갑작스레 송무군에 대한 원망이 치밀어 올라 책장을 단숨에 덮어버렸다. 그리곤 방바닥에 벌러덩 드러누웠다. 그러자 불빛의 그림자가 하늘거리는 천장에 화옥청의 얼굴이 아른거렸다.

"어머니……."

송문악의 입에서 그리움이 담긴 목소리가 처량하게 흘러나왔다. 이미 화옥청이 죽은 지 육 개월이 지났지만 송문악의 가슴속에는 아직도 화옥청의 얼굴과 그녀의 체취, 그리고 따듯했던 손길들이 생생히 살아 있었던 것이다. 그렇게 얼마나 지났을까? 갑자기 송문악이 몸을 옆으로 돌려 누우며 투덜거렸다.

"칫, 그래 봐야 어쩔 수 없어. 문악아, 문악아. 어머니는 이미 돌아가셨단 말이야. 그러니 이제 넌 혼자 살아가야 한단 말이야. 이렇게 어머니만 그리워하고 있을 수는 없어."

그렇게 송문악은 스스로에게 타이르듯 중얼거렸다. 그런데 마침 모로 돌아누운 송문악의 눈이 조금 전 자신이 덮어버린 서책을 마주 보게 되었다. 그러자 송문악이 벌떡 자리에서 일어나더니 서책을 집어 들었다.

"뭐, 읽어본다고 해서 내가 어머니를 배신하는 것은 아니야. 어머니도 나에게 이 책을 읽어보았냐고 가끔 물어보셨으니 내가 이 서책을 읽기를 바라셨을 수도 있어."

송문악은 과거 화옥청이 지나가는 말로 송무군이 남긴 서책을 읽었느냐고 몇 번 물었던 기억이 났다. 당시 화옥청이 그런 물음을 던진 이유를 정확히 알 수 없었지만 송문악은 왠지 송무군이 남긴 책을 읽는 것은 화옥청을 배신하는 것처럼 느껴졌기에 이 서책을 꺼내 읽을 생각을 하지 않았던 것이다. 하지만 지금 돌이켜 생각해 보면 어쩌면 화옥청은 송문악이 이 책을 읽기를 바랐는지도 몰랐다. 왜냐하면 가끔 화옥청은 이런 말도 했기 때문이다.

"그 책은 네 아버지께서 너에게 남긴 유일한 물건이니 소중히 간직해야 한다. 알겠지, 문악아?"

어쩌면 화옥청은 송문악이 그 서책을 읽음으로써 아버지의 빈자리를 메울 수 있기를 바랐는지도 몰랐다. 하지만 또 한편으로는 그렇지 않을 수도 있었다.

"어머니는 항상 내가 글을 읽어 학자가 되기를 원하셨는데 과연 무림인인 아버지가 남긴 책을 읽기를 원하셨을까?"

송문악이 중얼거리며 고개를 갸웃거렸다. 하지만 그의 이런 의문은 해답을 찾을 수 없는 것이었다. 그 대답을 해줄 수 있는 화옥청은 이미 세상을 떠나 버린 것이다.

그렇게 책을 앞에 두고 한참을 고민하던 송문악이 어느 순간 결심을 굳힌 듯 눈빛을 반짝였다.

"뭐 한번 읽어보자. 읽어만 보는 것으로 무림인이 되는 것은 아니니까 말이야. 그리고 아버지가 써놓기를 몸이 건강해지는 글이라 했으니 내 몸이 건강해진다면 어머니도 기뻐하실 거야."

송문악이 짐짓 아무렇지도 않다는 듯 책장을 다시 넘겼다. 송문악의 눈은 이미 서책 안에 들어 있을 기이한 내용에 대한 기대감으로 충만해져 있었다.

책장을 넘기자 송문악의 눈에 한 면에는 글이, 다른 한 면에는 사람이 여러 가지 자세를 취하고 있는 그림이 들어왔다.

"으음, 과연 무림인들이 읽는 책이라 보통의 책과는 다르군. 이렇게 그림을 그려놓았다니 말이야."

송문악은 일단 삼십여 장으로 만들어진 서책을 쭈욱 한번 훑어보았다. 그리곤 이내 이 서책이 담고 있는 내용이 어떤 것인가를 파악했다. 송문악의 문재(文才)는 화옥청이 큰 기대를 걸 만큼 뛰어난 것이었으므로 비록 무림인들이 읽는 책이라 해도 그 내용을 파악하는 것은 그리 어려운 일이 아니었던 것이다.

"그러니까 결국 이 서책에 담긴 내용은 아버지의 사문인 귀곡이라는 곳의 문도들이 익히는 어떤 심법의 일부분이란 이야기군. 그런데 심법이 곧 호흡법이란 말인가? 음음… 이건 정말 흥미롭구나. 이 그림들의 모습대로 자세를 취하고 글로 설명된 것처럼 호흡을 하면 병에 걸리지 않고 몸이 건강해진다니 말이야."

어느 틈에 서책의 내용에 빠져든 송문악이 자신도 모르는 사이에 서책에 그려진 그림대로 자세를 취하며 이번에는 한 글자 한 글자 서책에 쓰인 내용을 자세히 읽어나가는 것이었다.

송무군은 심각한 표정으로 충귀 신조의 이야기를 듣고 있었다. 충귀 역시 처음 송무군의 초가를 방문했을 때와는 다르게 무척 진지한 표정을 하고 있었다.

"그러니까, 사형의 말대로라면 운남에서 둘째 의숙의 흔적을 발견했단 말이군요."

"그렇다네. 자네도 알다시피 운남에는 특이한 곤충들이 많지. 우리 사형제가 그렇게 뿔뿔이 헤어진 이후 나도 그만 강호에 대한 정이 다 떨어져서 더 이상 무림에 머물기 싫었지. 그래서 갈 곳을 찾다가 곤충들이 많기로 소문난 운남으로 가기로 결정을 했다네."

"사형께서도 무림을 떠날 생각을 하셨다니, 의외군요."

"흐흐, 왜 난 그런 생각을 못하는 사람인 줄 알았나?"

"그런 분이 이 청명검에 욕심을 내셨습니까?"

송무군은 아직도 자신의 곁에 청명검을 놓아두고 있었다.

"헤헤! 그건 말일세, 일단 내가 무림으로 다시 돌아오니까 과거의 욕심이 다시 생겨난 것이지. 하지만 그 당시에는 정말 이것저것 다 귀찮아 무림을 떠날 생각이었다네. 그래서 운남으로 향했던 것이지."

신조의 말에 송무군이 고개를 끄덕였다.

"뭐 그럴 수도 있다고 치지요. 그런데 어떻게 운남에서 둘째 의숙의 흔적을 발견하게 되신 건가요?"

송무군의 물음에 신조의 표정이 다시 심각해졌다.

"자네는 잘 들어보게나. 몇 해 전부터 운남에 신흥문파가 세력을 넓히고 있었다네."

"운남은 대대로 단씨들과 점창파가 세력을 잡고 있는 곳이 아닙니까?"

"그렇지. 물론 단씨의 왕업이야 오래전에 막을 내렸으나 단씨들은 아직도 운남에서 가장 큰 세력을 가지고 있는 사람들이지. 그들 단씨들은 여러 문파로 갈라져 서로 경쟁을 하는 처지이기는 하지만 일단 단씨 이외의 문파가 운남에서 자리를 잡을라 치면 힘을 합쳐 대응하기 때문에 운남에서 단씨 성이 아닌 자가 문파를 일으키기는 거의 불가능하다고 할 수 있지. 그중에서 단지홍의 월하장원은 수십 년째 운남의 패권을 장악하고 있단 말이야. 물론 과거 구파의 지위에 오르기도 했던 점창의 힘이야 말할 것도 없고…….”

“그런데 그 운남에 단씨의 세력을 위협하는 문파가 생겨났다는 겁니까?”

“뭐, 아직까지 단씨의 세력을 위협할 정도는 아니지만 단씨와 점창이 터를 잡고 있는 대리와 멀리 떨어진 애뇌산이라는 곳에 제법 신비한 척하는 신흥문파가 터를 잡은 것은 사실이라네.”

“애뇌산이요?”

“그렇지. 운남에서는 제법 알려진 큰 산인데 워낙 험하고 독충들이 많아 일반인이 접근하기에는 무척 어려운 곳이지. 하지만 이 충귀에게야 그야말로 천국과 같은 곳이라고 할 수 있지.”

“그런 험지에 문파를 세운 자들이 있단 말입니까?”

“그렇다니까. 문파의 이름이 육천문이라고…….”

“육천문이요?”

“그렇다네. 어쨌든 그 애뇌산에 육천문이라는 문파가 생긴

지 이제 삼 년여가 지났다고 하더군. 하지만 삼 년이나 지났어도 이 육천문이라는 문파는 철저히 비밀에 싸여 있다는군. 문주가 누군지 인원은 얼마나 되는지 도통 알 수가 없다는 것이야. 애뇌산이 험하기로 소문난 곳이기도 하지만 이 육천문이 그곳에 자리를 잡은 이후에는 아예 외부인의 출입을 철저히 금하고 있다 하더라고. 근방의 몇몇 무인들이 육천문의 실체를 파헤치러 그 애뇌산에 들어가기는 했지만 살아 돌아온 사람은 거의 없다더군. 살아 돌아온 자들 또한 육천문이 있는 곳까지는 아예 접근조차 하지 못했다고 하고."

"월하장원과 점창은 그냥 두고 보고 있답니까?"

"글쎄. 그야 모르지. 하지만 모르긴 몰라도 이미 두 문파에서는 이 육천문에 대해서 어느 정도 파악하고 있지 않겠나? 단지 두 문파에서 조사한 것들이 강호로 흘러나오지 않았을 뿐이겠지. 어쩌면 대단한 문파가 아닐지도 몰라. 두 명문대파가 육천문이 애뇌산에 자리 잡는 것을 그냥 두고 보는 것을 보면 말이야."

"그런데 그 육천문과 둘째 의숙이 무슨 상관이 있단 말입니까?"

송무군이 의아한 눈으로 물었다.

"사제, 조금 더 내 이야기를 들어보라고. 내가 운남으로 간 것은 수많은 곤충들을 내 친구로 만들기 위해서란 말이야. 그런데 운남에서 기이한 곤충이 많기로 유명한 애뇌산이 육천문이라는 문파의 수중에 들어가 출입이 금지되었다니 이 아니 안타까운 일인가?"

신조가 짐짓 아쉬운 표정을 지어 보였다. 그러자 송무군이 코웃음을 치며 대답했다.

"물론 그렇다고 사형이 그 애뇌산에 들어가지 않을 사람은 아니죠."

"흐흐흐, 사제는 과연 이 사형을 잘 알고 있구만. 자네 말이 맞네. 이 신조가 누구인가? 귀곡의 여섯 제자 중 하나가 아니던가. 당연히 육천문이라고 해도 이 신조의 발걸음을 막을 수는 없지. 거기다가 난 그 애뇌산에 자리를 잡은 육천문이 어떤 자들의 집단인지 무척 궁금하기도 했거든."

"하하… 사형은 역시 무림을 떠날 생각은 없었군요."

송무군의 탄식에 신조가 겸연쩍은 미소를 지어 보였다.

"헤헤, 어쩌겠나. 타고난 궁금증이 도진 것을. 그래서 어쨌든 그 육천문에 이르는 험로를 따라가던 도중 육천문으로 향하는 일단의 사람들을 보게 되었지. 그들은 모두 무시할 수 없는 고수들이었기에 나는 얼른 몸을 숨기고 그들을 살펴보았단 말씀이야. 그런데 그때 바로 이 녀석이 반응을 하기 시작했다네."

신조가 심각한 표정으로 자신의 주머니에서 한 마리 곤충을 꺼내 들었다. 그것은 딱딱한 껍질에 둘러싸인 엄지손톱만 한 작은 물체였는데 그저 보기에는 한 알의 작은 도토리 같아

보였다. 하지만 그 물체가 신조의 손에 올려지자 송무군의 안색이 딱딱하게 굳어버렸다.

"그것은……?"

"맞아. 이놈은 바로 둘째 의숙의 냄새를 기억하는 유일한 녀석이라고 할 수 있지. 자네도 알겠지만 다른 놈들은 내가 부를 때만 날 찾아오고 또 밤이면 날 떠나 숲에서 잠을 자지만 이 향충들은 언제나 내 품속에 기거하지."

신조가 의미심장한 표정을 지어 보였다.

신조의 몸에는 이런 향충 수십 마리가 숨겨져 있다. 두 사람의 사부이자 귀곡의 곡주이던 방국진은 무척 능력이 뛰어나 강호인들이 두려워하는 존재였지만 그 성격은 몹시 괴팍한 면이 있었다. 지금 신조가 내밀어 보이는 이 도토리만한 곤충은 바로 그 방국진의 괴팍한 성정에 의해 만들어진 물건이었다.

"자네도 알다시피 나는 사부에게서 충(蟲)들을 부릴 수 있는 옥적(玉笛)을 물려받았네. 또한 귀곡에서의 나의 임무가 타인들의 행적을 살피는 일이란 것을 자네도 알고 있겠지?"

신조의 말에 송무군이 고개를 끄덕였다.

"알고 있습니다. 해서 사부께서는 사형께 귀곡의 문도들 하나하나의 체취를 사형이 기르는 그 향충(香蟲)들에게 기억시켜 언제든 귀곡의 문도가 사형의 일 리 이내에 접근하면 그 존재를 알 수 있게 하였지요."

"흐흐흐, 맞네. 그런 면에서 보자면 사부는 참으로 주도면밀한 양반이었지. 덕분에 우리 여섯 명의 사형제에게도 하나씩의 기보를 내려 사부가 실종된 지금 우리 여섯 사람이 서로 상쟁을 하게 만들어놓지 않았던가?"

"그게 어디 사부님의 탓입니까? 모두 우리 여섯 사형제의 욕심 때문이지요."

"껄껄, 맞는 말이야. 모든 것은 다 못난 우리 사형제들 때문이지. 어쨌든 이놈이 반응을 했다는 것은 곧 그곳에 둘째 의숙이 있다는 의미라 할 수 있지. 하지만 그 육천문이란 곳은 워낙 신비에 싸여 있는 문파라 나 혼자 더 이상 둘째 의숙의 흔적을 쫓을 수는 없었네. 그래서 난 그 즉시 대사형을 찾아 나섰던 것이지."

"오 년 전 개봉에 잠깐 모습을 드러냈다가 다시 종적이 묘연해진 둘째 의숙의 흔적이 왜 그 먼 운남에서 발견된 것일까요?"

"그거야 나도 모르지. 이제부터 그 이유를 알기 위해서 대사형이 우리 여섯 명의 사형제를 부르는 것이 아니겠는가?"

신조의 말에 송무군이 고개를 끄덕였다.

"둘째 의숙만 만난다면 십오 년 전에 일어난 일들의 수수께끼가 풀리게 되겠지요."

"후후, 그렇지. 본 귀곡이 이렇게 사분오열되어 각 문도가 뿔뿔이 천하를 떠돌게 된 이유를 알 수 있겠지. 사부의 생사와 함께……."

신조가 어두운 표정으로 대답했다.

"하지만 그 모든 비밀이 풀린다 하더라도 다시 예전의 귀곡으로 돌아가지는 못할 겁니다."

송무군의 목소리가 약간 처량하게 들려왔다.

"나도 알고 있네. 지난 십오 년간 사부의 행방을 찾아 헤매면서 우리 여섯 사형제는 이미 서로에게 적지 않은 상처를 주었지. 한편으로는 사부를 찾아 헤매면서도 또 한편으로는 귀곡의 주인 자리를 놓고 서로를 견제하고 있었으니 말이야."

"정확히 말해서 서로가 가진 여섯 개의 보물을 노린 것이지요."

송무군이 청명검을 들어 보였다.

"그게 그 말이 아니던가? 그 여섯 개의 보물을 모두 차지할 수 있다면 사부와 같은 경지에 오를 수 있고, 그렇다면 귀곡의 곡주가 될 수 있을 테니 말일세. 더불어 사부와 마찬가지로 신기루에 도전할 수 있는 힘을 얻을 수 있겠지."

"신기루… 신기루… 모든 일은 결국 다시 그 신기루로 이어지는군요."

송무군의 말을 끝으로 두 사람이 잠시 말을 멈추고 우울한 눈빛으로 허공을 응시했다. 그러다 신조가 먼저 조금 높은 목소리로 입을 열었다.

"그래, 어떻게 할 것인가? 대사형의 부름에 응할 것인가?"

그러자 송무군의 얼굴에 갈등의 빛이 떠올랐다.

"글쎄요. 어찌해야 할지······."

"이보게, 사제. 이번 일은 어쩌면 우리에게 마지막 기회일지도 몰라. 우리 여섯 사형제가 힘을 합쳐 둘째 의숙을 우리 눈앞에 데려다 놓을 수 있다면 우리는 사부의 일을 알 수 있겠지. 하지만 이번에도 둘째 의숙을 만나지 못한다면 우린 영원히 그 일의 전말을 알지 못할 것이네. 그리되면 종국에 귀곡은 완전히 무림에서 사라질 걸세. 더군다나 자네는 사부께서 가장 아끼던 제자가 아니던가? 그래서 청명검을 자네에게 주셨고 말이지."

신조의 말에 약간의 질투심이 느껴졌으므로 송무군이 씁쓸한 미소를 지으며 대답했다.

"하지만 전 이미 무림을 떠나겠다고 결심한 몸입니다. 더군다나 문악 그 아이를 보살펴야 하고 말입니다."

"나도 자네의 사정은 알고 있네. 하지만 그렇다고 청명검 송무군이 빠진 귀곡육절은 상상할 수 없지 않나? 이번 한 번만 더 대사형의 부름에 응해보세나. 자네의 아들 문제는 길을 가면서 한번 생각해 보세. 일을 하는 동안 어디 맡겨놓을 데를 찾으면 되지 않겠나?"

"다시 그 아이를 떠나란 말입니까?"

"그럼 어쩔 것인가? 자네도 알다시피 이 일은 항상 위험이 뒤따른다네. 그런 곳으로 자네 아들을 데리고 다닐 수는 없는 일이 아닌가?"

"하지만 이제 와서 그 아이를 어디에 맡긴단 말입니까? 나는 그동안 그 아이에게 몹쓸 아비였는데 또다시 그 아이를 떠나란 말입니까? 이제는 그 아이의 어미도 없는 마당에……."

"음음… 그건 일단 길을 나서고 나서 생각을 해보세나. 나에게 나름대로 생각이 있으니 말이야."

그 말에 송무군이 의심 어린 표정으로 신조를 바라봤으나 신조는 더 이상 입을 열지 않았다.

第三章

장사진(長思眞)

다음날 송무군은 송문악에게 길을 떠날 준비를 하라고
일렀다. 송문악은 밤새 십이 년 전 송무군이 남긴 서책을 읽
느라 충혈된 눈으로 송무군의 말을 듣고 있다가 예상하고 있
었다는 듯 고개를 끄덕였다.

"예, 알았어요."

순간 송무군은 자신의 이 영특한 아들이 이미 오늘 이곳을
떠날 것이란 사실을 예상하고 있었다는 것을 깨달았다. 그리
고 송문악의 눈에 어리는 어떤 기대감 같은 것을 놓치지 않았
다.

"문악아, 넌 이곳을 떠나는 것이 서운하지 않느냐?"

송무군의 물음에 송문악의 표정이 살짝 어두워졌다.

"물론 전 이곳을 떠나는 것이 서운해요. 이곳은 어머니와 함께 오랫동안 살아왔던 곳이니까요. 하지만 어쩔 수 없지요. 어차피 이곳에서 영원히 살 수도 없는 일이고, 또 사람에게는 떠나야 할 때가 있는 법이니까요."

"끌끌, 이놈 봐라. 나이도 어린 놈이 하는 소리가 아주 그 럴듯한걸?"

곁에서 두 부자의 대화를 듣고 있던 충귀 신조가 송문악을 보며 재미있다는 표정을 지어 보였다. 확실히 송문악이 한 말은 열두 살 어린아이가 하는 말치고는 조숙한 면이 있었다.

"이 아이는 책을 조금 읽었지요."

송무군이 아무렇지도 않은 듯 말했지만 그 말속에서 송문악을 대견스럽게 생각하는 마음이 느껴졌다. 송무군은 비록 무뚝뚝한 성격이었지만, 그도 역시 다른 아버지와 마찬가지로 자신의 아들이 누군가에게 칭찬을 받는 것이 기분 좋은 것은 어쩔 수 없는 일이었던 것이다.

"하하, 사제도 역시 어쩔 수 없이 한 아이의 아버지로구먼. 나도 눈치 채고 있었다네. 자네의 이 어린 아들은 제법 총명하다는 사실을 말이야."

"그래서 문악에게 좋은 글선생을 찾아주려던 참이었습니다."

"흐흐, 자네는 확실히 이 아이가 무림에 드는 것을 원치 않는군."

"죽은 옥청의 바람이기도 했지요."

"아, 제수씨 말인가? 하긴 자네는 제수씨를 오랫동안 혼자 두었으니 제수씨가 무림에 대해 좋은 감정을 가질 리는 없었겠지. 어차피 이번에 강호로 나가게 되었으니 어디 우리 영명한 조카의 스승을 함께 찾아보도록 하세나."

행장을 차리는 일은 그리 어렵지 않았다. 워낙 단출한 생활을 해오던 송무군과 송문악이었으므로 그저 가까이 살던 노인에게 빈집을 가끔 돌봐줄 것을 부탁하는 것으로 길 나설 준비를 끝낸 두 사람이었다.

송문악은 어려서부터 함께 놀며 자란 아이들과 제법 심각한 이별의 슬픔을 나누었지만 그 아쉬움은 새로운 세상에의 여행에 대한 기대감으로 금세 사라지고 마는 것이었다.

"셋째 의숙에게요?"

송무군이 놀란 눈으로 충귀 신조를 바라봤다. 그런 송무군의 반응을 이미 예상이나 한 듯 신조가 고개를 끄덕이며 재빨리 자신의 생각을 입에 올렸다.

"사실 풍화촌을 떠날 때부터 생각하고 있었던 것이네만 셋째 의숙만한 스승을 만나기도 어렵지 않겠는가?"

신조의 말에 송무군이 난색을 하며 대답했다.

"하지만 문악을 셋째 의숙에게 맡기는 것은 몇 가지 어려움이 있지 않습니까? 먼저 셋째 의숙이 어디에 있는지 모르고, 또한 그분을 만난다 하더라도 과연 그분이 문악을 거두어줄지도 확신할 수 없지요. 셋째 의숙은 우리 사형제들뿐만 아니라 귀곡의 문도는 다시는 상대하지 않겠다고 하지 않으셨습니까? 더군다나 셋째 의숙의 성격은 몹시 괴팍하지요. 과연 그분께 문악을 맡길 수 있을지 이 사제는 의심스럽군요."

"흘흘, 물론 자네의 말은 모두 맞는 말일세. 과거 사부께서 두 분 의숙과 우리 여섯 사형제를 데리고 신기루를 찾아 귀곡을 나오기로 결정하실 때 오직 셋째 의숙께서만 그 일을 반대하셨지. 그때 그분의 만류를 받아들이기만 했어도 우리 귀곡이 오늘날과 같이 사분오열되는 지경이 되지는 않았을 거야. 그걸 보면 셋째 의숙께서는 확실히 범인과는 다른 혜안을 지닌 분이라 할 수 있지. 그래서 자네 아들의 스승으로 오히려 적당하다는 것일세. 우리 귀곡의 문도 중 학식으로는 셋째 의숙을 따를 사람이 없지 않았던가? 단지 성격이 좀 괴팍하신 것이 문제지만⋯⋯."

"그러니 하는 말 아닙니까? 사부님의 실종 이후 우리 사형제의 분란까지 모두 알고 계신다면 당연히 저희를 만나주시려고조차 하지 않을 겁니다."

"물론 그렇겠지. 하지만 우리 귀곡의 모든 식솔들을 만나지 않겠다고 하시더라도 자네만은 만나주지 않겠는가? 그나마 우리 귀곡의 여섯 사형제 중 자네만큼은 인정해 주시던 셋째 의숙이 아니던가?"

"그거야 모두 예전 일이지요. 그때의 송무군은 더 이상 존재하지 않습니다."

송무군이 의기소침한 목소리로 대답했다.

"그건 자네의 탓이 아닐세. 우리 귀곡의 식솔들이 모두 야망에 빠져 허우적거릴 때 사제 자네만큼은 그래도 귀곡을 예전으로 되돌리려 노력하지 않았나? 아마 셋째 의숙께서도 그런 자네의 행동을 알고 계실 걸세."

신조의 말에 송무군이 신조를 보며 물었다.

"과연 셋째 의숙께서 우리 사형제들을 살피고 계셨을까요? 셋째 의숙께서 귀곡을 나와 무림에서 자취를 감춘 것이 벌써 십오 년 전 일인데⋯⋯."

"흐흐, 그 양반은 물론 우리의 모든 행동을 알고 있을 거야. 사제도 알고 있지 않은가? 그 양반이 얼마나 뛰어난 머리를 가지고 있는지 말이야. 사실 귀곡이 강호에서 그나마 이름을 날릴 수 있는 것도 바로 셋째 의숙의 두뇌에 의한 것이라 할 수 있었지. 만약 사부께서 지난날 셋째 의숙을 데리고 신기루에 도전하셨다면 어쩌면 우리 귀곡은 오늘날과 다른 모습이 되었을지도 모르지."

"휴, 다 지난 일을 다시 이야기하면 무엇 하겠습니까? 그나저나 대사형이 우리 사형제들을 소집한 날짜가 이제 두 달밖

에 남지 않았는데 과연 어디에서 셋째 의숙을 찾을 수 있단 말입니까?'

"끌끌끌, 자네는 이 사형을 너무 무시하는군. 자네도 알다시피 이 신조는 귀곡의 식솔이 근방 일 리 이내에만 존재하면 반드시 알 수 있거든. 사실 난 이미 오 년 전부터 셋째 의숙이 어디에 머무르고 계시는지 알고 있었다네. 단지 그 양반 성격이 워낙 괴팍해 괜히 눈에 띄었다가는 큰 곤욕을 치를 것 같아 모른 체하고 있었을 뿐이야."

신조의 말에 송무군이 고개를 끄덕였다.

"과연 사형께서는 그런 이유로 문악을 셋째 의숙께 맡기자는 이야기를 하신 거군요. 하지만 이 사제의 마음은 편치가 않습니다. 셋째 의숙이 저 아이를 받아주실지도 의문이지만 이제 겨우 서로 마음을 여는 이때에 다시 문악을 떠나야 한다니 말입니다."

"휴, 그거야말로 어쩔 수 없는 일 아닌가? 만약 문악 저 아이를 데리고 다닌다면 저 아이가 안전할 거라고 누가 장담하겠는가? 비록 자네의 검이 무림에서 제법 명성을 얻고 있고 또한 그 무공이 우리 여섯 사형제 중 가장 뛰어나다고 해도 말일세."

신조의 눈빛이 자못 진지했으므로 송무군도 수긍하지 않을 수 없었다.

"그렇지요. 그간 강호에서 나와 원한을 맺은 인물들이 아주 없다고는 할 수 없는 처지이지요."

"그렇지. 그리고 자네와 원한을 맺은 인물들은 하나같이 심성들이 좋지 않은 자들이지. 더군다나 지금은 우리 사형제들도 서로를 견제하고 있는 실정이 아닌가?"

신조의 말에 송무군의 얼굴에 불쾌한 감정이 어렸다.

"설마 아무리 우리 사형제가 서로의 귀곡육보를 노리고 있다고 하더라도 조카를 위협할 리야 있겠습니까?"

"호호호, 역시 자네는 귀곡의 정인군자야. 하지만 너무 방심하지 말게. 우리 귀곡의 식솔들이 모두 자네처럼 정인군자인 것은 아니지 않은가? 그러니 아무래도 문악 저 아이는 셋째 의숙에게 맡기는 것이 좋을 것일세. 일단 셋째 의숙께서 저 아이를 맡아주기로 하신다면 그 누구도 저 아이를 위협할 수는 없을 걸세. 더불어 저 아이를 학자로 키우고 싶다면 셋째 의숙만한 스승도 없고 말이야."

"알겠습니다. 그럼 이번 일은 사형의 의견을 따르기로 하지요."

송무군이 작은 한숨을 내쉬며 고개를 돌려 객방의 한쪽 구석에서 등을 보이며 자고 있는 송문악을 돌아봤다.

하지만 송무군은 신조와 이야기하는 동안 송문악의 몸이 간혹 움찔거린 것을 알지 못했다. 더불어 눈앞의 벽을 화난 눈으로 노려보고 있는 송문악의 눈에 이슬이 맺혀 있는 것도 송무군은 알지 못했다.

가을이 깊어가자 홍엽이 만발했다. 하지만 송무군과 신조는 사방을 물들인 홍엽에는 관심이 없는지 묵묵히 고개를 숙이고 산길을 걷고 있었다. 그 한참 뒤에서 송문악이 잰걸음으로 따라오고 있었지만 어른 두 사람의 걸음을 따라붙기는 힘들었다. 하지만 송문악은 두 사람에게 천천히 가자는 말을 하지 않았다. 이를 악물고 두 사람의 뒤를 힘겹게 쫓을 뿐이었다.

"낄낄, 과연 자네 아들이군."

신조가 흘낏 뒤를 돌아보며 말했다. 하지만 송무군은 신조의 말에도 불구하고 송문악을 돌아보지 않았다.

"하여간 자네도 지독한 사람이야. 저 어린아이를 이 먼 곳까지 줄곧 혼자 걷게 하다니 말이야. 더군다나 자네 두 부자는 요 며칠간 전혀 대화도 나누지 않았단 말씀이야. 음음… 분명 저 영특한 아이가 자기를 떼어놓고 가려는 것을 눈치 챈 것이 분명해."

하지만 여전히 송무군은 묵묵부답이었다.

"이봐, 사제. 이 정도 되었으면 저 아이에게도 이야기를 해 주어야 하지 않겠는가? 어차피 이제 셋째 의숙이 머무는 곳에다 와가니 저 아이에게도 지금의 상황을 설명해 주어야 할 것 아닌가?"

그러자 송무군이 오랜만에 입을 열었다.

"문악은 이미 알고 있습니다."

"응? 그게 무슨 말인가?"

"문악이는 이미 내가 자신을 셋째 의숙에게 맡기려 한다는 것을 알고 있다는 말입니다. 그래서 요 며칠간 나와 말하는 것조차 피했던 것이지요."

"저 꼬맹이가 그걸 어떻게 알았을까?"

"며칠 전 객방에서 사형과 제가 하는 이야기를 들었던 것 같습니다. 그날 이후 말이 없으니 말입니다."

그제야 신조가 알겠다는 듯 고개를 끄덕였다.

"과연 그렇군. 생각해 보니 그날 이후 말이 없어진 것 같더군. 이보게, 사제. 그런데 왜 자네는 저 아이의 기분을 달래주지 않는 것이지? 그런 사실을 알고 있었다면 저 아이에게 사정을 설명하고 헤어질 때까지라도 다정하게 대해주어야 할 것 아닌가?"

그러자 송무군이 작은 한숨을 내쉬었다.

"사형, 이 사제가 저 아이를 떠나는 것은 이번이 처음이 아닙니다. 아시겠지만 전 저 아이가 옥청의 뱃속에 있을 때 이미 한 번 떠났지요. 그러니 제가 이번에 저 아이를 떠나기로 결심한 것은 정말 아버지로서 할 짓이 아니지요. 하지만 일단 저 아이를 또다시 홀로 남겨두기로 했으니 가급적 저 아이가 나에 대해 정을 갖지 않는 것이 좋을 것 같다는 생각이 들더군요. 저 아이는 본래 강한 성정을 지녔지만 공연히 제가 저 아이에게 잘 대해주어 정이 생겨나면 오히려 저 아이가 더 힘들 것 같아 일부러 이리 대하는 것입니다."

"음음, 과연 아버지의 마음이란 다른 것이군. 나와 같이 평생 가족이란 것을 가져본 적이 없는 사람은 그런 부모의 마음을 알 수가 없지."

"과거 우리 사형제가 한 사부를 모시고 성장할 때 서로 가족과 같지 않았습니까?"

"낄낄, 그건 자네가 잘 모르고 하는 소리일세. 워낙 바르고 재질이 뛰어나 모든 사형제들이 자넬 좋아하긴 했지만, 사실 그때에도 우리 사형제 간에는 보이지 않는 경쟁이 벌어지고 있었다네. 자네는 어떻게 생각할지 모르지만 사부는 무서운 사람이었거든. 우리 여섯 사형제가 서로 경쟁하는 것을 뒤에서 부추긴 사람이 바로 사부였지. 그건 사부께서 우리 여섯 사형제에게 귀곡육보를 하나씩 나누어 준 것만 보아도 짐작할 수 있는 일이지."

"사부께서는 오히려 우리 여섯 사형제가 힘을 합쳐 귀곡을 이끌어가라고 귀곡육보를 하나씩 나누어 주셨을 수도 있습니다."

그러자 신조가 단호하게 고개를 저었다.

"아니, 다른 것은 몰라도 그건 사제가 틀린 걸세. 사부는 결코 우리 사형제에게 사이좋게 지내라고 귀곡육보를 하나씩 나누어 준 것이 아닐세. 물론 자네도 내심 자네의 말이 틀렸다는 것을 인정하고 있겠지만 말이야."

송무군은 신조의 말에 달리 반박을 하지 않았다. 송무군도 사부 방국진이 어떤 사람인지 모르는 것은 아니었기 때문이다.

'과연 사부께서는 사이좋은 사형제들보다는 다른 사람을 이겨낼 수 있는 뛰어난 제자를 원하신 것일까?'

그리고 그런 방국진이 가장 큰 기대를 하고 있던 인물은 바로 그 자신인 송무군일지도 몰랐다. 그래서 귀곡육보 중에서도 가장 중요한 보물인 청명검을 그에게 주었던 것일 수도 있었다.

"이곳 어디쯤이 분명한데……."

잠시 생각에 잠겨 있던 송무군이 신조의 중얼거림에 퍼뜩 정신을 차리고 주변을 둘러봤다.

어느새 울창했던 활엽수가 사라지고 하늘 높이 솟은 소나무들이 가을 햇살을 막아서고 있었다. 한낮임에도 불구하고 희뿌연 안개가 시야를 가로막고 있었고, 숲의 저쪽으로 희미하게 바라보이는 것은 제법 넓은 호수가 분명했다.

"이곳에 셋째 의숙이 계신다는 겁니까?"

송무군이 눈살을 찌푸리며 신조에게 물었다.

자신의 눈앞에 펼쳐진 풍경은 어린 송문악이 살아가기에

는 지나치게 괴기스러워 보였다. 분명 자신들이 지나온 산길은 가을 단풍으로 무척 아름다웠는데 갑자기 주변 환경이 이렇게 괴기스런 모양으로 돌변한 것이 믿을 수 없기까지 했다.

"보시게, 사제. 이놈이 깨어나고 있지 않은가?"

충귀 신조가 자신의 손에 한 마리의 향충을 올려놓으며 말했다. 과연 그의 손바닥에 놓인 향충이 단단한 자신의 껍질을 열고 두 개의 더듬이가 달린 조그만 머리를 밖으로 내밀고 있었다.

"휴, 과연 셋째 의숙답군요. 이런 괴기스런 곳에 자리를 잡고 계시다니……."

송무군이 혀를 차며 중얼거렸다. 향충의 움직임으로 보건대 분명 이곳 어딘가에 셋째 의숙 장사진이 머물고 있는 것이 분명했다.

"의숙! 신조와 무군이 인사를 드리러 왔으니 그만 모습을 보여주십시오."

갑자기 신조가 큰 소리로 안개 낀 소나무 숲을 향해 소리쳤다. 하지만 그들을 둘러싼 소나무 숲 어디에서도 신조의 외침에 대한 대답 소리가 들려오지 않았다.

"의숙, 모습을 보여주시지 않는다면 무례를 무릅쓰고 저희들이 의숙을 찾아가도록 하겠습니다."

신조는 이미 손 안에 든 향충을 안개로 인해 축축해진 땅 위에 내려놓고 있었다. 그러자 향충은 잠시 그 자리에서 이리 저리 방향을 틀더니 이내 한 방향을 정하고는 앞으로 기어가기 시작했다. 향충은 비록 어른 엄지손톱만큼 작았으나 움직임은 무척 빨라 금세 송무군과 신조의 몇 장 앞으로 달려가고 있었다.

"가보세."

신조가 향충이 움직이는 방향으로 움직이기 시작했다.

"이리 오너라. 이곳은 안개가 짙어 길을 잃기 쉬우니 넌 이 아비 곁에서 떨어지지 말거라."

송무군이 갑작스레 변한 주변 환경에 긴장해 있는 송문악을 자신의 가까이로 끌어들이고는 이내 신조의 뒤를 따라 움직이기 시작했다.

향충을 따라 안개 속으로 진입한 세 사람은 이각여를 움직여 소나무 숲의 좀 더 깊은 곳으로 들어갔다.

"이제 거의 다 온 것 같군. 녀석이 보통 보채는 것이 아닌걸?"

신조가 어느새 자신의 뒤에 따라붙은 송무군을 보며 말했다.

"사형, 이쯤에서 다시 한 번 의숙을 불러보지요. 이렇게 막무가내로 의숙을 찾아가면 몹시 화를 내실지도 모릅니다. 저나 사형이나 의숙이 화를 내면 감당하기 쉽지 않을 겁니다."

송무군의 말에 신조가 옥적을 꺼내 들어 가볍게 불자 안개 속으로 바쁘게 움직이던 향충이 금세 신조의 품속으로 돌아왔다. 그러자 이번에는 송무군이 안개 속을 향해 소리쳤다.

"의숙! 무군이 찾아왔습니다. 그만 모습을 보여주십시오."

하지만 여전히 짙은 안개에 싸인 소나무 숲에서는 아무 소리도 들리지 않았다. 향충들의 재주를 모르는 사람이라면 충귀의 예상이 틀렸다고 생각할 수밖에 없는 상황이었다.

"의숙, 의숙께서 나오시지 않는다면 무례를 무릅쓰고 이 신조가 의숙을 찾아 길을 열겠습니다!"

충귀 신조가 다시 품속에서 향충을 꺼내 들며 소리쳤다. 그러자 갑자기 소나무 숲으로 한줄기 바람이 휭 하고 불더니 방향을 알 수 없는 곳으로부터 괴팍한 노인의 목소리가 들려왔다.

"이런 버릇없는 놈들을 보았나. 감히 문 내의 존장에게 그 따위 협박을 지껄이다니. 귀곡의 문규가 땅에 떨어졌다고 하더니 과연 그 소문이 틀리지 않았구나. 이 망할 놈들아, 싸움을 하려거든 너희 사형제들끼리 하거라. 조용히 사는 사람 피곤하게 하지 말고!"

"하하하! 셋째 의숙께서는 과연 이곳에 계셨군요. 자, 이곳에 의숙께서 아끼시던 막내 사제가 찾아왔으니 그만 모습을 보여주시지요."

한바탕 욕을 얻어먹었음에도 신조가 전혀 위축되지 않고

소리쳤다.

"흥, 욕을 먹고도 웃음을 짓다니 네놈은 여전히 부끄러움이라는 것을 모르는구나. 하긴 벌레와 같이 사는 놈이 어찌 인간의 도리를 알겠느냐. 그리고 무군아!"

"예, 의숙! 여기 무군이 의숙을 뵈러 왔습니다."

"그래, 나도 오랜만에 네 목소리를 들으니 반갑구나. 하지만 이 의숙은 십오 년 전 방 대형이 만류를 무릅쓰고 신기루를 찾아 떠난 이후 다시는 귀곡의 사람들을 보지 않겠다고 결심했으니 아쉽지만 그냥 돌아가도록 하여라."

"의숙, 이 무군은 오늘 의숙께 긴한 청이 있어 사형의 도움을 얻어 이곳까지 왔으니 비록 저희 사형제를 만나시는 것이 마음에 들지 않는다 하더라도 잠시 이 무군을 위해 시간을 내어주실 수는 없겠습니까?"

송무군의 진심 어린 말에 안개 속의 괴인도 마음이 흔들리는지 잠시 아무런 대답을 하지 않았다. 하지만 얼마 지나지 않아 긴 한숨 소리와 함께 조금 처량한 음성이 안개 속에서 흘러나왔다.

"무군아, 나 또한 다른 사람은 몰라도 너는 한 번 만나보고 싶은 마음이 없는 것은 아니다. 하지만 이미 과거 귀곡을 떠날 당시 이 장사진은 귀곡의 인물들을 다시는 보지 않겠다고 공언했는데 이제 와서 옛정에 이끌려 스스로의 결심을 어길 수야 없지 않겠느냐? 하지만 네가 이곳까지 날 찾아온 것은 피치 못할 사정이 있기 때문이겠지. 그러니 나에게 부탁할 말이 있거든 그곳에서 말해보거라. 비록 얼굴은 보지 않겠지만 너는 귀곡의 문도 중 유일하게 이 장사진이 인정한 인물이니 한번 들어보기는 하마."

"감사합니다, 의숙. 그럼 염치 불구하고 제가 의숙을 찾아온 이유를 말씀드리겠습니다."

송무군이 깊게 허리를 숙여 보이고는 고개를 돌려 몇 걸음 뒤에 떨어져 있는 송문악을 불렀다.

"이쪽으로 오너라."

그러자 송문악이 짙은 안개와 괴기스런 분위기에 겁을 집어먹은 듯 두려운 눈빛을 보이며 송무군 옆으로 다가왔다.

"그 아이는 누구냐?"

송무군이 송문악을 소개하기도 전에 어둠 속에서 장사진의 목소리가 들려왔다.

"이 아이는 바로 제 아들입니다, 의숙."

"뭐라고? 무군 너의 아들이라고? 네게 그런 장성한 아들이 있었단 말이냐?"

그러자 송무군의 얼굴에 부끄러운 기색이 감돌았다.

"그렇습니다, 의숙. 사실은 지난날 동해에 신기루가 출현했을 때 한 여인을 만나 이 아이를 가지게 되었습니다만 본곡의 일에 매달리느라 십 년이 넘도록 아이와 그 어미를 돌보지 못했습니다. 그러다 이번에 기회가 되어 두 모자를 찾아갔습니다만 그만 아이의 어미는 목숨을 잃고 이렇게 이 아이만을 데리고 다시 강호로 나오게 되었지요."

"허허, 이건 정말 송무군답지 않은 행동이군. 귀곡의 인물 중 가장 광명정대하다는 송무군이 자신의 처자식을 십 년이나 그냥 내버려 두었다니……. 쯧쯧, 과연 귀곡의 분란이 강호의협 송무군의 심성까지도 바꾼 것인가?"

장사진의 한탄에 송무군이 얼굴을 붉히며 고개를 숙였다.

"셋째 의숙의 꾸지람을 들어도 할 말이 없습니다. 그러고도 모자라 오늘 다시 이 아이를 맡기려 이렇게 의숙을 찾아온 무군입니다. 의숙, 소질의 어린 자식을 맡아주실 수 있으실는지요?"

"허허, 이런 일이 있나? 십 년이 넘도록 버려둔 것으로도 모자라 또다시 그 아이를 남의 손에 맡기겠다고? 도대체 자네에게 어떤 다급한 일이 있어 또다시 그 아이에게 몹쓸 짓을 하려 한단 말인가? 이것은 도저히 내가 알고 있는 청명검 송무군이 아닌걸?"

"저의 부덕함이야 변명드릴 생각이 없습니다. 다만 이번에 셋째 사형께서 둘째 의숙의 소식을 가지고 왔기에 대사형께서 저희 여섯 사형제를 모두 호출하였습니다. 해서 이번 일이 끝날 때까지만 이 아이를 맡아주십사 염치없는 부탁을 드리는 것입니다."

"뭣? 양 의형의 소식을 가져왔다고?"

그러자 이번에는 신조가 나서서 대답했다.

"그렇습니다, 의숙. 운남 애뇌산에서 둘째 의숙의 흔적을 발견하였습니다."

"운남 애뇌산? 혹… 육천문?"

순간 송무군과 신조 모두 화들짝 놀랐다.

"아니, 의숙께서도 육천문을 알고 계십니까?"

그것은 확실히 놀라운 일이었다. 운남 애뇌산에 육천문이 자리를 잡은 것은 그리 오래된 일이 아니었다. 또한 육천문은 아직은 운남에서조차 단씨와 점창의 위세에 가려 그리 두각을 나타내지 못하고 있는 실정이었다. 그런데 운남으로부터 수천 리나 떨어진 곳에 은거해 있는 장사진이 어떻게 육천문의 이름을 알고 있단 말인가?

"흐음, 과연 그들이군. 그런데 참 이상한 일이군. 왜 양 의 형이 육천문에 나타났을까?"

장사진이 송무군과 신조의 놀람에도 아랑곳하지 않고 혼자 중얼거렸다.

"의숙, 운남의 육천문을 도대체 어떻게 알고 계십니까?"

신조가 재차 물었다.

"이 빌어먹을 놈아, 내가 그들을 알고 있으면 안 될 일이라도 있느냐?"

"아, 아닙니다. 그런 것이 아니라 육천문이 운남 애뇌산에 자리를 잡은 것은 얼마 되지 않은 일인데 강호 출입을 하지 않으시는 의숙께서 그들을 알고 있다니 신기해서 그렇습니다."

"흥, 네놈은 과연 날 우습게보고 있었구나. 내가 비록 강호를 떠나 있다고는 해도 벌레나 앞세우고 돌아다니는 네놈보다야 강호 소식에 밝지. 아무튼 애뇌산 육천문에 양 의형의 흔적이 나타났다면 그 또한 그냥 지나칠 일은 아니겠지. 그나저나 무군아."

"예, 의숙."

"너도 알다시피 난 십오 년 전 방 대형이 귀곡의 식솔들을 인솔하고 신기루를 찾아 떠날 때 분명 귀곡의 식솔들은 다시 보지 않기로 공언했었다. 네 사정이 딱하기는 해도 네 아들이라면 역시 귀곡의 인물이라 아니 할 수 없으니 내가 어떻게 네 아들을 맡겠느냐? 그건 이 의숙이 스스로 다짐한 말을 어기는 꼴이란 말이야. 이 장사진은 결코 허언을 하지 않는 사람이란 걸 잘 알고 있겠지?"

장사진의 말이 자못 단호했으므로 송무군은 어쩌면 오늘 송문악을 장사진에게 맡기는 일이 어려울지도 모른다는 생각을 하며 간곡한 목소리로 다시 장사진을 설득했다.

"의숙, 제가 어찌 의숙의 입장을 모르겠습니까? 하지만 제 아들 문악은 굳이 귀곡의 식솔로 보지 않으셔도 될 듯합니다."

"그게 무슨 해괴한 말이더냐. 네 아들이면 당연히 귀곡의 식솔이지."

"물론 의숙의 말씀이 이치에 합당하기는 하오나, 이 아이는 태어나면서부터 제 어미와 단둘이 살아온 아이입니다. 그간 우리 귀곡과는 무관하게 살아왔다는 말이지요. 더군다나 이 아이의 어미는 아이를 무림에 들이지 말 것을 당부하였고, 저 또한 아이를 무림에 들일 생각이 없으니 이 아이는 비록 제 피를 이어받았다고는 하나 귀곡과는 무관하다 할 수도 있을 겁니다."

송무군의 말에 장사진이 잠시 대답을 하지 않고 있다가 조금 부드러워진 목소리로 다시 물었다.

"물론 네 말에 일리가 없는 것은 아니다. 하지만 이 의숙의 말을 들어보거라. 넌 그 아이를 무림에 들일 생각도 귀곡의 문도로 키울 생각도 없다고 밀한다만 이 의숙은 비록 귀곡을 떠났지만 엄연히 귀곡의 문도 중 하나이다. 그런 나에게 아이를 맡긴다면 그 아이가 과연 무림에서 자유로울 수 있겠느냐?"

과연 이 물음에는 송무군도 달리 마땅한 대답을 할 수 없는지 대답을 하지 못했다. 그때 송무군의 옆에 서 있던 송문악이 당돌한 목소리로 입을 열었다.

"할아버지, 제가 한말씀 올려도 될까요?"

그러자 송무군이 화들짝 놀라며 송문악을 제지했다.

"문악아, 어른들 말씀하시는 데 끼어드는 법이 아니다. 넌 가만히 있거라."

송무군은 비록 셋째 의숙 장사진이 자신을 좋게 생각하고 있지만 송문악이 자칫 말실수를 하여 장사진의 심기를 불편하게 만들 것을 걱정했던 것이다.

"하지만 이 일은 제 거취와 관련된 일인데 제가 제 생각을 말할 수 없다면 옳은 일이 아니잖아요?"

당돌한 송문악의 말에 송무군이 할 말을 잃은 사이, 안개 속으로부터 너털웃음이 터져 나왔다.

"핫하하! 과연 송무군의 아들이 맞군. 무군 네가 처음 방대형을 따라 귀곡으로 왔을 때가 생각나는구나. 그런데 가만히 생각해 보니 오히려 네 아들이 그때의 너보다 좀 더 똑똑한 것 같구나. 넌 솔직히 좀 우직한 면이 있었지. 문악이라고 했느냐?"

"네, 할아버지."

"그래, 네 말이 맞다. 지금 네 아비와 내가 나누는 이야기는 모두 너와 관련된 일이니 네 의견이 가장 중요하지. 그래, 네 생각을 한번 말해봐라."

"음… 그러니까 말이죠. 제가 할아버지와 지낸다고 해서 제가 꼭 무림인이 된다고는 단정할 수 없을 것 같아요."

"그건 왜 그렇지?"

"제가 누구의 아들이든 혹은 누구와 함께 살든 무림인이 되고 안 되고는 결국 제 마음에 달린 것 아닌가요? 제가 무림인이 되지 않겠다면 안 되는 것이고, 무림인이 되고 싶으면 되는 것이죠. 그러니 제가 할아버지와 함께 산다고 해서 반드시 무림인이 되는 것은 아니에요."

"음, 이것 참 얘기가 이상하게 돌아가는군. 분명 네 말이 맞기는 한데 그렇다고 네 말을 그대로 인정하기는 뭔가 좀 찜찜한데……?"

안개 속에서 장사진의 당혹스런 목소리가 들려왔다.

"음, 좀 이상하긴 하지만 네 녀석의 말이 틀렸다고 반박할 수는 없구나. 확실히 무림인이 되고 안 되고는 네 마음에 달린 것이겠지. 그런데 무군아!"

"예, 의숙!"

"넌 왜 나에게 네 아들을 맡기려 한 것이냐? 내가 쉽게 응낙하지 않을 것이란 걸 모르지는 않았을 텐데?"

"사실 전 사형을 따라 다시 강호로 나오기 전 아이의 글선생을 찾고 있었습니다. 다행히 문악의 문재(文才)가 그리 나쁘지 않아 좋은 스승을 만나면 제법 괜찮은 성취를 이룰 수 있지 않을까 생각하고 있었습니다. 그런데 그때 마침 신 사형이 찾아왔지요. 대사형의 호출로 강호로 돌아오지 않을 수 없는 상황이 되었으므로 문악의 스승을 찾는 일을 뒤로 미룰 수밖에 없었는데 마침 의숙에게 생각이 미쳤습니다. 의숙께서는 귀곡의 문도 중 그 학식이 가장 뛰어난 분이셨고, 또 강호를 떠나 은거하고 계시니 문악을 부탁드리기에 가장 적합한 분이라고 생각하게 된 것입니다. 의숙, 부디 이 사질의 부탁을 들어주시기 바랍니다."

송무군이 포권을 취하며 깊게 허리를 숙여 보였다.

"흠흠, 물론 내 학식으로 말할 것 같으면 천하의 그 누구에게도 양보할 생각은 없지. 자, 어떻게 한다."

장사진이 생각에 잠긴 듯 잠시 말소리가 끊겼다. 그렇게 얼마나 지났을까. 안개 속에서 다시 장사진의 목소리가 들려왔다.

"좋다. 내가 네 아들을 맡기로 하마. 나도 오랫동안 혼자 지내려니 적지 않게 적적하던 참이었다. 이것 봐라, 문악아!"

"예, 할아버지."

"넌 똑똑하니까 이미 짐작하고 있겠지만 이 할아버지는 제법 성격이 고약하단다. 그래도 넌 나와 함께 있을 생각이 있느냐?"

"예, 할아버지. 전 할아버지와 함께 있고 싶습니다."

"네 아비와 떨어져서 살 수 있겠느냐?"

장사진의 질문에 송문악이 송무군에게 고개를 돌렸다. 그러자 송무군도 송문악의 대답이 궁금한지 송문악을 바라봤다.

"할아버지, 전 이미 오래전부터 어머니와 단둘이 살아왔지요. 그래서 이제 와서 다시 아버지와 떨어져 산다고 해도 특별히 어려운 일은 없을 거라고 생각해요."

송문악의 대답에 송무군의 눈빛에 처량한 빛이 감돌았다. 송문악의 말은 하나도 틀린 것이 없었다. 송문악이 열두 살이 될 때까지 송무군이 한 일이라고는 요 몇 달 함께 지낸 것이 전부였던 것이다.

"허허, 이거야 원, 부자간의 정리가 이리 박해서야 될 말인가? 무군아, 넌 정말 네 아들에게 못할 짓을 하는구나. 그러니 반드시 강호의 일이 끝나면 네 아들에게로 돌아와야 할 것이다."

"의숙의 말씀, 명심하겠습니다."

송무군이 무거운 얼굴로 대답했다.

"좋다. 그럼 문악 그 아이는 내가 맡기로 하마."

장사진의 음성이 송림의 안개 속에서 흘러나와 세 사람의 귀에 당도하기도 전에 갑자기 한 무더기의 안개 덩어리가 불쑥 송림 사이에서 튀어나오더니 이내 송문악을 뒤덮었다.

"악!"

송문악은 갑작스런 안개 덩어리의 공격에 비명성을 터뜨렸지만, 송문악의 어린 신형은 어느새 안개에 휩싸여 송림 사이로 사라지고 마는 것이었다.

"자, 이제 너희가 이 의숙에게 볼일이 끝난 것 같으니 그만 물러가도록 하거라."

그리곤 어느새 송림 저편으로부터 다시 장사진의 목소리가 들려왔다.

"의숙, 부탁을 들어주셔서 감사합니다. 운남의 일이 마무리되면 반드시 돌아오겠습니다. 문악을 잘 부탁드립니다."

"오냐. 이번에야말로 본 곡의 모든 은원이 말끔히 정리되기를 바라겠다. 네 아들은 걱정하지 말거라. 내가 잘 보살피도록 하마. 그리고 너희 두 사람 모두에게 당부할 말이 있으니 새겨들어라."

그러자 송무군과 신조가 모두 한 걸음 앞으로 나서 고개를 숙였다.

"의숙, 말씀하시지요."

"이번에 양 의형을 찾아 너희 여섯 사형제가 동행을 한다니 하는 말이다만, 문파의 중대사를 해결하기 전에는 서로 육보에 대한 욕심을 접어두도록 하여라. 내가 알고 있는 육천문의 고수들은 그 개개인의 무공이 결코 너희 여섯 사형제에 뒤지지 않는 사람들이다. 아니, 오히려 너희보다 뛰어나다고 할 수 있지. 너희가 지금처럼 귀곡육보에 눈이 어두워 서로 상쟁을 한다면 결코 육천문의 고수들을 상대할 수 없을 것이다. 더불어 양 의형을 만날 수도 없겠지."

"의숙, 육천문의 고수란 자들은 어떤 사람들입니까?"

"나도 자세히는 알지 못한다. 과거 귀곡이 지금처럼 분열되지 않았을 때 잠시 운남을 여행할 일이 있었는데 그때 한 떼의 고수들을 숨어서 본 적이 있지. 당시 그들은 운남의 대파인 점창의 도사 셋과 시비가 붙었었는데 그 무공의 독랄함에 점창의 도사 셋이 패사를 하고 말았지. 그때 언뜻 그들이 육천문이란 말을 입에 올렸던 것을 기억하고 있을 뿐이란 다."

"그럼 육천문은 점창과는 그리 좋은 사이는 아니겠군요. 그런데 왜 점창에서 지금껏 육천문을 그대로 두었을까요? 그리고 육천문이 운남무림에 알려진 것은 몇 년 되지 않았는데 의숙의 말대로라면 아주 오래전부터 육천문이 존재했다는 말이 되는군요."

"당시 그들 여섯 고수가 점창 문인 셋을 살상한 것을 나 말고는 아무도 본 사람이 없으니 점창이 그들을 적대시할 이유는 없었겠지. 그리고 그들이 십 년이 넘도록 무림에 알려지지 않았다가 최근에야 자신들의 이름을 강호에 알렸다는 것은 그들이 운남의 다른 문파들과 경쟁할 준비가 끝났다는 말일수도 있다. 그러니 너희는 이산에게 전해 육천문을 상대하는 것에 특별히 조심하라 이르거라. 점창의 세 명 도사를 도모하던 그 당시만 하더라도 그들의 무공은 이미 강호 일류고수의 반열에 올라 있었느니라."

"의숙의 당부를 꼭 대사형께 전하겠습니다. 그리고 일이 끝나면 이곳으로 다시 돌아오겠습니다."

"그럴 필요 없다. 너희가 떠나면 나도 곧 문악을 데리고 이곳을 떠날 테니."

그러자 송무군이 놀라며 되물었다.

"이곳을 떠나실 생각이십니까?"

"그럼 당연한 일이 아니겠느냐? 은거지가 들통났는데 이곳에 머문다는 것은 옳은 일이 아니지. 이번에 새로운 은거지를 정하면 저 벌레귀신 녀석도 도저히 찾을 수 없는 곳으로 갈 터이니 괜히 나를 찾으려 헛수고하지 말거라. 문악은 내가 데리고 있다가 때가 되면 너에게 보내도록 하마. 자, 이제 그만 떠나거라. 다시 한 번 당부하지만 곡의 일을 마무리 지을 때까지는 절대 너희 여섯 사형제가 서로 상쟁해서는 안 될 것이다. 육보의 주인을 가리는 일은 곡의 일을 해결한 이후라도 늦지 않다."

장사진의 목소리는 서서히 송림 저편으로 사라지고 있었다.

"문악아! 의숙을 잘 모시며 기다리거라. 의숙! 부디 문악이를 잘 보살펴 주시기 바랍니다."

송무군의 입에서 흘러나온 커다란 음성이 송림 사이로 퍼져 나갔다.

"걱정 마세요, 아버지!"

송림 저편에서 희미한 송문악의 음성이 들려왔다.

"어서 가거라. 이제 곧 진을 발동하여 생로를 막을 것이니."

이번에는 조금 위협적인 장사진의 목소리가 들려왔다. 그러자 송무군의 팔소매를 신조가 잡아끌었다.

"사제, 어서 이곳을 벗어나세. 의숙이 진을 발동한다면 우리는 몹시 어려운 지경에 처하게 될 걸세. 자네도 의숙의 진법이 무서운 것은 알고 있겠지."

"알았습니다, 사형. 아, 문악이 잘 지내야 할 텐데……."

어느 틈에 사방에서 밀려드는 안개가 더욱 짙어졌다. 그러자 송무군과 신조가 훌쩍 몸을 날려 그들이 걸어 들어온 길을 되짚어 달려나가기 시작했다. 두 사람의 모습이 순식간에 장내에서 사라지고 그 자리로 짙은 안개가 밀려들었다.

송문악은 자신의 몸이 허공을 날아가고 있다고 생각했다. 세상에, 사람이 어떻게 허공을 날아갈 수 있단 말인가? 하지만 뺨을 스치고 지나가는 차가운 안개의 입자들이 그가 꿈을 꾸는 것은 아님을 말해준다.

송문악은 자신을 품에 안고 날아가고 있는 장사진의 발이 가끔씩 높이 솟은 바위나 우거진 소나무 가지를 차고 있다는 사실을 안개에 가려 보지 못했다.

그렇게 한참 동안 송문악을 안고 하늘을 난 장사진이 한순간 땅으로 내려섰다.

"다 왔다. 이곳이 바로 내가 사는 곳이다."

안개는 어느새 걷혀 있었다. 그리고 사방이 소나무 숲으로 우거진 곳에 조그만 초가집이 덩그러니 서 있었다. 초가 옆으로는 폭이 십여 장에 이르는 작지 않은 크기의 개울이 시원한 물소리를 만들어내고 있었고, 뒤쪽으로는 급한 경사를 이룬 험산(險山)이 병풍처럼 둘러서 있었다. 송문악의 머릿속에 서책이나 풍화촌의 노인들이 이야기하던 신선들이 사는 선계가 바로 이곳이 아닌가 하는 생각이 들 정도로 아름다운 경치였다.

"마음에 드느냐?"

멍하니 주변 경치에 정신이 빠져 있는 송문악에게 장사진이 말을 걸었다.

"예, 정말 아름다운 곳이에요."

송문악은 장사진을 돌아보지도 않고 대답했다.

"하하, 이 녀석아. 말을 할 때는 상대의 얼굴을 보고 해야 하는 법이란다. 그렇지 않으면 상대는 자신을 무시한다고 오해를 한단 말씀이야."

그제야 송문악은 자신의 실수를 깨닫고 급히 몸을 돌려 장사진을 바라봤다.

"죄송해요, 할아버지. 제가 그만 이곳 풍경에 정신을 빼앗겨 실수를 하고 말았어요."

"끌끌. 아니다, 아니야. 사실 이곳의 풍경은 제법 사람의 정신을 뺏을 만하지. 내가 십오 년 동안 이곳에서 지낸 이유도 바로 선계와 같은 이곳 풍경에 마음을 빼앗겼기 때문이란다. 그건 그렇고, 문악아!"

"예, 할아버지."

"우린 얼마간 함께 지내야 하는데 아직 정식으로 인사도 나누지 않았구나. 그러니 먼저 정식으로 통성명부터 하자꾸나. 난 장사진이라고 한다. 네 아버지와 마찬가지로 귀곡 출신이고 네 아비의 의숙이지. 하지만 네가 무림에 뜻이 없다니 굳이 귀곡의 항렬을 따를 필요가 없으니 넌 그냥 나를 지금처럼 할아버지라고 불러도 좋다."

"알겠어요, 할아버지. 전 문악이라고 해요. 함께 지내게 해 주서서 감사해요. 문악이 할아버지께 인사 올립니다."

말을 마치고는 송문악이 풀썩 무릎을 꿇으며 장사진에게 큰절을 올리는 것이었다. 장사진은 그런 송문악을 보면서 흐뭇한 미소를 지으며 고개를 끄덕였다.

'과연 그 아비를 닮아 총명하구나. 흐흠, 늘그막에 총명한 아이를 가르치는 것도 즐거운 일이라고 할 수 있지. 무군 너는 이 아이에게 무공을 가르치지 않겠다고 했다만 이 아이의 자질을 본 자라면 누가 무공을 가르치고 싶지 않겠느냐? 물론 그건 나도 마찬가지지. 흐흐흐!'

장사진이 송문악의 절을 받으며 만족한 웃음을 짓고 있는 사이 송문악은 자리에서 일어나 앞으로 함께 살아갈 장사진의 얼굴을 찬찬히 살펴보고 있었다.

'음, 아버지와 신 백부께서 말씀하시기를 이 할아버지는 몹시 괴팍한 성격을 가지고 있다더니 그 외모 또한 범상치 않으시구나. 가급적 행동을 조심해야겠어.'

장사진의 외모는 송문악의 생각처럼 괴이하기 이를 데 없었다. 장사진의 키는 오 척 단구에 지나지 않았다. 하지만 그 몸은 단단하기 이를 데 없어 하얗게 센 머리와 수염이 아니라면 사십대의 장한으로 보아도 무방할 정도였다. 얼굴은 붉은 대춧빛으로 성정이 다소 급한 듯 보였으나, 눈이 가늘게 양옆으로 쭉 찢어져 한편으로는 무척 심기가 깊어 보이기도 했다. 전체적으로 보자면 처음 그를 대하는 사람에게 호감을 주는 인상은 아니었으나 자세히 보면 제법 귀여운 면도 보이는 얼굴이었다.

"흠흠, 이 녀석아, 내가 아무리 상대를 보며 말을 하랬다고 그렇게 뚫어져라 바라볼 것이야 뭐 있느냐? 이 할애비의 얼굴이 제법 잘생기기는 했으나 넌 너무 오랫동안 보고 있구나."

장사진의 질책에 송문악이 또 한 번 자신의 실수를 알아차리고는 이내 고개를 숙이며 사죄를 청했다.

"죄송해요, 할아버지."

"끌끌, 되었다. 잘생긴 얼굴이야 항상 봐도 질리지 않는 법이니 꼭 네 잘못만은 아니지. 그나저나 문악아!"

"예, 할아버지."

"넌 밥을 지을 줄 아느냐?"

"예. 어려서부터 제가 부엌일을 했는걸요."

"그래? 그것참 듣던 중 반가운 소리구나. 이 할애비는 늙어서 밥 짓기가 참으로 고역이었느니라. 그러니 오늘부터는 네가 수고를 좀 해줘야겠다. 무군이 너에게 밥 짓기를 시킨 것을 알면 날 원망할지도 모르지만 옛날부터 스승에게 밥을 지어 공양하는 것은 제자의 도리였느니라."

"스승… 이요?"

"오냐. 이제부터 넌 나에게 글을 배울 것이니 내가 너의 스승이 아니고 뭐란 말이냐?"

"하지만 그럼 전 귀곡의 문도가 되는 거잖아요?"

"이런 제길, 그깟 귀곡이야 이젠 그야말로 풍비박산이 난 곳인데 귀곡은 무슨 말라죽을 귀곡이란 말이냐. 그런 걱정은 말거라."

"알았어요, 할아버지. 그런데 부엌이 어디죠?"

"저기 보이는 초가의 오른쪽이 부엌이니 어디 네 솜씨를 보자꾸나."

송문악이 장사진이 가리키는 곳을 보니 과연 낡은 초가 한쪽에 부엌으로 보이는 어두운 공간이 눈에 들어왔다. 송문악은 장사진에게 고개를 한 번 숙여 보이고는 곧 부엌 쪽으로 걸어갔다.

"흐흐, 본시 사람이 나이가 들으면 후인을 길러 그 봉양을 받으면서 편하게 여생을 마치는 것이 가장 큰 복이라 할 수 있다. 그런데 오늘 무군의 아들이 이렇게 나를 찾아왔으니 나도 늘그막에 제법 복을 받았다고 할 수 있겠군. 더군다나 저 녀석은 제법 총명해 보이니 가르치는 재미도 쏠쏠할 거야."

그날부터 장사진과 송문악은 선계처럼 아름다운 송림 숲에서 함께 살아가게 되었다. 장사진의 성격은 귀곡에서도 괴팍하기로 소문나 있었지만 송문악에게는 무척 친절하게 굴어 두 사람은 얼마 지나지 않아 친조손처럼 허물없는 사이가 되었다.

또한 비록 장사진이 자신을 송문악의 스승이라고 주장하기는 했지만 두 사람 사이에 사제지간의 격식은 찾아보기 힘들었다. 애당초 장사진이라는 인물이 그런 격식을 차리는 인물이 아니기도 하거니와 오랫동안 홀로 살아온 두 사람 모두 서로를 혈육처럼 의지하기 시작했기 때문이다.

두 사람이 송림 숲에 함께 머물기 시작한 지 한 달이 지날 무렵 장사진이 송문악을 불러 앉혀놓고는 뜻밖의 말을 꺼냈다.

"문악아, 내일 이곳을 떠날 테니 넌 필요한 짐들을 챙기도록 하거라."

송문악이 장사진의 말에 놀라며 물었다.

"이곳을 떠나신다고요?"

"그래. 애초에는 네 아비와 그 벌레귀신이 떠난 뒤 바로 다른 곳으로 옮겨갈 생각이었지만 네가 긴 여행에 피곤할까 봐 뒤로 미루고 있었느니라. 이제 너도 나와 사는 것이 어느 정도 적응이 되었을 테니 우리는 이곳을 떠나 다른 곳으로 옮겨

가자꾸나."

"그런데 할아버지, 이곳을 떠나도 아버지를 꼭 만나게 해주실 거죠?"

송문악이 조금 걱정스러운 듯 말했다.

"그것은 걱정 말거라. 네 아비에게도 내가 이곳을 떠날 것이란 사실을 미리 말해두지 않았더냐? 그리고 내가 비록 사람들의 눈을 피해 산속에 묻혀 살지만 강호의 소식에 어둡지는 않단다. 네 아비를 만날 때가 되면 이 할애비가 알아서 만나게 해줄 것이니 걱정하지 말거라."

"알았어요. 그럼 짐을 꾸리도록 할게요. 그런데 짐은 지고 가야 하나요?"

초가에는 생활하는 데 필요한 물건들이 적지 않게 있었다. 하지만 두 사람이 지고 갈 수 있는 짐은 한정되어 있었다. 짐을 어떻게 옮기느냐에 따라 준비해야 할 짐의 양을 결정해야 했다.

"하하, 나는 너무 늙었고, 너는 너무 어리니 어찌 짐을 지고 갈 수가 있겠느냐?"

"그럼 어떻게……? 여긴 말이나 소도 없잖아요? 그냥 입을 옷가지만 챙기면 되나요?"

"흐흐, 그럴 수야 없지. 새로운 곳에서 밥을 지어 먹고 살려면 거의 모든 살림살이를 가지고 가야지."

"그 많은 걸 어떻게 가지고 가시게요?"

"그건 걱정 말아라. 다 나에게 생각이 있으니 넌 그저 살림살이를 모두 챙기기나 하거라."

송문악은 장사진의 말에 의구심이 들었지만 장사진에게 어떤 생각이 있으리라 짐작하고는 두 사람이 살아가기에 필요한 짐들을 챙기기 시작했다. 열두 살 어린 나이에 큰 이삿짐을 챙기는 것은 보통 힘든 일이 아니었으나 장사진은 전혀 송문악을 거들어주지 않았다. 송문악 또한 혼자 짐을 싸는 것을 당연하게 생각하는 듯 밤이 깊도록 홀로 가지고 갈 짐을 챙기는 것이었다.

다음날 아침 초가에서 마지막 밤을 보낸 송문악이 장사진에게 아침 문안을 드리러 갔을 때 장사진은 자신의 방에 없었다.

"할아버지가 어디로 가신 거지? 오늘은 이곳을 떠나는 날인데……."

송문악은 장사진의 모습이 보이지 않자 고개를 갸웃거리며 초가 주변을 돌아봤으나 장사진의 모습은 어디에서도 찾을 수 없었다. 그렇게 반 시진 정도가 지났을까. 갑자기 옆으로 흐르는 큰 개울을 거슬러 오르며 검은 물체가 안개를 뚫고 나타났다.

"하하하, 문악아, 일어났느냐?"

안개를 뚫고 나타난 것은 한 척의 작은 나룻배였는데 그 위에 장사진이 우뚝 서서 배 뒤에 매달린 노를 젓고 있었다.

"할아버지, 배를 가져오셨군요."

"오냐. 우리는 오늘 이 배를 타고 이동할 것이니 넌 짐들을 이 배에 옮겨 싣도록 하여라."

그제야 송문악은 어제 장사진이 생활에 필요한 모든 짐들을 챙겨놓으라고 한 말을 이해할 수 있었다.

장사진이 몰고 온 배는 비록 그리 큰 것은 아니었지만 송문악과 장사진 두 사람이 짐을 싣고 이동하기에는 충분한 크기였다.

송문악과 장사진은 지난밤 송문악이 꾸려놓은 짐들을 배에 옮겨 싣고는 이내 송림 속 별천지를 벗어나기 시작했다. 송문악은 비록 짧은 시간이었지만 장사진과 함께 지냈던 이 송림 숲이 무척이나 마음에 들었으므로 자못 아쉬운 표정으로 멀어져 가는 초가를 바라보고 있었다.

"왜, 서운하냐?"

장사진이 그런 송문악의 속마음을 짐작하고는 은근한 어조로 물었다.

"예, 할아버지. 이곳은 무척 아름다운 곳인데 이렇게 빨리 떠나게 되니 참 아쉬워요."

"물론 나도 이곳을 떠나는 것이 아쉽기는 하다. 하지만 한 번 사람의 눈에 발견된 곳은 반드시 또 다른 사람이 찾아오기 마련이지. 그러니 우리가 조용히 살아가려면 이곳을 떠나는 것이 좋단다. 그리고 지금 우리가 가는 곳도 이곳 못지않게 아름다운 곳이니 너무 서운해하지 말거라."

"그래요? 정말 이곳처럼 아름다운 곳인가요?"

"그럼, 이 장사진이 살 곳인데 아무 곳에나 터를 잡을 수는 없지."

어느새 배는 송문악과 장사진이 살던 송림을 감싸고 자욱하게 펼쳐져 있는 안개 속으로 들어서고 있었다. 그러자 이내 송문악의 시야에서 초가가 자취를 감춰 버리고 말았다.

장사진은 몇 장 앞을 내다볼 수 없을 정도로 짙은 안개 속을 훤히 꿰뚫어 보는 듯 유유히 나룻배를 몰아 개울을 따라 내려갔다. 송문악은 안개 속으로 배가 들어올 때에는 시야가 막혀 잠시 두려운 생각이 들었으나 장사진의 여유있는 모습에 마음이 놓이는지 물결에 따라 흔들리는 배 위에 편안한 자세로 앉아 안개에 싸인 주변 풍경을 살펴보고 있었다. 그렇게 이각 정도 개울을 따라 내려가자 갑자기 사방을 가리던 안개가 사라지면서 거대한 호수가 송문악의 눈앞에 나타났다.

"와!"

송문악의 입에서 자신도 모르는 사이에 감탄사가 흘러나왔다.

"근사하지 않느냐? 사실 이 호수는 우리가 살던 초가와 무척 가까운 거리에 있는 것이란다. 그런데 내가 사람들의 이목을 피하고자 송림 주변에 진을 펼쳐 놓아 사시사철 안개가 끼어 있었으므로 이 호수를 볼 수 없었던 것이지."

"진이요? 그럼 저 안개가 자연적으로 생긴 것이 아니란 말이에요?"

"그렇단다. 비록 우리가 살고 있던 송림이 호수 근처에 있어 안개가 많이 생기는 지역이기는 하지만 사시사철 안개가 있을 수는 없는 일이지. 그래서 내가 송림에 진을 펼쳐 항상 안개를 일으켰단 말씀이야. 어떠냐? 이 할애비의 재주가 제법 놀랍지 않느냐?"

장사진의 말에 송문악이 믿을 수 없다는 듯 재차 물었다.

"정말 저 안개를 할아버지가 만든 것이란 말이에요? 전 쉽게 믿을 수가 없어요."

"흐흐, 당연히 믿기 힘들겠지. 하지만 이 할애비의 말이 거짓이 아니라는 것을 곧 알게 될 게다."

장사진이 송문악을 향해 거만한 웃음을 지어 보이고는 이내 훌쩍 배 위에서 뛰어올라 호숫가 풀밭에 내려서더니 호수와 인접한 송림 사이로 걸어 들어갔다. 그리고 잠시 후 안개에 싸인 송림 속에서 장사진의 목소리가 들려왔다.

"문악아, 이제부터 이곳에 펼쳐진 진을 해체할 것이다. 이곳을 떠나게 된다면 더 이상 진을 유지할 필요가 없으니까 말이다. 그러니 넌 이 할애비의 말이 거짓이 아니라는 것을 잘 보아두도록 하여라."

그리고 잠시 후 과연 송림을 덮고 있던 안개들이 서서히 잦아들기 시작했다.

"아아, 이건 정말 놀라운 일이구나. 도대체 어떻게 이런 일이 있을 수 있는 것이지?"

송문악은 눈앞에 펼쳐지는 광경에 입을 다물지 못하고 연신 감탄사를 흘려냈다. 거대한 안개 속에 갇혀 있던 소나무 숲이 그 모습을 드러내자 호수 주변은 그야말로 천하에 다시 없는 절경으로 변해 버리는 것이었다. 그리고 저 멀리 송림 안쪽으로 장사진과 송문악이 살던 초가가 아스라이 눈에 들어왔다.

"어떠냐? 이 할애비의 말이 거짓이 아니지?"

어느새 다시 호숫가로 나온 장사진이 훌쩍 몸을 날려 나룻배 위에 올라서면서 눈을 동그랗게 뜨고 소나무 숲의 변화를 바라보고 있던 송문악에게 자랑스레 말했다.

"정말 대단해요, 할아버지! 진이란 것이 정말 대단한 것이네요. 이렇게 거대한 송림을 안개 속에 감출 수 있다니 말이에요."

"그렇지? 하지만 강호에 내려오는 절진 중에는 정말 대단한 위력을 가진 것들이 많이 있단다. 할애비가 이 송림에 설치했던 진은 제법 뛰어난 진법이기는 하지만 강호 최고의 절진들에 비하면 부족한 면이 있는 것이지."

"아니, 이렇게 많은 안개를 일으키는 진보다 더 무서운 진이 있단 말이에요?"

"그렇단다. 사실 이 송림을 안개 속에 감춘 진은 호수가 가까이 있기 때문에 가능한 것이었단다. 그러니 온전히 진의 위력으로 송림을 안개에 휩싸이게 한 것이 아니란 말이다. 또한 내가 설치했던 진은 단순히 사람들의 이목을 가리는 효과만 있을 뿐이니 강호의 절진들에 비하면 부족한 면이 있다고 할 수 있지. 하지만 이건 알아두어라. 이 할애비가 실력이 부족해서 이런 진을 설치한 것은 아니야. 그냥 진이란 것은 필요한 기능만을 이끌어내면 족한 것이기에 이런 정도의 진을 쳤던 것이지. 이 할애비로 말할 것 같으면 제법 쓸 만한 것들을 많이 알고 있는 인물이란 말이지. 그러니 나도 이것보다는 뛰어난 몇 가지 절진은 알고 있단다. 알겠지?"

"알았어요. 그런데 할아버지?"

"말해보거라."

"저에게도 이렇게 진을 펼치는 것을 가르쳐 주실 거예요?"

그러자 장사진이 조금 고민스런 표정으로 얼굴을 찌푸렸다.

"문악아, 넌 이런 진법을 배우고 싶으냐?"

"예, 전 꼭 이런 진법을 배우고 싶어요. 제 손으로 진을 펼칠 수 있다면 정말 재미있을 것 같아요."

"음음… 그런데 그건 좀 문제가 있구나."

그러자 송문악이 다급한 목소리로 되물었다.

"문제라니요?"

"너도 알다시피 네 아비가 나에게 널 맡길 때는 글만 가르치라는 부탁을 하였단다. 또한 너를 무림에 들이지 않겠다고도 했지. 그런데 이 진법이란 것은 사실 무림인들이 주로 익히는 한 방편이란 말씀이야. 그러니 이걸 네가 배우게 된다면 넌 결국 무림인이 되는 것이 아니겠느냐?"

장사진이 말을 해놓고는 넌지시 송문악의 표정을 살폈다. 그러자 송문악은 장사진이 그런 말을 할 줄은 미처 생각도 못했는지 당황한 표정을 보이더니 곰곰이 생각에 잠기는 것이었다.

송문악은 이미 송무군과 신조의 무공을 보고 강호에 대한 호기심을 키운 상태였다. 그럼에도 불구하고 화옥청과 송무군이 자신을 무림에 들이고 싶어하지 않았다는 것을 알고 있었으므로 애써 무공을 익히려는 욕망을 억누르고 있던 차에 장사진에게 진식을 배우는 일 또한 바로 그 문제로 인해 가로막혀 버리게 되자 송문악의 마음은 못내 답답해지는 것이었다. 그렇게 얼마나 지났을까.

"할아버지, 진식이나 무공을 익힌다고 반드시 무림인이 되었다고 할 수 있을까요?"

송문악이 조심스레 입을 열었다. 그러자 이미 송문악의 생각을 짐작하고 있다는 듯 장사진이 의미심장한 미소를 지어보이며 천천히 입을 열었다.

"물론 무공을 익히거나 진식을 배운다고 무림인이 되었다고는 말할 수 없지. 강호의 인물들과 은원을 맺지 않는다면 여전히 무림인이라고 부르기는 어려울 것이다. 하지만 몸에 무공을 익히고 있으면 당연히 무림인들과 은원을 맺을 가능성이 큰 것 또한 사실이다."

장사진의 대답에 송문악의 표정이 밝아졌다.

"할아버지, 우리는 지금 사람들을 피해 다른 곳에 숨어 살기 위해 길을 떠난 것이지요?"

"숨어 산다는 말이 마음에 드는 것은 아니지만 네 말이 틀린 것은 아니다."

"그러면 우리는 앞으로 좀처럼 사람들과 만나지 않겠네요?"

"그야 그렇지만 아주 사람을 만나지 않고 살지는 않겠지."

"그렇다면 제가 무공을 익히고 진식을 좀 배운다고 해도 무림인들과 관계를 맺을 일은 없지 않을까요?"

"흐흠, 그러니까 네 말은 무림인은 되고 싶지 않으나 무공이나 진식 같은 것은 배우고 싶단 말이렷다."

장사진의 물음에 송문악이 고개를 끄덕였다.

"예, 할아버지. 단지 그것들을 배우기만 하고 무림인들과 어울리지만 않는다면 어머니나 아버지의 뜻을 어기는 것은 아닐 거예요."

"글쎄다. 그 문제는 이 할애비도 선뜻 대답하기 어렵구나. 우리는 앞으로 며칠간 배를 타고 여행을 할 것이니 그동안 곰곰이 생각해 보자꾸나. 과연 네 말대로 네가 무공이나 진식 등을 배우기만 하는 것은 네 부모의 뜻을 어기는 것이 아닌지 말이다. 그리고 그렇다는 결론이 난다면 새로운 곳에 도착해서 이 할애비가 너에게 그것들을 가르쳐 주도록 하마."

"알았어요, 할아버지. 좀 더 생각해 보도록 할게요."

송문악이 장사진에게 고개를 끄덕여 보이고는 배 앞쪽으로 걸어가 뱃전에 부딪치는 물살을 내려다보며 골똘히 생각에 잠기는 것이었다. 그 모습을 보고 있던 장사진이 묘한 웃음을 흘려내며 송문악에게 들리지 않는 목소리로 중얼거렸다.

"무군아, 무군아. 네가 비록 문악이를 무림에 들이고 싶지 않다고 했으나 이미 저 아이가 네 아들로 태어났고 또 이 장사진의 손에 맡겨진 이상 어찌 강호무림에서 자유로울 수 있겠느냐? 문악은 이미 무림에 들어선 것이나 진배없으니 강호에서 제 한 몸 건사할 만한 능력을 갖게 해주는 것도 우리 어른들의 도리가 아니겠느냐? 그리고 사실 네 아들은 그냥 놓아두기에는 재질이 너무 좋단 말이다. 난 그저 저 아이에게 충분한 시간이 주어지기를 하늘에 바랄 뿐이다. 시간만 주어지고 귀곡의 형제들이 분란을 종식한다면 어쩌면 저 아이는 육절기인 무극산의 경지에 오를 수도 있을 것이다. 그렇다면 문악 저 아이가 신기루의 비밀을 풀어줄 수 있을지도……."

장사진이 힘차게 노를 젓기 시작했다. 그러자 두 사람을 태운 배가 고요한 물결을 가르며 호수 한가운데로 빠르게 전진하기 시작했다.

第四章

귀곡육절(鬼谷六絶)

인적이 끊긴 깊은 산중, 숲 한가운데 을씨년스런 달빛을 받으며 낡은 사당 하나가 덩그러니 서 있었다. 무성한 근방의 숲으로부터 뻗어온 넝쿨들이 사당의 벽까지 휘감고 있어 사당은 오래전에 그 쓰임을 다한 듯 폐가의 모습이 역력했다.

그런데 사람의 인적이 끊긴 산중의 낡은 사당에서 언제부터인가 불빛이 흘러나오기 시작했다. 겨울 초입에 들어선 계절 때문에 산속 낡은 사당에서 하룻밤을 지내려는 나그네가 사당 안에 모닥불을 피워놓은 것이 분명해 보였다.

그런데 이 낡은 사당에서 밤을 지내려는 사람이 지금 사당 안에서 모닥불을 피우고 있는 사람만은 아닌 듯했다. 어두운 숲 속에서 두 명의 인물이 불쑥 사당 앞에 모습을 드러냈기 때문이다.

"먼저 온 사람이 있나 봅니다, 사형!"

말을 꺼낸 사람은 송문악을 장사진에게 맡기고 다시금 강호로 나온 송무군이었다. 그의 옆에는 그를 데리러 풍화촌에 들렀던 충귀 신조가 서 있었다. 신조는 고개를 끄덕이며 송무군의 말을 받았다.

"오늘이 십일월 보름이니 우리 여섯 사형제가 이곳에 모이기로 한 날이 아닌가? 당연히 모두들 이곳으로 올 테니 우리보다 먼저 온 사람이 있다고 해서 이상할 것은 없지. 자, 어서 들어가세. 불빛이 흘러나오는 것을 보니 이미 사당 안에 모닥불을 피워놓았나 보군. 겨울이 시작되려니 밤공기가 몹시 차구만."

충귀 신조가 송무군을 재촉해 낡은 사당문을 열고 성큼 사당 안으로 들어섰다.

두 사람이 사당 안에 들어서자 과연 신조의 예상대로 두 명의 인물이 모닥불을 피워놓고 사당 안으로 들어서는 송무군과 신조를 바라보고 있었다.

한 명은 훤칠한 키에 장도(長刀)를 멘 중년 사내였고, 다른 한 명은 도저히 깊은 밤 낡은 사당과는 어울리지 않는 화려한 차림의 여인이었다. 여인의 허리춤에는 보통 활의 삼분지 일밖에 되어 보이지 않는 검은 철궁이 매어져 있어 그녀가 무림의 여인임을 짐작할 수 있었다.

"이사형과 오사매가 먼저 와 있었군. 사형, 그동안 잘 지내셨수?"

충귀 신조가 예의 그 털털거리는 목소리로 사당 안에 미리 자리를 잡고 앉아 있는 두 명의 남녀에게 아는 척을 했다.

"어서 오거라, 셋째. 무군 자넨 정말 오랜만에 보는군. 요 몇 년간 통 얼굴을 보지 못했는데 말이야."

두 명의 남녀 중 장도를 등에 멘 중년 사내가 두 사람을 보며 입을 열었다. 하지만 입으로는 송무군과 신조를 반기면서도 눈빛에서는 무언가 오랜만의 만남에 대한 어색함이 감돌았다. 과연 이들 귀곡의 사형제들은 어딘가 불편해 보이는 사이임이 분명해 보였다.

"사형, 그리고 사저! 무군이 인사드립니다."

송무군이 포권을 취하며 오랜만에 만난 사형과 사저에게 정중히 허리를 굽혔다.

"호호, 송 사제는 여전하군요. 우리 여섯 사형제가 이미 서로를 경계한 지 수년이 지났건만 송 사제만은 결코 사형제 간의 의리를 잊지 않고 이렇게 정중히 사형들에게 인사를 하니 말이에요."

"황보 사저께서는 여전히 아름다우시군요."

"이런… 젊을 때는 그렇게 송 사제의 칭찬을 기다려도 들려주지 않더니, 이 나이가 되어서야 송 사제에게 그런 칭찬을

다 듣게 되는군요. 이 황보령이 정말 아직도 아름다운가요?"

황보령은 귀곡의 여섯 사형제 중 다섯째로 송무군보다는 두 살이 어렸다. 하지만 그녀가 귀곡에 입문한 것은 송무군보다 빨랐으므로 송무군은 항상 그녀를 깍듯이 윗사람으로 대하고 있었다. 황보령 역시 송무군이라는 사람을 은근히 어려워하고 있었으므로 사제인 그에게 하대를 하지 않았다.

"하하하, 사매의 아름다움이야 우리 귀곡의 자랑이 아니던가? 오늘 보니 사매의 무공은 더욱 깊어진 것 같군. 오히려 몇 년 전보다 더 젊어진 것 같으니 말이야."

충귀 신조가 송무군에 앞서 입을 열자 황보령이 살짝 눈살을 찌푸리더니 쏘듯이 신조에게 말을 던졌다.

"흥, 사형께서는 여전히 지저분하시군요. 그래, 사형의 그 벌레 친구들은 잘 지내고 있나요?"

"물론 나의 귀여운 아이들은 하루가 다르게 살이 오르고 있지. 사매, 어디 인사나 한번 해보겠어?"

신조가 황보령의 말에 대꾸를 하면서 품속으로 손을 집어넣었다. 그러자 황보령이 급히 손을 내저었다.

"아아, 되었어요. 사형, 사형의 그 아이들을 보고 싶지는 않군요. 그나저나 송 사제는 그간 어디에 있었나요? 통 소식을 들을 수가 없더군요?"

황보령은 여전히 송무군에게 관심이 있는지 신조를 외면하고 다시 송무군에게 말을 건넸다.

"소제는 잠시 무림을 떠나 있었습니다."

"그래요? 그래서 송 사제의 소식을 알 수 없었군요. 어쨌든 이렇게 오랜만에 사제를 다시 보니 무척 반갑군요. 호호."

황보령이 묘한 눈빛으로 송무군을 바라보며 말하자, 송무군 옆에서 황보령의 모습을 살피고 있던 신조가 불쑥 입을 열었다.

"둘째 사형, 그리고 사매! 내게 놀라운 소식이 있는데 한번 들어보시겠수?"

그러자 귀곡의 여섯 사형제 중 둘째 흑도 유공무가 날카로운 눈으로 신조를 보며 물었다.

"놀라운 소식이라고?"

귀곡의 사형제 중 강호의 소식에 가장 밝은 사람이 충귀 신조였다. 또한 그가 놀라운 소식이라고 말하는 것이라면 결코 가볍게 생각할 문제가 아니라는 것을 귀곡의 사형제들은 모두 알고 있었으므로 유공무가 신조의 말에 관심을 갖는 것은 당연한 일이었다. 하지만 신조의 입에서 흘러나온 놀라운 소식이란 유공무와 황보령이 생각했던 것과는 전혀 다른 종류의 이야기였다.

"호호, 사형도 관심이 있으신가 보군요. 물론 이 소식은 매우 놀랍다고 할 수 있지요. 또한 우리 귀곡에 매우 기쁜 소식이랄 수도 있고 말입니다."

그때였다. 갑자기 사당문이 열리면서 다시 두 명의 새로운 인물이 등장했다.

"사제, 도대체 무슨 소식이기에 그렇게 뜸을 들이는가? 본곡에 기쁜 소식이라면 당연히 이 대사형도 알아야겠지. 어서 말해보게나."

새로 나타난 인물 중 한 명이 서늘한 목소리로 신조를 향해 묻자 순간 사당 안에 있던 네 명의 남녀가 낯빛을 바꾸며 목소리가 들려온 곳으로 고개를 돌렸다.

"대사형, 오셨군요."

"대사형!"

미리 사당에 와 있던 네 명의 사형제가 자리에서 일어나 누구는 짧게, 그리고 누구는 아무 말 없이 사당 안으로 들어선 인물을 향해 고개를 숙였다. 그러면서도 그들은 자못 긴장한 표정으로 대사형이라 불린 인물을 맞이하는 것이었다.

새롭게 사당 안으로 들어선 두 사람은 일남일녀로 귀곡주 방국진의 여섯 제자 중 첫째인 곽이산과 넷째인 백적경이었다. 이 두 사람은 귀곡육절이라 불리는 귀곡의 여섯 사형제 중에서도 무척 중요한 위치를 차지하는 인물들이었다.

곽이산은 귀곡육절의 첫째로서 그들의 사부이자 문주인 방국진이 십오 년 전 실종된 이후 대외적으로 귀곡을 대표하는 인물로 알려진 자였다. 그는 무림에서 보기 드문 창술의 달인으로 그의 사부 방국진으로부터 두 개의 봉으로 분리되는 마창을 물려받아 항상 양쪽 허리에 지니고 다녔다. 그의 사제들은 그를 몹시도 두려워했는데, 그 이유는 그가 가지고 있는 마창 때문이 아니라 호방해 보이는 그의 외모와 달리 몹시 차가운 그의 심성 때문이었다.

그에 반해 백적경은 비록 겉모습은 차가워 보이지만 생각이 깊고 귀곡의 여섯 사형제 중 가장 현명한 인물로 사분오열된 귀곡의 사형제들 사이를 그나마 중재할 수 있는 위치에 있는 여인이었기에 또한 귀곡의 사형제들이 무척 존중하는 인물이었다.

"그래, 모두들 잘 지냈는가? 이렇게 오랜만에 우리 여섯 사형제가 얼굴을 마주하니 무척 반갑군. 그런데 신 사제!"

"예, 대사형!"

곽이산이 손을 들어 사형제들에게 반가움을 표시하고는 신조를 부르자 신조가 긴장한 얼굴로 곽이산을 보며 대답했다. 신조의 모습으로 보아 그도 곽이산을 무척 두려워하는 것이 분명했다.

"자네가 말하려고 하던 그 기쁜 소식이란 도대체 무엇인가? 우리 여섯 사형제가 오랜만에 만났으니 일단 기쁜 소식을 먼저 듣고 골치 아픈 일은 나중에 상의하는 것이 좋을 것 같은데……."

곽이산이 속내를 알 수 없는 표정으로 신조를 보며 물었다.

"아! 예, 대사형의 말씀이 지당합니다. 당연히 기쁜 소식을 먼저 알려 드리는 것이 순서지요. 에… 사실 이것은 제가 말하는 것보다 송 사제가 말하는 것이 합당한 일입니다만 어차피 제가 입을 열었으니 제가 말씀을 드리지요. 에… 그러니까 송 사제를 제외한 우리 다섯 사형제에게 그만 조카가 생겼지 뭡니까? 흐흐흐……."

신조의 말에 순간 송무군을 제외한 나머지 네 사형제의 눈에 당황스런 빛이 떠올랐다.

"조카라니?"

곽이산이 황당한 표정을 지어 보이며 되물었다.

"말한 그대로입니다. 오랜만에 귀곡에 좋은 일이 생겼다고 할 수 있지요. 우리 송 사제에게 오랫동안 감춰둔 아들이 있었단 말입니다."

신조의 말에 사당 안에 있던 귀곡의 사형제들이 놀란 눈으로 송무군을 바라봤다.

"이보게, 송 사제. 난 도대체 삼사제가 하는 말을 이해할 수가 없군. 아무래도 당사자인 자네가 직접 설명을 좀 해야 할 것 같은데? 뜬금없이 송 사제의 아들이라니? 우리가 만나지 못한 지난 몇 년 사이에 혼인이라도 한 것인가?"

곽이산의 질문은 사당 안에 있는 귀곡의 사형제들 모두가 묻고 싶은 말이었지만, 그중에서도 특히 두 여인의 눈빛은 다른 남자 사형제들과는 확연히 달랐다. 특히 다섯째인 황보령은 노골적인 반감을 드러내며 송무군의 대답을 기다리고 있었다. 송무군이 천천히 고개를 저으며 입을 열었다.

"셋째 사형의 말은 모두 사실입니다. 단지 제 아들이 태어난 것은 우리 사형제가 서로 얼굴을 보지 못한 지난 몇 년 동안이 아니라 벌써 십이 년 전의 일이지요."

"십이 년 전? 그렇다면 그때에……?"

곽이산의 물음에 송무군이 고개를 끄덕였다.

"대사형께서 짐작하시는 그때가 맞습니다. 제가 지난번 신기루의 출몰 때 심한 부상을 당해 삼 년간 무림에 나오지 못한 것은 모두들 알고 계시는 일이지요?"

"그렇지. 당시 우리는 자네가 죽은 줄 알고 그만 자네를 찾지 않았었지."

"그때 저는 큰 부상을 당해 사형들을 찾지 못하고 동해의 한 작은 마을에서 몸을 치료하며 삼 년을 보냈지요."

"물론 그것도 우리 모두 알고 있는 일이 아닌가?"

"그런데 소제에게는 당시 사형들께 말씀드리지 않은 일이 있었습니다. 바로 그 마을에서 한 여인을 만나 가정을 이루었다는 사실이지요. 그리고 제가 다시 무림으로 나올 때 그 여인의 태중에 이미 제 아이가 자라고 있었던 것입니다."

송무군이 다시 생각해도 회한이 드는지 허망한 목소리로 말했다.

"허! 그런 일이 있었군. 그런데 사제는 왜 그런 이야기를 우리 사형제에게 전혀 하지 않은 것이지?"

곽이산의 질문에 송무군이 씁쓸한 미소를 지어 보였다.

"사형도 아시다시피 지난 십여 년 동안 우리 사형제는 속 깊은 이야기를 나눌 기회가 없었지요."

송무군의 말에 귀곡의 사형제들의 낯빛이 하나같이 어두워졌다. 확실히 지난 십여 년간 그들 간의 간격은 바다만큼이나 멀어져 있었던 것이다.

"휴, 자네 말이 맞네. 우리 사형제는 확실히 지난 십여 년간 무척 소원했었지. 다 이 대사형이 모자란 탓일세. 그나저나 그럼 지금 자네의 안사람과 아이는 어디에 있는가? 이번에도 역시 그 두 사람은 남겨두고 이곳으로 온 것인가?"

송무군은 곽이산이 안타까운 목소리로 말을 하면서도 마지막에 날카로운 안광이 그의 눈을 스치고 지나가는 것을 놓치지 않았다.

'사형, 시형은 이제 이 사제의 식솔까지도 이용하고 싶은 것이오?'

송무군은 내심 이 사람 좋아 보이는 대사형의 머리가 얼마나 영활하고 냉혹한 것인지를 떠올리며 조금 굳어진 얼굴로 곽이산의 물음에 대답했다.

"제 집사람은 여러 달 전에 그만 세상을 떠났습니다. 제가 강호무림의 분란에서 떠나 가족과 함께 초야에 묻혀 살기로 결심하고 집사람을 찾아갔을 때는 모든 것이 이미 너무 늦었었지요. 그녀는 회복하기 어려운 병에 걸려 있었으니까 말입니다. 이 송무군은 그녀를 생각하면 하늘을 바로 볼 수 없는 인간이 되어버린 것이지요."

"아……."

"으음……!"

송무군의 말에 사당 안에 몇 가닥 안타까운 한숨 소리가 새어 나왔다.

"아아, 그것은 정말 생각지도 못한 불행이군. 송 사제에게 그런 일이 일어날 줄이야. 그런데 그럼 자네의 아들은 어디에 있는 것인가?"

곽이산의 눈빛은 여전히 영활하게 반짝이고 있었다. 그런 곽이산을 보며 송무군의 눈에서 차가운 안광이 쏟아져 나왔다.

"제 아들은 안전한 곳에 맡겨놓았습니다. 오늘 우리 사형제가 이곳에 모인 이유는 둘째 의숙의 흔적을 신 사형께서 찾아내셨기 때문입니다. 둘째 의숙은 십오 년 전 일어난 일의 전말을 알고 있을 만한 유일한 인물이고 그간 의숙을 만날 수 있는 몇 번의 기회는 번번이 무산되었지요. 그리고 그때마다 우리 사형제는 적지 않은 곤경에 처했었지요. 이런 상황에서 제 아들을 데리고 둘째 의숙을 찾으러 먼 운남까지 갈 수는 없는 노릇 아니겠습니까?"

곽이산은 송무군의 말투에서 그의 아들이 어디에 있는지 알아낼 수 없다는 것을 알아챈 듯 금세 눈빛을 부드럽게 하며 말했다.

"자네의 말이 옳네. 그 먼 곳까지 열두 살짜리 아이를 데려갈 수는 없는 일이지. 그나저나 우리 귀곡의 여섯 사형제는 어찌 된 일인지 하나같이 후인을 두고 있지 않은데 이제 사제에게 아들이 있다니 이처럼 다행스러운 일이 어디 있겠는가?"

"대사형께서 그렇게 말씀해 주시니 감사할 따름입니다. 이번 운남의 일이 잘 진행되어 무사히 중원으로 돌아온다면 그때 기회를 보아 여러 사형들께 문악을 인사시키지요."

"송 사제의 아들 이름이 문악인가요?"

그때 사당에 모습을 드러낸 후 한마디도 하고 있지 않던 백적경이 송무군을 보며 물었다. 백적경은 황보령과 마찬가지로 송무군보다 귀곡에 입문한 것이 빨랐으나 나이는 송무군에 비해 어렸으므로 역시 송무군에게 하대를 하지 않았다. 송무군에게 질문을 던지는 그녀의 목소리에는 석지 않은 원망의 감정이 섞여 있는 것처럼 느껴졌다.

"그렇습니다, 사저. 그 아이의 어미가 아이의 이름을 문악이라고 지었더군요. 이 못난 아비처럼 칼 든 무인이 되지 말고 글을 즐기라는 의미에서 그리 지었나 봅니다."

송무군이 백적경의 물음에 대답하자 백적경은 물론 귀곡의 사형제들 모두 고개를 끄덕였다.

"어찌 보면 당연한 일이다. 사제는 두 모자를 십이 년 동안 방치했으니 제수씨가 사제를 원망하는 것은 당연한 것이야."

말수가 적은 둘째 유공무가 오랜만에 입을 열었다.

"저 또한 제 안사람의 마음을 이해합니다. 제 잘못이 크지요. 해서 문악 그 아이에게는 도검을 들게 하지 않을 생각입니다. 그게 죽은 그 아이 어미의 뜻이기도 하고요."

송무군이 굳이 문악을 무림인으로 만들지 않겠다고 사형들에게 밝힌 것은 그의 사형제들이 송문악에 대해 다른 생각을 갖지 못하게 하려는 목적이 내포되어 있었다.

"그런가? 그것참 아쉽구먼. 우리 여섯 사형제는 모두 후인을 두지 못해 각자의 무공이 단절될 지경이라 그 아이가 무공을 익힌다면 우리 여섯 사형제가 모두 나서 자신의 절기를 전수해 줄 터인데 말이야. 지금 우리 여섯 사람이 각자 사부에게 물려받은 귀곡의 절기를 하나씩만 익히고 있어도 강호에서 제법 대접을 받고 있는데 만약 그 여섯 가지의 절기를 한 사람이 익힌다면 강호에 그 아이를 무시할 수 있는 사람이 얼마나 있겠는가?"

곽이산이 아깝다는 표정을 지어 보였다.

"대사형의 말씀에도 일리가 있으나 아이 어미의 뜻을 저버릴 수는 없군요. 또한 문악이 제법 문재(文才)가 있는 듯하니 글을 익히는 것이 아이를 위해서도 좋을 듯합니다."

"하하하, 정말 문악 그 녀석은 총명하기 이를 데 없지요. 제가 며칠 동안 함께 여행을 하면서 살펴봤는데 총명하기가 사부의 총애를 받던 우리 송 사제보다도 나은 듯했습니다."

신조의 말에 곽이산의 표정이 살짝 바뀌었다.

"그런가? 그렇다면 더욱 아쉬운 일이군. 과거 사부께서는 송 사제의 재능을 몹시 아끼셨었지. 해서 귀곡제일보(鬼谷第一寶)라 할 수 있는 청명검을 사제에게 물려준 것이 아니겠나. 그런데 그런 사제보다도 뛰어나다니 그 아이가 귀곡의 절기를 익히지 못하는 것이 무척 아쉽군. 하지만 송 사제의 뜻이 그렇다면 어쩔 수 없는 일이지."

말을 하는 도중에 곽이산의 시선이 얼핏 송무군의 허리춤에 매달려 있는 청명검을 스치고 지나갔다.

"제 아들의 이야기는 이쯤 하시고, 이제 운남의 일을 상의해야 하지 않겠습니까? 우리 여섯 사형제가 이렇게 수년 만에 한곳에 모인 것은 바로 운남의 일 때문이니 말입니다."

장내의 이야기가 너무 송문악을 중심으로 흘러가자 송무군이 슬쩍 화제를 돌렸다. 송문악이 자신의 사형들에게 지나치게 관심을 끄는 것이 그로서는 달갑지 않았던 것이다.

"그렇게 하도록 하세. 뜻밖에 조카가 생겼다는 소식에 그만 정작 중요한 이야기는 뒤로 미뤄두고 있었군. 만약 셋째가 짐작한 대로 정말 운남 애뇌산의 육천문에 양 의숙이 드나든다면 이번에야말로 꼭 양 의숙을 만나봐야 할 거야. 그러니 모두들 단단히 마음먹도록 하시게들."

곽이산이 말을 마치자 사형제들의 표정이 저마다 굳어졌다.

"문제는 육천문이 과연 어떤 문파냐 하는 것입니다. 들리는 소문에 의하면 운남에서는 아직 큰 주목을 받고 있는 문파가 아니라고 하지만 제가 알아본 바에 의하면 육천문의 고수들은 무척 고강한 무공을 지니고 있다 하더군요."

"사제는 그런 말을 어디서 들었는가?"

곽이산이 신조를 보며 물었다.

"아, 예. 양 의숙의 흔적을 발견한 후 안면이 있는 운남의 몇몇 고수들을 찾아가 육천문에 대해서 조금 조사를 했었지요."

"그런 사실을 저번에 날 보았을 때는 왜 이야기하지 않았지?"

"그때는 양 의숙의 흔적을 발견했다는 것 자체가 너무 중대한 일이었기에 그만 육천문에 대한 이야기를 지나치게 된 것이지요."

"그렇게 된 일이군. 하긴 그때 들으나 지금 들으나 큰 상관은 없는 일이지. 하지만 사제, 알고 있는 정보는 가급적 빨리 이 사형에게 이야기해 주게나. 비록 나이만 많고 실력은 부족해 첫째이면서도 정식으로 귀곡을 물려받지 못한 사람이기는 하나 명색이 귀곡육절의 대사형인데 내가 모르는 일이 있어서야 쓰겠나? 더군다나 이번 일은 몹시 중요한 일이지 않던가?"

"아, 물론 당연히 그래야지요. 당시에는 그만 정신이 없어서 미처 말씀드리지 못했을 뿐입니다."

곽이산의 날카로운 눈빛에 신조가 흠칫하며 얼른 대답했다.

'제길, 나도 사형을 만난 이후 문악이를 셋째 의숙께 맡기러 갔다가 장 의숙에게 들은 이야긴데 어떻게 그때 사형에게 말할 수 있었겠수. 그렇다고 장 의숙에게 문악을 맡긴 이야기를 할 수도 없고… 하여간 저 눈빛은 정말 소름이 끼친다니까.'

신조가 속으로 뛰는 가슴을 진정시키며 곽이산의 시선을 피하자 곽이산이 입가에 싸늘한 미소를 지으며 다시 입을 열었다.

"이곳에서 운남 애뇌산까지는 달포면 도달할 수 있겠지만 이번에는 실수없이 의숙을 만나야 할 터이니 조심해서 이동하도록 하세나. 그간 양 의숙의 흔적을 발견했을 때마다 번번이 마지막 순간에 그 흔적을 놓치고 말았는데 이번에는 그런 일이 일어나서는 안 되네."

"문제는 결국 육천문이 아니겠습니까? 양 의숙이 육천문과 깊은 관계가 있다면 우리가 육천문을 방문해 의숙의 행방을 묻는 순간 양 의숙은 다시 모습을 감출 것입니다. 그렇다고 우리 여섯 사람이 한 문파를 모두 상대할 수도 없는 일이고 말입니다."

신조가 걱정스러운 목소리로 말했다. 그러자 유공무가 날카로운 눈매를 번쩍이며 반박했다.

"그건 모르지. 과연 육천문이 우리 귀곡육절을 상대할 만한 힘을 가진 문파인지는 상대해 보기 전엔 말이야."

유공무의 말에는 귀곡육절 중 송무군과 함께 가장 강하다고 알려진 자신의 무공에 대한 자부심이 깃들어 있었다.

"아, 물론 그렇기는 하지만 제가 알아본 바에 의하면 육천문의 고수들도 모두 대단한 자들이라 하고 설혹 우리 여섯 사형제가 그들을 모두 제압할 수 있다고 하더라도 그사이에 양의숙이 몸을 뺄 가능성이 크니 직접 그들을 찾아가는 것은 일을 어렵게 만들 수도 있다는 말입니다."

"그렇다면 어떻게 하자는 것이냐? 육천문 앞에서 둘째 의숙이 나올 때까지 기다리기라도 하자는 것이냐?"

"방법은 가는 동안 천천히 생각해도 되지 않겠습니까?"

"내가 생각하기에 이번 일은 신중을 기하는 것이 좋을 것 같네. 이제(二弟), 또 셋째의 말처럼 운남으로 이동하는 동안 시간은 충분하니 둘째 의숙을 만날 방법은 천천히 생각해 보도록 하세나."

"대사형의 생각이 그렇다면 어쩔 수 없지요. 대사형 생각대로 하십시오."

곽이산이 나서자 유공무가 자신의 의견을 접고 한 걸음 뒤로 물러났다.

"고맙군. 이 사형의 말을 들어주니 말이야. 자, 모두들 잘 듣도록 하게. 우리 사형제는 내일 날이 밝는 대로 운남으로

귀곡육절(鬼谷六絶) 143

이동하세나. 물론 우리가 한 번에 움직이는 것은 강호인들의 눈에 띄기 십상이니 모두 조심해서 이동해야 할 게야. 일단 육천문이 있다는 애뇌산에 도착하면 그곳에서 육천문에 대해 좀 더 면밀하게 알아본 다음, 둘째 의숙을 만날 방도를 세워보도록 하세나. 그리고 모두들 알고 있겠지만 이번 일이 끝날 때까지 우리 여섯 사람의 일은 잠시 뒤로 미뤄두기로 하세."

"당연한 일이에요. 사문의 일을 해결하는 것이 먼저죠. 귀곡육보의 주인을 가리는 일은 그 이후에 해도 늦지 않을 거예요."

백적경이 곽이산의 말을 거들었다.

"좋아. 모두 같은 생각이라면 오늘은 이곳에서 잠을 자고, 내일 아침 일찍 길을 떠나기로 하세. 우리 여섯 사형제가 모두 모인 것은 무척 오랜만의 일인데 남의 이목을 피하고자 술한잔 나눌 수 없는 이런 황량한 곳에서 만날 수밖에 없다니 무척 아쉬운 일이군. 하지만 어쩔 수 없지. 자, 각자 편한 대로 자리를 잡고 쉬도록 하게."

곽이산의 말이 끝나자 여섯 명의 사형제 중 누구는 사당 밖으로 나가고 누구는 사당 안에 그대로 머물며 각자 하룻밤을 지낼 자리를 찾아 움직였다.

송무군은 사당 밖으로 나와 사당 주변에 무성하게 자란 아름드리나무 중 하나를 정해 훌쩍 그 위로 날아올랐다. 그리고는 옆으로 뻗어 있는 제법 굵은 나뭇가지들 틈에 자리를 잡고 앉아 나무 기둥에 등을 기댔다.

"사제, 안에서 쉬지 않고?"

그때 문득 나무 아래에서 신조의 목소리가 들려왔다.

"조금 불편하군요."

송무군이 나직한 목소리로 대답했다.

"하긴, 우리 사형제들이 한곳에 모여 있으니 나도 좀 불편하군. 나도 오늘은 이곳에서 잠을 청해야겠어. 자리를 좀 내어줄 텐가?"

그러자 송무군이 미소를 지으며 대답했다.

"올라오세요, 사형. 이 나무는 제법 튼튼해 우리 두 사형제의 몸무게를 이길 만합니다."

"고맙군. 모두 꺼리는 이 벌레귀신을 반겨주니."

말을 마친 신조가 훌쩍 날아올라 송무군이 앉아 있는 고목 위로 사라졌다.

사당 주변에는 다시 고요한 적막이 찾아들었다. 그렇게 수년 만에 다시 모인 귀곡의 여섯 사형제, 귀곡육절이 낡은 사당에서 첫날 밤을 보내고 있었다.

*   *   *

강호에서 귀곡(鬼谷)은 정사지간 문파로 알려져 있다. 십오년 전 귀곡주 방국진이 신기루의 전설에 도전했다 실종된 이후 그 문도들은 뿔뿔이 흩어져 강호를 떠돌고 있었지만 아직도 강호무림에서 귀곡육절이니 귀곡육보니 하는 말들을 심심찮게 들을 수 있을 만큼 귀곡은 제법 그 이름이 알려진 문파였다.

귀곡이 강호의 중견 문파로서 유명했던 것은 비록 그 문도 수가 기십을 넘지 못했지만 그곳에 속한 인물들이 하나같이 범상치 않은 무공을 지니고 있을 뿐만 아니라, 각자의 개성이 무척 독특해 그들을 대면했던 사람들에게 오랫동안 지워지지 않을 강한 인상을 남겼기 때문이다.

무림에 알려진 귀곡의 고수로는 곡주 방국진과 그의 세 명 의형제, 그리고 방국진의 여섯 명 제자, 그러니까 강호에서 귀곡육절이라 불리는 송무군의 사형제들이 전부였다.

그 열 명의 고수가 온전히 귀곡을 지키고 있을 때의 귀곡은 강호의 명문대파에 견줄 수는 없지만, 강호의 어떤 문파도 귀곡을 쉽게 여길 수 없었다. 특히 귀곡주 방국진은 무척 대단한 고수이자 심기가 깊은 인물로 알려져 있었다.

그래서 그가 자신의 의형제와 제자들을 이끌고 신기루의 전설에 도전했을 때 강호인들은 그의 행동을 결코 과욕이라 말하지 않았다. 천하무림의 머리 위에서 고고한 성세를 자랑하는 구파일방의 인물 이외에 신기루의 전설에 도전해 이름을 얻을 만한 인물이 한 손으로 꼽을 만큼 적었던 것을 감안하자면 귀곡주 방국진에 대한 강호의 평가가 어느 정도였는지 능히 짐작이 가는 일이었다.

귀곡의 인물 중 실종된 방국진 이외에 강호에 가장 많이 알려진 사람은 귀곡육절의 첫째인 곽이산과 의외로 막내인 송무군이었다. 그런데 두 사람이 강호에 알려진 과정에는 약간의 차이가 있었다.

곽이산이 강호에 자신의 이름을 본격적으로 알리기 시작한 것은 십오 년 전 방국진과 그의 의형제들이 실종된 이후의 일이었다. 사부와 의숙들이 실종되자 귀곡육절 중 맏이인 그가 강호인들에게 당연히 귀곡을 대표하는 인물로 인식되었던 것이다. 결국 곽이산의 명성은 사부의 실종으로부터 시작된 것이라 할 수 있었다.

곽이산의 이름이 강호에 알려지기 시작한 그 이전까지 귀곡육절 중 가장 유명한 인물은 귀곡육절의 막내인 청명검(淸鳴劍) 송무군(宋武君)이었다.

방국진은 귀곡의 문을 열 당시 거의 몇 년 사이에 여섯 명의 제자를 들였다. 덕분에 여섯 사형제의 나이 차는 그리 크게 나지 않았다. 그런데 우연인지 아니면 일부러 그런 것인지 방국진이 들인 여섯 사형제는 제각기 그 성격이 달랐다. 물론 성격이란 친형제 간이라도 조금씩 다르기 마련이지만 방국진이 들인 여섯 제자는 달라도 너무 다른 성격을 가지고 있었다. 또한 그 여섯 명의 제자는 모두 제법 출중한 재질을 가지고 있어 방국진이 전수한 한 가지씩의 절기를 모두 완벽하게 연성하여 강호에서 귀곡육절이란 별호를 얻기에 이르렀던 것이다.

서로 다른 성격에 제각기 떨어지지 않는 재질을 가진 귀곡 육절이었지만 그중에서 방국진이 가장 총애했던 제자는 마지막 제자인 청명검 송무군이었다.

방국진의 귀곡은 정사지간의 문파였다. 당연히 귀곡에 속한 인물들도 강호의 예법에 크게 구애받지 않고 강호를 종횡했다. 곡주인 방국진조차도 가끔 독심과 독수로 강호인들의 지탄을 받기도 했던 것이다.

그런데 그런 귀곡의 문도 중 유독 송무군만이 강호에서 의협의 명성을 얻었다. 무공에 어느 정도 성취를 본 후 스승 방국진의 허락을 받고 강호행을 시작한 이후 송무군은 무림 곳곳에 협명(俠名)을 떨치기 시작했던 것이다.

의협으로서의 송무군의 명성은 귀곡에 대한 세간의 평가도 바꾸어놓았다. 그동안 귀곡을 꺼려하던 무림인들도 송무군을 배출한 귀곡을 조금씩 다른 시선으로 바라보기 시작했다. 송무군의 이러한 대협으로서의 기질과 그 행동이 가져온 귀곡에 대한 세간의 인식 변화를 방국진은 몹시 기뻐했다.

방국진의 무공과 송무군의 협행에 힘입어 귀곡이 강호에서 명성을 이어가기 시작할 무렵, 방국진은 좀 더 원대한 꿈을 실현하기 위해 장사진을 제외한 자신의 두 의제와 여섯 제자를 이끌고 신기루의 전설에 도전하기 위해 강호출행을 결정했다. 그리고 출행에 앞서 자신이 가지고 있던 귀곡육보를 여섯 제자에게 나누어주었다.

귀곡육보는 귀곡의 곡주 방국진의 명성을 만들어낸 보물
들로 그 여섯 개의 기보에는 방국진의 스승이 비밀스럽게 남
겨놓은 신공절학의 비결이 적혀 있다고 알려져 있었다. 기보
하나하나가 모두 무서운 위력을 가진 물건들이면서 또한 기
보들을 한데 모으면 신공절학의 비결을 얻을 수 있었으므로
본래 귀곡육보는 귀곡의 후계자 일인에게 전해져야 할 물건
이었다. 그러므로 방국진이 여섯 제자에게 귀곡육보를 분산
하여 나누어 준 것은 결국 적어도 그때까지는 방국진이 여섯
사형제 중 누구도 자신의 후계자로 지목하지 않았다는 말이
었다.

방국진은 그 여섯 개의 기보 중 청명검을 송무군에게 주었
다.

그런데 그 청명검이 결국 문제를 일으켰다. 귀곡육보는 모
두 소중한 것이지만, 그중에서도 청명검은 가장 중요한 보물
이었다. 만약 곽이산에게 청명검이 있었다면 비록 여섯 개의
보물이 귀곡육절 각자의 손에 있었다 하더라도 나머지 사형
제들은 곽이산이 방국진의 뒤를 이어 귀곡의 곡주가 되는 것
을 순순히 인정했을 수도 있을 만큼 청명검의 의미는 컸다.

그런데 그 청명검이 송무군의 손에 있었다. 그렇다고 송무
군이 방국진의 뒤를 이어 귀곡의 곡주가 될 수도 없었다. 방
국진이 그에게 청명검을 주며 정식으로 그를 자신의 후계자

로 지목한 것은 아니었기 때문이다. 더군다나 송무군은 여섯 사형제 중 막내였다.

상황이 이렇게 되자 결국 여섯 사형제 중 누구도 방국진의 뒤를 이어 귀곡의 곡주가 되지 못했다. 오히려 귀곡육절은 여섯 개의 기보에 적혀 있는 신공절학과 곡주 자리를 얻기 위해 서로가 지닌 기보를 노리며 치열한 경쟁을 시작했던 것이다.

하지만 여섯 사형제의 능력이란 쉽게 우열을 가릴 수 있는 것이 아니었다. 한 사부 밑에서 독특한 각자의 절기를 연성한 여섯 명의 사형제는 결국 누구도 승리자가 되지 못하고 뿔뿔이 흩어졌다. 더불어 강호인들은 어느새 귀곡의 이름을 서서히 잊어가고 있었다.

*   *   *

후텁지근한 습기가 숲으로부터 올라와 산중턱에 이르러서는 검은 구름을 만들고 있었다. 송무군은 운남(雲南)의 더운 공기가 만들어낸 땀방울을 손을 목뒤로 돌려 닦아냈다. 어스름한 어둠이 숲에 내려앉았지만 무더운 기온은 떨어질 줄 몰랐다.

"흥, 그는 마치 자신이 귀곡의 주인이나 된 듯 행세하는군."

옆에서 역시 땀을 닦아내고 있던 신조의 투덜거리는 목소리가 들려왔다. 송무군은 그런 신조에게 희미한 미소를 지어 보이며 대답했다.

"대사형의 명을 따르는 것이야 우리 사제들의 당연한 도리지요."

"홍, 물론 그는 우리의 대사형이긴 하지. 하지만 그렇다고 그가 귀곡의 곡주는 아니란 말씀이야. 그러니 우리에게 이래라저래라할 권한은 없어."

"하지만 이곳 애뇌산에서 둘째 의숙을 만나는 일은 우리 사형제들에게 몹시 중요한 일이니 누군가 한 사람이 주도적으로 이번 일을 이끌 필요가 있지 않겠습니까? 그렇다면 당연히 대사형이 적임자지요."

"나도 그걸 모르는 바는 아닐세. 단지 그가 자네와 나에게 육천문을 살피고 오라고 할 때의 그 거만한 표정이 마음에 들지 않는단 말일세. 그의 눈빛은 마치 귀곡의 곡주라도 된 듯한 것이었단 말씀이야."

"대사형이 귀곡의 곡주가 된다고 해서 나쁠 것은 없지요. 또 서열로 보자면 귀곡의 곡주에 가장 적합한 사람이기도 하고요."

송무군의 말에 신조가 눈을 치뜨며 송무군을 바라봤다.

"그 말 진심인가?"

"제가 언제 말을 꾸며서 한 적이 있습니까?"

"으음, 그렇지. 청명검 송무군은 빈말을 할 사람이 아니지.

이것 보게, 송 사제. 자네에게 비록 그런 생각이 있다고 하더라도 결코 그 청명검을 그에게 양보하지는 말게."

"물론 전 이 청명검을 누구에게도 넘기지 않을 겁니다. 왜냐하면 사부께서 이 청명검을 저에게 넘겨주실 때 제게서 목숨의 약조를 받으셨기 때문입니다. 그나저나 사형께서는 이제 대사형을 그라고 부르는군요."

"난 그가 없는 곳에서까지 그를 대사형이라 부르고 싶지는 않다네. 물론 그가 우리의 대사형이기는 하지만 그는 너무 이기적이란 말씀이야."

"독심이야 강호에서 그리 흠이 되는 것은 아니지요."

"흐흐흐, 물론 독심이 강호대장부의 조건이긴 하지만 그 독심이란 것이 문 내의 사형제들에게 향했을 때는 문제가 다르지. 이보게, 사제. 사실 지난 십여 년 동안 우리 여섯 사형제 간에 적지 않은 분란이 있었지만 그중 오 할은 바로 우리의 뛰어나신 대사형께서 일으키신 것이란 말이야. 그래서 난 그를 결코 대사형이라고 부를 수가 없는 것일세. 그런 면에서 보자면 사제 자네는 너무 성격이 너그러워."

"제가 말입니까? 송무군과 청명검이 무정하다는 것은 이미 강호에 널리 알려져 있는 사실입니다, 사형!"

송무군의 말에 신조가 고개를 저었다.

"아아, 물론 자네의 청명검이 날카롭다는 것을 모르는 것은 아니야. 하지만 자네의 검은 단 한 번도 협과 의에서 벗어난 적이 없지. 강호에서 우리 귀곡육절 중 자네의 명성이 가장 높은 이유가 그것 아니겠는가? 그렇게 협과 의를 중시하는 자네가 사형제들을 향해 수십 번이나 마수를 뻗은 대사형을 그렇게 감싸는 이유를 난 도통 모르겠다는 말일세. 더군다나 자네의 청명검에 대한 대사형의 집착은 거의 병적이라고 할 수 있는데 말씀이야."

신조의 말에 송무군이 쓸쓸한 웃음을 지었다.

"사실 사부께서 이 청명검을 저에게 물려주신 것은 무척 과분한 일이라고 할 수 있지요. 그리고 이 청명검을 원하는 사람이 꼭 대사형만은 아니지 않습니까?'

송무군이 의미심장한 눈빛으로 신조를 바라보자 신조가 겸연쩍은 얼굴로 송무군의 시선을 피했다.

"험험, 무, 물론 자네 말이 맞네. 자네의 그 청명검은 우리 귀곡의 사형제들 모두 가장 욕심내는 물건이지. 하지만 그래도 역시 대사형만큼 노골적이지는 않지 않은가?'

"휴, 만약 제가 사부께 목숨의 약조를 하지 않았다면 전 이 청명검을 대사형께 그냥 넘겨 드렸을 겁니다. 이 청명검을 대사형께 넘겨 드리면 그 순간 우리 여섯 사형제의 분란은 끝을 맺을 것이고, 귀곡은 대사형을 중심으로 다시 문을 열겠지요."

"그러니까 사제의 말은 사제는 귀곡의 곡주 자리에는 욕심이 없으나 청명검을 포기할 수는 없다는 말이군."

신조의 말에 송무군이 고개를 끄덕였다.

"그렇습니다. 소제는 귀곡의 곡주 자리에 하등의 욕심이 없습니다. 그러니 사형들께서 서로 잘 협의하셔서 대사형을 곡주로 추대하자고 제가 누누이 말씀드리지 않았습니까?"

"물론 자네는 기회가 있을 때마다 그리 말했지. 하지만 사제, 세상 사람들이 모두 사제처럼 욕심이 없는 것은 아니야. 그것은 우리 사형제들도 마찬가지일세. 아니, 오히려 우리 사형제들은 다른 사람들보다도 훨씬 욕심이 많은 편이지. 그래서 귀곡이 강호에 정사지간의 문파로 알려진 것이 아니겠는가? 그러니 사제의 바람은 이루어질 수 없을 것일세. 아마도 영원히 귀곡이 다시 문을 열지 않을지라도 자네를 제외한 우리 다섯 사형제 중 누구도 타인의 밑에 순순히 허리를 숙이고 들어가지는 않을 것일세. 특히 대사형의 밑으로는 더더욱 말이야. 대사형이 귀곡의 곡주가 되는 순간 그는 가장 먼저 우리 사형제들로부터 귀곡육보를 회수할 테니까."

송무군도 신조의 말이 틀리지 않다는 것을 알고 있었다. 귀곡육절 중 오직 청명검 송무군만이 강호에서 의협으로 인정받고 있는 것이 현실이었다. 만약 송무군마저 없었다면 귀곡은 어쩌면 강호에서 사파로 불렸을지도 몰랐다.

"그나저나 대사형의 명을 이행하기는 힘들겠군."

문득 앞서 가던 신조가 걸음을 멈추며 내뱉은 말에 송무군이 어지러운 생각을 떨쳐 버리고는 고개를 들어 신조가 가리키는 곳으로 시선을 주었다.

"외길이군요."

송무군의 말에 신조가 고개를 끄덕였다.

"날개를 가진 새라면 모를까, 두 발로 걷는 인간이라면 도저히 지키는 자들의 눈을 피해 안으로 접근할 수 없는 곳이군."

길은 절벽의 중간을 자르듯 길게 이어져 있었다. 두 사람은 절벽이 시작되는 산중턱에 서 있었는데 산 아래까지 이어진 절벽의 끝은 시퍼런 강물과 맞닿아 있었다. 절벽을 횡으로 가로지르며 난 길은 폭이 일 장이 되지 않아 멀리서 보기에도 무척 위태로워 보였다. 그 길의 끝은 다시 넓은 평지와 이어져 있었는데 그곳에 어둠에 묻혀 있는 몇 채의 건물이 어스름히 눈에 들어오고 있었다.

"대략 백여 장은 되겠지?"

신조가 송무군을 보며 물었다.

"그 정도는 되어 보이는군요. 저들이 중간중간에 사람을 두어 감시를 한다면 도저히 그들의 눈을 피해 육천문 안으로 들어갈 수는 없을 것 같습니다."

"과연 삼의숙의 말처럼 육천문에는 대단한 자들이 모여 있는 것이 분명해. 이렇게 깊고 험산 산중에, 그것도 절벽을 가로질러 문파의 터를 잡을 정도라면 보통 인물들은 아니라고 봐야겠지."

"이렇게 되면 은밀히 육천문에 접근해 둘째 의숙의 흔적을 찾아보는 것은 포기해야겠지요?"

"꼭 그런 것만은 아니지."

"무슨 방법이라도 있습니까?"

"흐흐흐, 사제는 종종 내가 누구인지 잊어버리는 경향이 있어. 아무리 이 사형이 보잘것없는 사람이라도 서운한 마음이 들 정도란 말씀이야."

신조가 품속에서 예의 그 손바닥만 한 크기의 옥적을 꺼내 들면서 투덜거렸다.

"들여보내시게요?"

송무군의 질문에 신조가 고개를 끄덕였다. 그리곤 손 위에 올려놓은 작은 향충을 쓰다듬으며 중얼거렸다.

"부탁한다, 아가!"

신조가 향충을 땅 위에 내려놓고 옥적을 불기 시작했다. 신조의 옥적에서 미세한 소리가 흘러나와 을씨년스런 숲을 더욱 스산하게 만들 때쯤 향충이 절벽 중앙에 난 위태로운 길을 따라 기어가기 시작했다. 신조는 향충의 모습이 보이지 않을 때까지 옥적을 불다가 향충이 어둠 속으로 사라지자 옥적에서 입을 떼었다.

"이 피리 소리를 듣고 육천문의 문도들이 나오지는 않겠지?"

"사형의 피리 소리는 그저 밤중에 부는 바람 소리와 같아 일반인들이 알아채기 힘들지요. 그나저나 향충을 보내는 것으로 의숙이 육천문 내에 있는지 확인할 수 있습니까?"

"물론! 의숙이 육천문 안에 있다면 향충은 내가 부를 때까지 돌아오지 않을 걸세. 만약 의숙이 육천문에 없다면 향충은 두 시진이 되지 않아 다시 돌아올 테지."

"결국 이곳에서 두 시진은 기다려야 하는군요."

"그렇지. 그러자면 우린 잠시 몸을 숨길 곳을 찾아야 할 테고."

신조가 턱으로 절벽 위의 길을 가리키며 낮은 목소리로 말했다. 송무군이 신조가 가리킨 곳을 바라보자 멀리 육천문의 건물에서 희미한 사람의 그림자가 나와 절벽 위의 길로 들어서는 것이 보였다.

"서둘러야겠군요, 사형!"

"어서 움직이세."

신조의 말이 끝나자마자 두 사람의 신형이 장내에서 사라졌다.

두 사람의 신형이 사라진 지 채 일각이 지나지 않아 육천문으로 이어지는 절벽의 길 위에 네 사람의 인영이 불쑥 모습을 나타냈다.

"모두들 신중하게 행동하도록 하시오! 대사가 코앞에 다가왔는데 괜히 세간의 이목을 끄는 일이 있어서는 안 될 것이

오. 애뇌산 인근에 모여든 자들을 면밀히 살피되 그들에게 경각심을 주어서는 안 된다는 문주의 당부가 있었소."

절벽에서 벗어난 사 인이 송무군과 신조가 있던 곳에 다다르자 그중 한 명이 나머지 세 명을 보며 낮지만 단호한 목소리로 명령을 내렸다. 그러자 나머지 삼 인이 머리를 조아렸다.

"명심하겠습니다, 부문주."

세 사람의 입에서 동시에 짤막한 대답이 흘러나오자 처음 입을 열었던 자가 고개를 끄덕이며 입을 열었다.

"자, 그럼 이제 각자 맡은 곳으로 이동하도록 하시오."

그의 말이 끝나자 네 명의 신형이 순식간에 사방으로 흩어져 연기처럼 장내에서 사라졌다.

"대단한 자들이군."

사 인의 모습이 사라지자 그들이 이야기를 나누던 곳과 얼마 떨어지지 않은 곳에서 신조의 목소리가 들려왔다.

"정말 대단한 신법들입니다. 사형, 저런 자들은 강호에서도 쉽게 찾아볼 수가 없을 겁니다."

"저런 정도 실력이라면 육천문에서 무척 중요한 역할을 맡고 있는 인물들이 분명해. 더군다나 지시를 내리던 자는 육천문의 부문주라고 하지 않았나."

"그렇다면 이상한 일이 아닙니까? 저들이 육천문의 수뇌라면 주변을 탐색하는 일에 직접 나설 리가 없지 않습니까?"

"그거야 모르는 일이지. 분명 그 부문주라는 자가 말하길 대사가 가까이 왔다고 했단 말이야. 그러니 그들이 무슨 일인가를 꾸미고 있다면 주변 경계를 직접 하는 것도 이상한 일은 아니지. 아니면 육천문이라는 곳이 문도 수가 극히 적은 곳이거나."

"그럴 수도 있겠군요. 이곳에 오는 동안 육천문에 대해 알아보려 했지만 그들에 대해 아는 사람이 거의 없었던 것도 그렇고, 어쩌면 육천문의 문도 수는 그리 많지 않을지도 모르겠습니다."

"하지만 꼭 그렇게 생각할 것도 아닐세. 육천문이 자리 잡은 곳을 보게. 저렇게 위태로운 곳에 저런 건물을 지어놓고 들어앉아 있을 수 있다는 것은 육천문의 저력이 결코 약하지 않다는 것을 말해주지."

"문도 수가 꼭 문파의 강약으로 이어지는 것은 아니지 않습니까?"

"물론 그 말도 맞네. 하지만 저 정도 크기의 건물을 가지고 있다는 것은 곧 그 안에서 생활하는 사람의 숫자가 적지 않다는 의미가 아니겠는가?"

"듣고 보니 사형의 말이 맞는 것 같습니다. 그렇다면 육천문의 부문주라는 자가 직접 주변을 살피기 위해 나섰다는 것은 결국 그들이 도모하는 일이 무척 중대한 일이기 때문이겠군요."

"그렇다고 봐야겠지."

신조의 대답을 끝으로 두 사람의 대화가 끊기자 주변은 이내 침묵 속으로 빠져들었다. 오직 차가운 밤바람만이 절벽에 부딪쳐 은은한 소리를 내고 있을 뿐이었다. 그렇게 얼마의 시간이 흘렀을까. 문득 어둠 속에서 다시 송무군의 목소리가 들려왔다.

"사형, 지금쯤이면 향충이 충분히 둘째 의숙 곁으로 다가가지 않았겠습니까?"

"그렇군. 향충이 돌아오지 않는 걸로 보아 육천문 안에 둘째 의숙이 있는 것은 분명한 모양이군. 자, 그럼 어디 녀석을 불러내 볼까."

신조의 말이 끝나고 곧이어 어둠 속에서 신조의 옥적이 만들어내는 미세한 소리가 다시 흘러나오기 시작했다. 신조의 옥적 소리가 어두운 밤공기를 뚫고 괴기스럽게 퍼져 나가기를 일각여, 문득 옥적 소리가 멎으며 신조의 목소리가 들려왔다.

"자, 이 정도면 충분히 알아들었을 테니 이제 곧 녀석이 돌아올 걸세."

"사형의 그 옥적은 볼 때마다 신기하군요."

"흐흐, 이 옥적이 신기하다고 해도 자네의 청명검만큼이나 귀한 것이겠는가?"

"사형은 여전히 이 청명검에 욕심이 있으신 모양입니다."

"낄낄낄, 욕심이 나면 무엇 하겠나. 그 청명검의 주인이 송무군인 이상 그 청명검을 자네의 손에서 빼낼 사람은 아마 없을 걸세."

"사형께서는 언제나 이 사제를 지나치게 높이 평가해 주셨지요."

"그런 말 말게. 우리 귀곡육절 중 자네의 무공이 가장 뛰어나다는 사실은 누구나 인정하는 것이니까. 자, 그나저나 녀석이 돌아온 듯하군."

신조의 말이 끝나자마자 절벽의 길 입구에 있는 작은 공간에 신조의 몸이 훌쩍 날아 내렸다. 뒤이어 송무군도 신조의 몇 걸음 뒤에 가볍게 내려서며 재빨리 주변을 살폈다.

"흐흐, 요놈아. 수고 많았다. 그래, 둘째 의숙은 만나보았느냐?"

신조가 음산한 웃음을 흘려내며 바닥에 손을 내려놓자 어느새 그의 손 위에서 그가 육천문을 향해 떠나보냈던 향충이 꿈틀거리고 있었다. 신조는 그런 향충을 눈앞에 올려놓고 가만히 향충의 움직임을 살폈다. 그리곤 잠시 후 뒤에 서 있는 송무군을 보며 말했다.

"확실히 저 안에 둘째 의숙이 있군."

그러자 송무군이 이미 짐작하고 있었던 일이라는 듯 고개를 끄덕이다가 얼굴에 호기심을 드러내며 물었다.

"도대체 사형은 향충의 어떤 움직임을 보고 향충의 마음을 읽어내는 겁니까? 이 소제는 수십 년 사형과 함께 지냈으나 아직 사형께서 향충을 부리는 내막을 알지 못하겠습니다."

"킬킬킬, 사제, 나도 자네에게 그 이유를 말해주고 싶으나 나의 이 충(蟲)을 돌보는 기술은 그야말로 나의 유일한 장기인데 그걸 어떻게 타인에게 이야기해 줄 수 있겠는가? 그러니 우리 여섯 사형제 중 내가 가장 좋아하는 사람이 사제라고 해도 더 이상 내 밑천을 알려고 하지 말게나."

그러자 송무군이 미안한 기색을 띠며 얼른 대답했다.

"이런, 제가 실수를 하였군요. 사형의 독문무공을 여쭙다니 이 무군이 사형께 큰 실례를 저질렀습니다. 사형의 그 충을 다스리는 술법이 워낙 신기해 그런 것이니 용서하시기 바랍니다."

"하하하, 용서랄 게 뭐 있나. 그저 우리 귀곡육절 중 무공이 가장 약한 사람은 바로 이 충귀인데 그나마 요놈들 덕택에 다른 사형제들과 어깨를 견주고 있으니 서운해도 이 사형의 밑천을 알려고 하진 말라는 것이지. 그나저나 이젠 그만 돌아가 봐야 할 것 같군. 육천문 안에 이의숙이 머물고 있는 것이 확인되었으니 우리의 일은 끝이 난 셈이 아닌가?"

"알겠습니다. 그럼 그만 돌아가지요. 이후의 일은 대사형께 무슨 생각이 있으시겠지요."

"그러세. 어서 돌아가세. 벌써 자정이 넘은 지도 한참 되었구면."

송무군과 신조는 서로를 보며 고개를 끄덕이고는 이내 몸을 날려 그들이 온 길을 되짚어 달려가기 시작했다.

송무군과 신조 두 사람의 무공은 강호에서 제법 명성을 얻을 정도로 뛰어났다. 그들의 사부인 귀곡주 방국진이 고고한 구파일방의 고수들에 필적할 만한 무위를 지녔다고 알려진 만큼 그의 제자들인 귀곡육절의 무공 또한 강호 일류고수의 수준에 이르러 있는 것은 어쩌면 당연한 일인지도 몰랐다.

두 사람의 움직임은 강호에 알려진 대로 대단해서 어두운 밤길을 달리는데도 전혀 거리낌이 없었다. 더군다나 주변의 무성한 숲을 지나치면서도 밤잠에 들어 있는 숲 속의 동물들을 깨우지 않을 만큼 은밀하기도 했다.

그렇게 어두운 밤길을 은밀히 달리던 두 사람의 신형이 어느 순간 숲의 작은 공터에 이르러 뚝 하고 멈춰졌다. 그리고 누가 먼저랄 것도 없이 그들의 시선이 작은 공터 건너편에 고정됐다. 그러자 그들의 시선이 닿은 숲에서 불쑥 한 사람이 모습을 드러냈다.

第五章

점창 고수(點蒼高手)

"이제 본 문에 볼일들은 다 보신 것인가?"

두 사람의 앞을 막아선 사람의 분위기는 송무군과 신조 두 사람도 낯이 익은 것이었다. 그는 바로 애뇌산 인근을 살피러 밤길을 나섰던 육천문의 부문주였다.

―그는 아마도 우리의 존재를 눈치 채고 있었나 봅니다, 사형!

송무군이 육천문의 부문주에게서 눈을 떼지 않으며 신조에게 전음을 흘려보냈다.

―그런가 보군. 더군다나 그는 홀로 우리를 기다리고 있었던 모양이니 스스로의 무공에 상당한 자신감을 가지고 있는

것 같군.

신조가 송무군의 전음에 역시 전음으로 답하며 눈을 가늘게 뜨며 육천문 부문주를 노려봤다.

"자, 이제 이 한밤중에 본 문을 살피려는 자들의 정체를 알아볼까."

육천문 부문주가 한 걸음 앞으로 걸어나오더니 여유있는 표정으로 두 사람을 보며 중얼거렸다. 순간 송무군은 신조의 짐작이 틀리지 않았음을 깨달았다.

'이자는 스스로의 무공에 무척 자신이 있는 모양이구나. 아마도 우리 두 사람을 제압할 충분한 자신이 있나 보군. 하지만 사형과 나도 그리 만만한 사람들은 아니지.'

그때 가만히 육천문 부문주의 행동을 지켜보던 신조가 천천히 입을 열었다.

"이곳이 육천문의 경계인 것은 알고 있으나 우린 그저 이곳을 지나쳐 가던 사람들이니 괜한 시비 걸지 말고 길을 열어 주시구려."

"호오? 과연 한밤중에 남의 문파를 지켜볼 만큼 배포가 있는 놈들이군. 이 와중에도 그런 변명을 늘어놓을 여유가 있다니 말이야."

육천문 부문주의 말에 신조의 얼굴이 살짝 씰룩였다. 아마도 상대의 말에 기분이 상한 것이 분명했다.

"흐흐흐, 배포가 클뿐더러 누구에게 무시를 당하지 않을 만큼 오기도 있지."

"그래? 그런 오기란 결국 자신의 실력을 믿고 있기 때문에 부릴 수 있는 것이겠지. 그렇다면 어디 육천문을 은밀히 살피고, 또 나에게 무시당하지 않을 만큼의 실력을 가지고 있나 볼까? 둘 모두 나서라. 나의 손에 오십 초를 견딘다면 그냥 가게 해주겠다."

육천문의 부문주가 두 손을 들어올리며 오만한 음성을 토해냈다. 시퍼런 안광이 묻어 나오는 그의 시선은 송무군과 신조 두 사람 모두를 한 시야에 넣고 있었다.

"흐흐, 좋아. 나도 과연 늙은이에게 우리 두 사람을 시험할 자격이 있는지 궁금하군. 사제!"

신조가 송무군을 보자 송무군이 대답없이 고개를 끄덕였다. 송무군의 표정은 무척 조심스러웠는데 그것은 눈앞의 육천문 부문주가 무척 위험한 인물이라는 것을 직감하고 있기 때문이었다.

"요즘 젊은것들은 도통 분수를 모른다니까."

신조의 반응이 마음에 들지 않았는지 육천문의 부문주가 살짝 눈을 치뜨더니 이내 미처 준비할 여유도 주지 않고 두 사람을 향해 날아들었다. 그가 이렇게 기습적으로 송무군과 신조를 덮쳐 온 것은 그도 내심 스스로의 말과는 다르게 이 두 사람의 염탐꾼이 만만치 않은 자들이라는 것을 알고 있기 때문이었다.

치익치익!

육천문 부문주의 두 손이 허공을 가르는 소리가 괴기스럽게 들려왔다. 양손을 허공으로 쳐들어 드러난 그의 두 손은 마치 쇠꼬챙이처럼 말라 있었을 뿐만 아니라 완전히 묵철 같은 검은색으로 이루어져 있어 도저히 사람의 손이라고 생각할 수 없을 정도로 괴이했다.

"홍! 조공을 익힌 모양이군."

신조는 자신과 송무군을 향해 날아드는 상대의 조법이 무척 현묘하여 강호에서 쉽게 볼 수 없는 것이라는 것을 눈치챘으면서도 입으로는 계속 상대의 감정을 긁어대는 소리를 하며 급히 신형을 날려 상대의 공격을 피해냈다.

"네 솜씨가 네 입만큼이나 괜찮은지 궁금하구나."

기습적인 일격을 송무군과 신조가 피해내자 육천문의 부문주가 급히 허공에서 몸을 틀어 자신과 거리를 벌리고 있는 신조에게 다시 일수를 가하며 소리쳤다.

"홍! 늙은이가 과연 날 시험할 자격이 있을까?"

육천문 부문주의 조법은 강호에 보기 드문 절기였지만 귀곡육절의 일인인 충귀 신조의 무공 또한 그리 가벼운 것은 아니었다. 비록 자신은 귀곡육절 중 스스로의 무공이 가장 낮다고 몸을 낮추지만 그의 사형제들조차 신조의 진실한 무공을 정확히 알지 못했다.

파파팡!

날카롭게 자신의 목을 움켜쥐려고 다가드는 상대의 공격을 신조가 장력을 쳐내며 맞아갔다. 그러자 허공에서 신조의 장력과 육천문 부문주의 조법이 부딪치며 밤공기를 찢어놓는 소음이 일어났다.

"제법이구나."

자신의 공격을 막아내는 신조의 장력을 경험한 육천문 부문주가 탄성을 자아내며 신형을 옆으로 틀었다. 그의 조공을 막아내며 신조의 장력이 밀려들었기 때문이다. 하지만 그는 신조의 장력을 피하면서도 여전히 움직임에 여유가 있어 보였다. 몸을 틀어 신조의 장력을 흘려보낸 그의 눈빛이 서늘하게 변한다고 느낀 순간 그의 몸이 기이한 각도로 꺾이며 매서운 기운이 그의 손끝에서 뻗어나갔다.

"사형, 조심하시오!"

순간 장내에 송무군의 외침이 울려 퍼졌다. 동시에 송무군의 신형이 사냥을 하는 독수리처럼 훌쩍 허공을 날아올라 신조를 향해 매서운 조공을 펼쳐 내는 육천문 부문주를 향해 날아들었다. 막 장력을 쳐내 상대의 공격을 막아냈던 신조는 문득 등 뒤에서 들려오는 송무군의 경고성에 놀라 다급히 허리 굽히며 옆으로 신형을 비틀었다.

지직!

그 순간 그의 몸을 가리고 있던 옷자락을 찢어내며 매서운 지력이 그의 몸을 스치고 지나갔다. 신조는 뒷덜미가 서늘해지는 것을 느끼곤 급히 삼사 장 뒤로 물러나며 적의 공격에 대비해 재빨리 상대의 신형을 찾았다.

"흥, 네 사제가 아니었다면 네놈의 몸에는 이미 구멍이 났을 것이다."

한가닥 비웃음이 장내에 울려 퍼질 때 송무군의 외침이 그 뒤를 이어 들려왔다.

"나의 일권을 받아보시오!"

"사제가 사형보다 낫구나."

어느새 자신의 옆구리를 파고드는 송무군의 일권을 재빨리 몸을 돌려 피하며 육천문의 부문주가 감탄사를 흘려냈다. 하지만 송무군은 한 번 시작한 공격을 멈출 생각이 없는지 상대의 발끝을 따라가며 연신 매서운 권풍을 휘몰아쳤다.

퍼퍼펑!

순식간에 장내에 송무군이 일으키는 권풍과 그것을 막아내는 육천문 부문주의 조영이 어지럽게 얽혀들기 시작했다. 그들은 찰나지간에 십여 초를 겨뤘는데, 둘 모두 심각한 얼굴을 하고 있는 것으로 보아 상대의 무공이 생각보다 강한 것에 서로 놀라고 있는 듯했다.

"역시 사제의 무공은 강해. 그는 검을 장기로 하는데 검을 꺼내 들지도 않고 저 노인과 저렇게 대등하게 일수를 겨루다니. 사부께서 사제를 특별히 아낀 것도 다 저런 재능 때문이겠지."

신조는 두 사람의 싸움을 바라보다 문득 질투심이 느껴지는 어조로 탄식을 내뱉고는 이내 살기 어린 눈빛을 드러냈다.

"어쨌든 저 노인네를 살려둘 수는 없겠어. 이미 우리의 존재를 눈치 챘으니 저 노인네가 육천문으로 돌아가 의숙에게 우리의 존재를 알리면 모든 일이 공염불이 되고 마는 것이 아닌가? 반드시 저자를 제거해야 하겠군. 어디 보자."

신조가 음산한 목소리를 흘려내며 공터에서 매서운 손속을 나누고 있는 두 사람의 주위를 은밀히 돌기 시작했다. 그의 한 손은 품속에 들어가 있었는데 그것은 마치 암기를 던질 준비를 하는 모습과 비슷한 자세였다.

육천문의 부문주는 송무군의 날카로운 공격을 상대하면서도 신조에 대한 경계를 잊지 않고 있었다. 그러던 중 신조가 자신과 송무군의 주위를 은밀히 돌기 시작하자 싸움을 이 상태로 진행해서는 자신에게 유리할 것이 없다는 것을 깨닫고, 송무군의 공격을 받아내던 것에서 벗어나 급히 공세로 전환하기 시작했다.

'으음, 이자의 공력은 정말 무섭구나. 그동안 나의 공세를 막아내고만 있었던 것은 결코 공력이 약해서 그런 것은 아니었군.'

송무군은 상대가 갑자기 수세에서 공세로 전환하자 등골이 서늘해지는 것을 느꼈다. 공세로 전환한 상대의 무위는 처음과는 완전히 달라 그의 손끝에서 줄기줄기 흘러나오는 지력은 일 장 밖에서도 그 살기가 느껴질 정도로 대단했던 것이다.

서서히 송무군과 상대의 간격이 벌어지기 시작했다. 상대에게서 흘러나오는 진기가 너무 거세 송무군도 상대의 곁으로 접근하기가 어려웠던 것이다.

그러던 어느 순간 두 사람 주위를 돌던 신조가 눈빛을 반짝이며 품속에 들어 있던 손을 가볍게 휘둘렀다. 그러자 그의 손으로부터 손톱만큼 작은 물체가 허공으로 튀어나오더니 마치 신조의 손에 의해 조종되듯 육천문 부문주의 빈틈을 파고들기 시작했다.

"잡스런 놈!"

순간 육천문 부문주의 입에서 노호성이 터져 나왔다. 신조의 손에서부터 뻗어 나와 그의 빈틈을 향해 날아간 것은 한 마리의 검은 거미였는데 거미로부터 흘러나온 가느다란 거미줄이 신조의 손끝과 이어져 있어 신조는 허공에서 자유롭게 거미를 조종할 수 있었던 것이다.

"흐흐, 이놈은 제법 강한 독을 가지고 있지. 늙은이가 과연 이놈을 피해낼 수 있을지 궁금하군."

신조의 입에서 득의한 웃음이 흘러나왔다. 육천문 부문주는 과연 신조의 말처럼 쉽게 신조의 공격을 피해내지 못하고 있었다. 일 대 일의 싸움이라면 거미를 이용한 신조의 공격이 큰 위협이 될 수 없었지만 송무군의 권공을 상대해야 하는 그의 입장으로서는 손톱만큼 작고 자유롭게 허공에서 움직이는 신조의 거미 공격을 피해내기가 쉽지 않았던 것이다.

"흥, 제법 재주를 가지고 있다만 이런 사이한 장난에 당할 내가 아니다."

다음 순간 육천문 부문주의 입에서 오만한 음성이 흘러나오더니 이내 묵빛이던 그의 앙상한 손에서 푸르스름한 빛이 흘러나오기 시작했다.

"제법 대단한 재주들을 가지고 있다만 오늘 나를 만난 것이 너희에겐 불행이다!"

육천문 부문주의 입에서 도도한 한마디 말이 흘러나오는 동시에 자신을 향해 일권을 뻗어내던 송무군을 향해 그의 손에서 한줄기 빛이 폭사했다.

"헛!"

육천문 부문주의 손에서 뻗어 나온 한줄기 청색 진기는 너무도 빠르고 강렬해 송무군은 다급성을 토해내며 급히 몸을 틀어 그의 공격을 피해냈다. 그 순간 육천문 부문주의 몸은 어느새 송무군으로부터 떨어져 나와 신조를 향해 날아 내리고 있었다.

"놈, 이 한 수도 막아봐라!"

허공으로 치켜진 육천문 부문주의 손이 한층 더 푸른색으로 빛났다. 그의 손끝은 신조의 머리를 향해 있었는데 한눈에 보기에도 그 손에 깃든 공력의 무서움이 대단하다는 것을 알 수 있었다.

삐이익!

위험을 느낀 신조가 급히 자신의 품속에서 옥적을 꺼내 불자 어디에서 나타났는지 수십 마리의 독충들이 신조와 육천문 부문주 사이로 날아들었다.

"흥! 이 따위 것들로 나를 막아내겠다고?"

육천문 부문주의 입에서 한가닥 비웃음이 흘러나오더니 청색으로 빛나는 그의 손이 허공에 휘저어졌다.

푸스스!

신조의 앞을 막아서던 수십 마리의 독충들이 그의 손에 닿자마자 푸른색 불꽃을 일으키며 한가닥 연기로 변해 버렸다.

"더 이상 부릴 재주가 없다면 이제 그만 저승으로 가거라."

신조가 불러들인 독충들을 일거에 태워 버린 육천문 부문주가 살기 어린 음성을 토해내며 더 이상 어떤 방해도 받지 않고 신조의 이마를 향해 푸른색 손을 떨쳐 내려는 순간, 갑자기 그의 뒤쪽으로부터 한가닥 날카로운 파공음이 닥쳐들었다.

"멈춰!"

신조의 위급함을 느낀 송무군이 어느새 청명검을 빼어 들고 육천문 부문주의 등을 향해 일검을 뻗어내고 있었다. 하지만 송무군의 공격을 받으면서도 신조를 공격하는 육천문 부문주의 손은 멈춰지지 않았다.

"나의 청옥수는 도검도 무서워하지 않는다!"

대신 그의 입에서 한가닥 호기로운 외침이 흘러나오며 신조를 공격하던 손을 그대로 둔 채 다른 손을 뒤로 돌려 송무군의 청명검을 막아갔다.

스삭!

다음 순간 장내에 무엇인가가 베어지는 섬뜩한 소음이 일어났다. 그리고 순식간에 폭풍처럼 이어지던 세 사람의 공방이 뚝 멈추었다.

"도대체 그 검의 정체가 뭐냐?"

육천문 부문주가 송무군이 들고 있는 청명검에서 눈을 떼지 못한 채 불신의 감정이 역력한 목소리로 물었다. 송무군을 향해 질문을 던지고 있는 육천문 부문주는 자신의 한쪽 팔이 잘려 나가고 그 잘린 단면으로부터 검붉은 피가 분수처럼 쏟아져 나오는 것도 신경 쓰이지 않는 듯, 자신의 팔을 잘라낸 송무군의 청명검만을 무서운 눈으로 응시하고 있었다.

"청명검이라 하오."

순간 육천문 부문주의 눈빛이 섬광처럼 번뜩였다.

"청명검? 그럼… 귀곡?"

"그렇소. 내가 바로 귀곡의 청명검 송무군이오."

"그리고 난 귀곡육절의 셋째 충귀 신조라 하지."

죽음의 순간에 송무군으로부터 구원을 받은 신조가 정신을 차린 듯 두 사람의 대화에 끼어들었다.

"도대체 귀곡의 사형제들이 이곳 운남의 오지까지 와서 본

문을 살피는 이유가 뭐지?'

여전히 그의 팔에서는 피가 흐르고 있지만 그는 지혈할 생
각조차 하지 않고 물었다. 육천문 부문주의 질문을 받은 송무
군과 신조의 얼굴이 잠시 어두워진 것은 그때였다. 두 사람은
의혹이 담긴 눈으로 서로를 바라봤다.

—사제, 아무래도 그는 양 의숙의 정체를 모르는 것 같군.

—모르지요. 알고 있으면서도 짐짓 모르는 체하는 것일 수
도…….

—물론 그럴 수도 있겠고… 하지만 그가 정말 양 의숙의 존
재를 모른다면 양 의숙은 자신의 얼굴을 가리고 다른 신분으
로 활동하고 있다는 이야기가 되는데, 그렇다면 양 의숙을 만
나기는 무척 어려워지겠군.

"귀곡의 문도들이 육천문을 살피는 이유가 뭐냐?"

두 사람의 전음은 육천문 부문주의 거듭된 질문에 중단됐
다.

"우리는 지금 한 사람을 찾고 있소."

신조가 육천문 부문주의 질문에 차갑게 대답했다. 어쩌면
그는 송무군의 말처럼 양 의숙의 존재를 알고 있으면서도 시
치미를 떼고 있는지도 몰랐다.

"너희가 찾는 사람이 본 문에 있다는 이야긴가? 그게 도대
체 누구냐? 내 머릿속에는 아무리 생각해도 귀곡의 문도들이
찾을 만한 인물이 생각나지 않는구나."

"그보다 먼저 그대의 이름이나 들어봅시다. 이 신조는 수십 년간 강호를 떠돌아 강호에 이름있는 고수들은 대부분 알고 있다고 자부하는데 그대와 같은 고수가 운남의 오지에 도사리고 있다는 사실은 몰랐구려."

신조의 물음에 육천문 부문주의 얼굴에 잠시 갈등의 빛이 서리더니 이내 고개를 끄덕이며 대답했다.

"난 육천문의 부문주 우심경이라 한다."

그러자 신조가 고개를 갸웃거렸다.

"역시 모르겠군. 어찌 그대와 같은 고수가 강호에 알려지지 않았을까? 귀곡육절 두 명의 합공을 압도하는 무공을 가진 자가 말이야."

"본 문은 특별히 강호 일에 참견한 일이 없으니 당연히 네가 나를 알 수는 없는 일이지. 자, 그러니 어서 너희 귀곡의 사형제가 찾고자 하는 자의 이름을 말해보라."

"아니아니, 내 질문은 아직 끝나지 않았소. 하나만 더 물어봅시다. 그대의 문파는 이름을 육천문이라 하였는데 그 연유가 무엇이오? 혹 여섯 사람의 고수가 모여 만든 문파란 이야기요?"

"흥! 잘 알고 있구나."

"좋아. 그럼 그대는 이제 그 여섯 고수의 이름을 말해보시오. 아! 이미 우심경이라는 그대의 이름은 알고 있으니 이제 다섯 사람의 이름만 말하면 되는 것이군."

신조의 질문에 우심경의 눈에 분노의 불꽃이 일렁였다.

"넌 내가 본 문의 비밀을 모두 너에게 말해주기를 원하는 것이냐?"

"흐흐, 목숨이 아깝지 않다면 말하지 않아도 되오."

신조의 눈에 비릿한 살기가 어렸다. 신조의 말을 듣고 있던 송무군이 살짝 눈살을 찌푸렸다. 하지만 굳이 신조의 행동을 막지는 않았다. 귀곡의 문도들 중 의협 소리를 듣는 사람은 오직 하나, 송무군 자신뿐이었다. 그 외 곡주인 방국진을 시작으로 해서 전 문도들에 대한 강호의 평판은 그리 좋은 편이 아니었다. 그런 사형제들의 특성을 송무군이 모를 리 없었다. 송무군이 말린다고 해서 신조의 행동이 멈춰질 것도 아니거니와 우심경의 입을 열려는 신조의 행동이 그들의 일에 큰 도움이 될 것이 분명했으므로 송무군은 비록 신조의 행동이 마음에 들지는 않았으나 그대로 놓아두었다.

"목숨 따위로 날 위협하려 하다니 어리석구나."

우심경이 신조의 위협이 가소롭다는 듯 비웃었다.

"아아, 물론 강호의 모든 사람들은 자신은 마치 목숨에 연연하지 않는 고결한 인격의 소유자인 양 말하곤 하지. 하지만 내가 경험한 바에 의하면 무림에서 자신의 목숨에 연연하지 않는 사람은 단 한 사람도 없었다. 그리고 난 당신이 지금껏 내가 경험했던 무림인들과 특별히 다른 존재라고는 생각지 않아."

말을 끝내는 신조의 안광에 좀 더 강렬한 살기가 번뜩였다. 그리고는 천천히 우심경의 앞으로 다가가기 시작했다. 우심경은 송무군의 청명검에 한 팔을 잘린 후 피를 너무 많이 흘린 탓에 안색이 창백하게 변한 채 자신을 향해 음산한 살기를 발하며 다가오는 신조를 무심한 눈으로 바라보다 문득 입을 열었다.

"내가 너희에게 죽임을 당할 것 같은가?"

"흐흐, 그대의 무공이 무척 고강하다는 것을 모르는 것은 아니야. 하지만 한 팔을 잘린 상태로 나와 사제를 감당할 수 있을 것이라고는 생각지 않는다."

"물론 난 지금 상태로는 너희 두 사람을 제압할 수는 없지. 하지만……."

문득 우심경의 눈빛이 번뜩였다. 순간 신조와 송무군의 신형이 동시에 우심경을 향해 날아갔다.

"서랏!"

신조의 입에서 한가닥 경고음이 터져 나오며 어느새 그의 손에서 강력한 진기를 머금은 일장이 우심경을 향해 발출됐다.

"흥, 내 몸이 이 지경이 되었다고 너희에게 목숨을 내줄 정도는 아니다. 오늘은 이대로 물러가겠다만 훗날 귀곡의 문도들은 이 우심경을 만나는 것을 두려워해야 할 것이다."

꽝!

신조가 때려낸 장력을 훌쩍 피해 허공으로 날아오르며 우심경의 입에서 살벌한 경고가 흘러나왔다. 그리고 그와 동시에 우심경이 신형을 날려 어두운 숲 속으로 달려나갔다.

"어딜!"

그 순간 훌쩍 신조의 머리를 뛰어넘은 송무군이 손에 든 청명검을 휘둘렀다.

"흡!"

막 숲 속으로 몸을 숨기려던 우심경이 날카로운 청명검의 공격에 다급성을 발하며 몸을 틀어 달아나려던 방향과 다른 쪽으로 내려서더니 성한 한쪽 손을 들어 자신에게로 날아들고 있는 송무군을 향해 떨쳐 냈다.

"으음!"

우심경의 손에서 줄기줄기 뻗어 나오는 지력과 맞닥뜨린 송무군이 침중한 신음성을 흘려내며 청명검을 휘둘러 우심경의 지력을 틀어내는 사이 우심경이 급히 신형을 날려 숲 속으로 사라져 버렸다.

"망할 늙은이, 그 몸을 해가지고도 몸을 빼다니 대단하군."

송무군의 뒤를 따라 우심경을 향해 날아들던 신조가 욕지거리를 뱉어냈다.

"사형! 그를 반드시 잡아야 합니다. 그가 육천문으로 돌아가면 양 의숙이 우리가 이곳에 온 것을 알 것이고, 그렇게 되면 양 의숙은 이곳에서 모습을 감출 것입니다."

송무군이 다급한 어조로 말하며 우심경이 달아난 쪽으로 신형을 날렸다.

"물론 당연히 그 늙은이를 잡아야겠지. 그를 살려 보낸다면 어찌 귀곡육절이라 할 수 있겠는가?"

신조가 송무군의 뒤를 따라 몸을 날리며 품속에서 옥적을 꺼내 입가로 가져갔다.

삐이이익!

이내 날카로운 옥적 소리가 어두운 밤공기를 타고 숲 속으로 퍼져 나가기 시작했다.

"역시 귀곡의 종자들이군. 이토록 끈질기게 따라붙다니. 과거 귀곡의 곡주가 건재할 때 강호의 모든 문파들이 귀곡과 원한 맺기를 꺼렸던 것은 그놈들이 무척 독한 종자들이기 때문이었지. 그런데 오늘 보니 과연 놈들에 대한 강호의 소문이 결코 과장된 것이 아니었어. 이대로 가다간 문에 도달하기도 전에 저놈들에게 따라잡히겠어."

우심경은 하나 남은 팔로 애써 중심을 잡으며 빠르게 숲 속을 달려나가고 있었다. 평소의 그라면 송무군과 신조의 추격을 쉽게 따돌릴 수 있었겠지만 한 팔을 잃은 그는 급격하게 공력이 흩어지고 있어 평소의 반도 속도를 낼 수 없는 처지였다.

더군다나 몸을 뺄 때 무리하게 송무군을 향해 전개한 일초의 후유증은 몹시 큰 것이었다. 그나마 송무군과 신조의 추격을 따돌리고 있는 것은 그가 이 애뇌산의 지리에 밝기 때문이었다. 하지만 그것도 한계가 있어 그만이 알고 있는 험로를 따라 도주를 하고 있건만 송무군과 신조는 귀신처럼 그의 행방을 놓치지 않고 따라붙고 있었다.

그는 자신의 뒤를 쫓는 신조에게 옥적이 있고 그 옥적으로 인해 숲의 벌레들이 자신의 위치를 신조에게 알려주고 있다는 사실을 꿈에도 알지 못했다. 그렇게 도망자와 추격자의 사이가 점점 가까워질 무렵 우심경은 커다란 절벽을 끼고 산비탈을 따라 달리고 있었다.

"이렇게는 안 되겠어. 조금만 더 가면 위급할 때 쓰기 위해 마련해 놓은 비밀 통로가 있으니 그것을 이용할 수밖에. 물론 비밀 통로를 이용한 것을 알면 문주의 엄중한 질책이 있겠지만 이곳에서 저 귀곡의 사형제들에게 죽임을 당할 수야 없지."

우심경이 입술을 깨물며 좀 더 속력을 내기 시작했다.

그렇게 일각여를 전진한 우심경의 앞에 어두운 골짜기가 나타났다. 골짜기 안쪽은 적지 않은 높이의 절벽으로 이루어져 있었는데 사람이 타고 오르기는 불가능해 보이는 가파른 절벽이었다. 그런데 우심경은 망설임없이 그 골짜기 안쪽에 형성된 절벽을 향해 달리기 시작했다. 그 방향으로 가면 분명 절벽에 길이 막히게 되어 있었지만 우심경은 전혀 개의치 않고 신형을 날리는 것이었다. 어느새 그의 신형이 바람처럼 골짜기 안의 절벽까지 날아들더니 망설이지 않고 절벽의 한쪽으로 이동했다.

"흐흠, 이 길은 본래 본 문에서 밖으로 나오기 위해 만들어놓은 것인데 이렇게 밖에서 안으로 쫓겨 들어가기 위해 이용하게 될 줄이야. 오늘 이 우심경이 이렇게 다급한 지경에 처하게 될 줄 어찌 생각이나 했을까. 두고 보자. 오늘 이후 귀곡의 문도들을 만나게 된다면 결코 이 우심경의 손을 피하지 못할 것이다."

우심경이 절벽 한쪽을 가로막고 있는 거대한 바위에 손을 얹으며 원한 서린 안광을 토해낼 때였다. 갑자기 그의 신형이 빠르게 돌아서며 자신의 뒤쪽 어스름한 곳을 향해 매서운 지력을 쏘아냈다.

"누구냐?"

뒤이어 우심경의 입에서 날카로운 물음이 쏟아졌다. 말보다 행동이 먼저 앞섰다는 것은 그가 얼마나 다급한 지경이었는가를 말해주고 있었다.

"저런, 그저 그 비밀 통로를 통해 몸을 빼면 목숨을 부지할 것을, 왜 쓸데없는 짓을 하는 건가? 이렇게 되면 결국 넌 죽을 수밖에 없는데……."

우심경이 전개한 일수를 검으로 막아내며 어둠 속에서 불쑥 한 명의 신형이 나타났다. 그는 청의무복을 깨끗이 차려입은 초로의 인물이었는데 그 외모에서 풍겨지는 기운이 마치 깊은 산속에서 도를 닦는 도인의 풍모와 비슷했다.

"점창?"

"이런, 그대는 정말 살기가 싫은 모양이군. 내가 점창의 사람이란 것까지 알아챘다면 그대는 이곳에서 죽어야 할 운명인 모양이야."

순간 우심경의 눈에 곤혹스러움이 드러났다.

"정말 알 수가 없구나. 수년간 이 애뇌산을 찾은 무림인은 손으로 꼽을 정도로 드물었는데 오늘 갑자기 무림의 고수들이 이 애뇌산에 몰려온 이유가 도대체 무엇이란 말인가?"

"내가 묻고 싶은 것도 바로 그 부분이지. 근자에 이 애뇌산 육천문을 중심으로 발생하는 여러 의문스런 일들을 알아보기 위해 내가 이곳에 온 것이거든. 마침 그대를 만나 요즘 육천문에서 도대체 무슨 일을 꾸미고 있는지 들어볼 생각이었는데 아무래도 그럴 수가 없을 것 같군."

점창 고수가 고개를 돌려 골짜기 입구를 보며 말했다. 우심경이 무의식적으로 점창 고수가 시선을 준 곳으로 눈길을 돌리자 멀리 두 개의 검은 그림자가 골짜기를 따라 달려오는 것이 눈에 들어왔다.

"저들은 귀곡육절 중 두 사람이라던데 왜 귀곡의 인물들이 이 먼 오지의 육천문에 관심을 보이는 것일까?"

점창 고수는 마치 우심경이 이 자리에 없는 것처럼 스스로에게 질문을 던졌다. 그런 그의 태도가 우심경의 자존심을 건드렸지만 우심경은 어떻게든 이 점창 고수로부터 몸을 뺄 기회를 노리기 위해 분주하게 주변을 살필 뿐이었다.

하지만 우심경에게 더 이상의 기회는 주어지지 않았다. 점창 고수가 송무군과 신조가 점점 가까워지는 것을 확인하고는 한 손에 들고 있던 검을 들어 우심경을 가리켰던 것이다.

"운이 없다고 생각해라. 이 육보산은 결코 함부로 사람을 살상하지 않지만 내가 이 애뇌산에 있다는 것을 타인에게 알릴 입장이 못 되니 그대는 그만 죽어줘야겠다. 저들이 도착하기 전에!"

"육보산!"

우심경의 입에서 절망적인 신음성이 흘러나왔다. 우심경에게도 이 육보산이란 이름은 낯설지 않았다. 항상 구대문파의 문 언저리에서 서성이는 점창파이지만 운남에서는 독보적인 세력을 자랑하는 문파였다. 유구한 역사도 그러하거니와 구대문파의 합류를 노릴 정도로 강한 점창의 무공들은 운남의 다른 문파들과 견줄 바가 아니었으므로 적어도 운남에서만큼은 점창의 위세가 구대문파에 못지않았다. 더군다나 눈앞의 점창 고수 육보산은 그런 점창에서도 열 손가락 안에 꼽히는 고수였던 것이다.

"그대가 나를 알고 있다면 오늘 이 자리를 벗어나기가 어렵다는 것도 알고 있겠지. 반항하지 않는다면 고통없이 보내

주겠다."

육보산의 검이 어스름한 밤하늘을 향해 치켜 올려졌다.

'하필이면 육보산이란 말인가!'

우심경의 안색이 절망적으로 변하며 하나 남은 그의 팔이 육보산의 검을 마주하고 가슴 앞쪽으로 올려졌다.

"점창의 육보산에게 죽는 것은 부끄러운 일이 아니지."

우심경이 다음 순간 모든 것을 포기한 듯한 담담한 음성으로 입을 열었다.

"그대는 제법 무인다운 기개도 있군. 그대와 같은 사람을 베어야 한다니 오늘 이 육보산도 복이 없군."

"후후, 그런 걱정은 하지 말거라. 오늘 점창의 고수가 이 우심경을 벤 것에 대한 빚은 오래지 않아 본 문에서 받아낼 테니까."

우심경의 말에 육보산의 얼굴에 묘한 표정이 떠올랐다.

"정말 알 수 없는 일이군. 육천문 따위가 감히 점창을 두고 보복을 운운하다니… 과연 육천문에 드러나지 않은 비밀이 존재하는 것인가?'

육보산의 눈초리가 날카롭게 우심경의 눈을 파고들었다.

"흐흐, 그것은 차차 알게 될 것이다. 그리고 그것을 알게 될 때쯤이면 왜 점창이 항상 구대문파의 문턱에서 좌절해야 하는지도 알게 되겠지. 점창이라… 넌 점창의 이름으로 목에 힘을 주고 있지만 이것을 알아두거라. 내가 귀곡의 두 사형제

에게 불의의 일격을 당하지 않았다면 오늘 이곳에서 죽는 것
은 내가 아니라 너였을 것이란 것을!"

그와 동시에 우심경의 신형이 육보산을 향해 빠르게 다가
들었다. 물론 그의 앞에는 푸른색으로 빛나는 깡마른 손이 앞
세워져 있었다. 순간 육보산의 눈빛이 흔들렸다. 우심경의 공
세에 실려 있는 위태로움이 가볍지 않다는 것을 깨달았던 것
이다.

"점창은 강하다!"

하지만 다음 순간 육보산의 입에서 단호한 한마디가 터져
나오더니 우심경의 공세를 피할 생각도 않고 하늘을 향해 치
켜들고 있던 검을 그대로 우심경을 향해 내리그었다.

따당!

순간 마치 쇠와 쇠가 부딪치는 듯한 소리가 터져 나오더니
우심경의 신형이 비틀거리며 몇 걸음 뒤로 물러섰다. 그리고
그런 우심경을 바람처럼 육보산이 따라붙었다.

"과연 대단하다. 이 육보산의 일검을 맨손으로 막아내다
니. 하지만 그 정도 실력으로는 결코 점창의 강약을 논할 수
없다."

육보산이 중심을 잃고 비틀거리는 우심경을 향해 횡으로
검을 그어갔다. 우심경은 급히 흔들거리는 신형을 바로잡고
성한 손을 들어 육보산의 검을 막으려 했으나, 육보산의 검은
우심경의 손보다 빨랐다.

서걱!

육보산의 검은 여지없이 우심경의 앞가슴을 베고 지나갔다. 그러자 우심경의 가슴에 한줄기 혈선이 만들어지더니 이내 그 혈선으로부터 피가 분수처럼 솟아나기 시작했다.

"커컥! 좋아. 과연 점창의 검은 강하군. 하지만… 하지만 나의 다른 한쪽 손만 성했더라면 결코 너에게 죽지는 않았을……."

우심경은 자신의 가슴에서 뿜어져 나오는 피분수에 아랑곳하지 않고 육보산을 향해 분노를 쏟아내다 결국 자신의 말을 끝맺지 못하고 땅 위에 무너져 내리며 절명했다.

"정말 의외군. 육천문에 이런 고수가 있었다니. 육천문은 애뇌산에 자리를 잡은 이후 몇 년간 전혀 강호행을 하지 않았지. 덕분에 그 문도들 중 알려진 자가 없었는데 오늘 이자를 보니 결코 무시할 수 없는 자들이 모여 있는 것이 분명하구나. 더군다나 그들은 요 몇 달 사이 무척 바쁘게 움직이기 시작했단 말이야. 장문인께서 나에게 애뇌산을 살피라 명하신 것이 결코 과한 것이 아니었군."

땅 위에 널브러진 우심경을 바라보며 혼잣말을 중얼거리던 육보산이 문득 고개를 돌려 골짜기 입구 쪽을 바라보다 홀쩍 몸을 날려 어두운 곳으로 몸을 피했다.

"알 수 없군. 그런데 귀곡의 그자는 어떻게 저자의 팔을 자른 것일까. 나의 검을 맨손으로 막아내던 저자의 팔을……!"

육보산이 사라진 곳에서 의구심 가득한 그의 음성만이 맴돌 때 장내에 두 명의 신형이 떨어져 내렸다. 송무군과 신조였다.

"아니, 이게 도대체 어떻게 된 일이지?"

신조의 입에서 난감한 음성이 흘러나왔다. 그의 시선은 가파른 절벽에 맞닿은 커다란 바위 아래 쓰러져 죽어 있는 우심경을 내려다보고 있었다.

"스스로 죽은 것 같지는 않군요."

송무군도 침중한 눈빛으로 우심경의 시신을 보며 중얼거렸다.

"도대체 알 수 없는 일이군. 왜 이자는 이런 막다른 곳으로 도망을 와서는 죽어 자빠져 있는 것인가? 그리고 사제의 말처럼 이자가 스스로 목숨을 끊은 것이 아니라면 누가 이자를 죽인 것일까?"

하지만 송무군이라고 해서 신조의 의문에 대한 답을 해줄 수는 없었다.

"이유는 알 수 없지만 이 애뇌산의 육천문은 정말 단순한 문파가 아니군요. 이런 고수가 존재한다는 사실도 그렇고, 또 이런 고수를 순식간에 죽이고 사라질 정도의 적이 있다는 사실도 그렇고…… 아, 양 의숙은 도대체 육천문과 무슨 관계가 있는 것일까요?"

송무군이 탄식하듯 말하자 신조도 긴장된 눈을 하고 입을 열었다.

"글쎄. 그야 모르지. 과연 양 의숙이 육천문과 어떤 관계가 있는 것인지. 하지만 이런 예감이 드는군."

신조의 말에 송무군이 그를 바라봤다.

"만약 이 육천문이라는 곳과 양 의숙의 관계를 알 수 있다면 어쩌면 십오 년 전 사부께 일어난 일들에 대한 전후 사정도 알 수 있지 않을까 하는 예감 말일세."

그 말에 송무군이 고개를 끄덕였다.

"제 생각도 사형과 같습니다. 하지만 결국 그 모든 것은 양 의숙을 만나봐야 알게 되겠지요. 자, 이제 그만 돌아가지요. 아마도 대사형께서 무척 우리를 기다리고 계실 겁니다."

"물론 그렇겠지. 어서 돌아가세. 괜히 이곳에 있다가 또다시 육천문의 눈에 띄게 된다면 일이 무척 복잡해질 수도 있으니까 말이야."

신조의 말이 끝나자 송무군과 신조는 우심경의 주검을 한 번 흘깃 보고는 이내 들어온 길을 따라 다시 몸을 날렸다.

*　　　*　　　*

애뇌산은 변방에 속하는 운남에서도 오지로 꼽히는 지역이다. 덕분에 애뇌산 인근에는 사람 사는 마을이 흔치 않았다. 그래서 애뇌산 인근은 그 지역을 거쳐 가는 여행객들이 편히 쉴 곳을 찾기가 만만치 않은 지역이기도 했다.

하지만 이런 애뇌산 인근 지역의 환경이 송무군과 그의 사형제들을 산중에서 노숙하게 만든 것은 아니었다. 그들로서는 애뇌산 육천문에서 흔적이 발견된 둘째 의숙 양소용을 대면할 때까지 사람들 눈에 띄지 않아야 했기 때문에 육천문으로 이어지는 길이 내려다보이는 산중턱에 자리를 잡았던 것이다.

"사형과 사제가 오는군요."

귀곡의 사형제들이 노숙하는 곳은 작은 동굴 세 개가 연이어 뚫려 있는 산중턱의 자그마한 절벽이었다. 동굴 앞이 무성한 수림에 가려 있어 사람들의 눈을 피하기는 제격이었다. 반면 그 아래로는 가파른 산세가 이어져 육천문으로 들어가는 사람들을 감시하기에 수월한 곳이기도 했다.

귀곡육절의 다섯째 황보령이 언제나처럼 검은색 작은 철궁을 허리에 차고 산 아래를 내려다보고 있다가 문득 입을 열었다. 차가운 새벽 이슬이 그녀의 옷가지에 매달려 있는 것을 보아 그녀는 꽤 오랫동안 그 자리에 서 있었던 것이 분명했다.

황보령의 말에 세 개의 동굴 속에 흩어져 들어가 있던 귀곡육절의 나머지 사형제들이 동굴 밖으로 모습을 드러냈다.

"생각보다 오래 걸렸군. 무슨 일이라도 있었던 건가?"

유공무가 산을 거슬러 올라오고 있는 송무군과 신조를 보며 조용한 음성으로 중얼거렸다.

"두 사람의 모습을 보니 큰 문제는 없어 보이네요."

백적경이 침착한 목소리로 대답하자 유공무도 이내 고개

를 끄덕였다. 그가 보기에도 산을 치달아 오르는 송무군과 신조의 모습에서 특별히 이상한 점은 없어 보였던 것이다.

"일들은 제대로 한 건지……."

유공무와 백적경의 대화를 듣고 있던 곽이산은 차가운 눈빛으로 중얼거렸다. 그의 말을 듣고 있던 세 명의 사형제가 살짝 눈살을 찌푸렸다. 험한 곳에서 밤새워 일을 하고 돌아오는 사형제를 맞이하는 말투로는 지나치게 냉정한 곽이산의 말이었다. 하지만 곽이산의 성정은 이미 귀곡의 사형제들에게 익숙한 것이었으므로 아무도 곽이산의 말에 불만을 말하는 사람은 없었다.

"이런, 모두들 나와 계시는군. 허허허, 과연 사제의 정이란 이렇게 진한 것인가? 우리 두 사람이 걱정이 되어 모두 뜬눈으로 밤을 새운 모습이구먼."

사형제들 앞으로 다가서며 신조가 넉살을 떨었다.

"다녀왔습니다, 대사형!"

연이어 송무군이 정중하게 곽이산을 향해 고개를 숙여 보였다.

"수고했다, 사제. 그런데 시간이 조금 오래 걸렸군?"

곽이산이 애매한 목소리로 물었다. 그것은 마치 무엇을 탐색하는 것 같기도 하고 혹은 늦게 돌아온 두 사제를 탓하는 것 같기도 한 질문이어서 듣는 사람으로 하여금 그 의도를 파악하기 힘들게 만드는 말이었다. 하지만 송무군과 신조 역시 곽이산의 이런 말투에 익숙했다. 곽이산이라는 사람은 언제나 이렇게 상대를 혼란스럽게 만드는 말투를 즐겨 하는 사람인 것이다.

"흐흐, 사형! 지난밤에 우리 두 사형제는 제법 많은 일을 겪었지요."

신조가 말을 아끼며 대답하자 두 사람을 둘러싼 사형제들의 눈에 호기심이 일기 시작했다.

"사형! 도대체 무슨 일이 있었던 거죠?"

황보령이 미심쩍은 눈초리를 보내며 신조에게 물었다. 그녀는 이 셋째 사형 충귀 신조가 가끔 자신이 겪은 일을 지나치게 과장하는 버릇이 있다는 것을 잘 알고 있었다. 황보령의 의심 어린 질문을 받자 신조가 기분이 나빠졌는지 투덜거리며 입을 열었다.

"흥! 사매는 내 말을 믿지 않는 모양이군. 하지만 사매도 내 이야기를 들으면 결코 내가 허언을 하지 않았다는 것을 알게 될 거야."

"그러니 어서 그 이야기를 해보세요."

"지금은 싫어. 송 사제와 나는 지난밤에 무척 힘들게 움직였거든. 그러니 들어가서 물이라도 한잔 마시고 나서 입을 열도록 하지. 자, 들어가세, 사제!"

신조가 송무군의 소매를 잡아끌자 송무군이 웃으며 대답했다.

"그렇게 하도록 하지요. 사형들! 안으로 들어가시지요. 이

번 일은 꽤 오래 이야기를 해야 할 것 같으니 밖에서 말씀드리기는 조금 곤란하군요."

송무군이 귀곡의 사형제들을 돌아보며 말을 하고는 자신이 먼저 신조를 앞세우고 세 개의 동굴 중 하나를 찾아 들어갔다.

"흠, 도대체 어떤 일이 있었기에 사제까지 저러는 거지?"

송무군과 신조를 따라 동굴 안으로 들어가고 있는 사형제들을 보며 고개를 갸웃거린 황보령도 이내 사형제들의 뒤를 따라 동굴 안으로 사라졌다.

그는 귀곡의 사형제들이 머물고 있는 세 개의 동굴이 바라보이는 커다란 참나무 줄기에 걸터앉아 있었다. 세속의 사람 같지 않은 청수한 모습, 숲 속을 이동했음에도 깨끗한 청의는 그를 한층 탈속한 인물로 보이게 만들었다.

"알 수 없는 일이군. 귀곡의 문도들은 십오 년 전 동해 성주군도에 신기루가 나타났을 당시 귀곡주 방국진과 그의 의형제들이 실종된 이후 뿔뿔이 흩어져 버린 것으로 알려졌는데 오늘 이 애뇌산에 귀곡육절 모두가 모습을 나타내니, 도대체 육천문과 귀곡은 무슨 관계가 있는 것인가?"

점창 고수 육보산의 입에서 나직한 의문이 흘러나왔다. 한 손에 검을 들어 그 끝을 나뭇가지에 대고 비스듬히 앉아 있는 모습은 세속의 사람들이 꿈꾸는 선도를 닦는 도인의 모습 그대로였다. 그가 들고 있는 검이 지난밤 한 생명을 이승에서 하직시켰다고는 도저히 믿을 수 없는 모습인 것이다.

"아무튼 근자에 들어 육천문에 출입하는 사람이 늘어나고, 또한 적지 않는 수의 마차가 무엇인가를 육천문으로 옮긴 것은 확실하니, 그들이 움직인다는 것은 확실한 듯하군. 우리 점창은 언제나 구파의 문턱에서 물러났지만, 근자에 들어 사천 종남의 성세가 극히 쇠약해졌다고 하니 점창이 종남을 대신해 구파의 자리에 오를 수 있는 좋은 기회인 것은 분명해. 하지만 아무리 쇠약해졌다 해도 지난 백 년을 구파의 일원으로 존속해 온 종남의 저력이란 결코 무시할 수 없으니 종남을 대신하려면 우리 점창도 전력을 기울여야 할 것이야. 당연히 뒤를 깨끗이 하는 것이 그 첫 번째 일이겠지. 육천문이라……."

불쑥 그가 몸을 일으켰다. 그러나 그가 앉아 있던 나뭇가지에는 잔 떨림조차 일지 않았다.

"장문인께 사람을 보내달라고 해야겠어. 저들 귀곡의 사형제들이 육천문과 어떤 관계인지는 모르겠으나 그들과 좋은 관계가 아닌 것은 분명하니 그들을 이용해 이 기회에 육천문을 제거하는 것도 좋은 일이겠지. 더군다나 육천문의 그자! 비록 나의 검에 당하기는 했으나 그가 성한 몸이었다면 승패를 점치기 어려웠을 것이야. 그런 자가 육천문에 얼마나 있는지 모르겠지만 육천문을 그대로 두고 구파에 도전하는 것은 아무래도 찜찜한 일인 것 같군."

청수한 기운을 뿜어내던 육보산의 눈에서 짙은 살광이 번뜩이더니 이내 그의 신형이 나무 위에서 사라져 버렸다.

"그러니까, 사제들이 도착했을 때 그 우심경이란 육천문의 부문주가 이미 죽어 있었단 말이지?"

곽이산이 날카로운 눈으로 신조를 보며 물었다.

"그렇다니까요. 그자의 무공은 무척 대단해서 송 사제와 제가 합공을 하고도 승부를 점치기 어려운 자였지요. 만약 송 사제가 가지고 있는 청명검의 날카로움이 아니었다면 위기에 처한 것은 그가 아니라 우리 두 사형제였을 겁니다. 그런데 그런 자가 비록 한 팔이 잘렸다고는 하나 불과 일각도 되지 않는 시간에 죽어버린 것이지요."

"그렇다면 결국 사제들과 그 우심경이란 자의 싸움을 누군가 지켜보고 있다가 손을 썼다는 이야기인데… 과연 그런 고수가 누가 있을까? 또한 육천문의 고수에게 손을 썼다는 것은 육천문과 좋은 사이가 아니라는 이야기인데……."

"근방에서 그런 고수를 보유한 문파는 점창과 단씨의 월하장원뿐이지요."

백적경이 차분한 목소리로 입을 열었다.

"그 두 곳의 고수가 이곳에 와 있다는 말인가?"

"물론 단언할 수는 없지만 가능성이 없는 것은 아니에요. 이곳에 들기 전 근방에서 알아본 바에 의하면 수년간 조용하던 육천문에 부쩍 사람들의 발길이 이어졌고, 또 적지 않은 물자를 실은 마차들이 드나들었다고 하더군요. 당연히 육천문의 움직임은 운남의 두 강자인 점창과 월하장원의 주목을 끌었을 거예요."

"으음, 듣고 보니 그렇군. 일이 생각보다 복잡하게 되었군. 백 사매의 말처럼 점창과 월하장원의 고수가 애뇌산에 왔다면 은밀히 둘째 의숙을 찾으려던 우리의 계획은 쉽지 않겠어."

곽이산은 혀를 차며 말했다.

"그렇다고 포기할 수도 없지요."

유공무의 말은 언제나 무뚝뚝하다. 그런 유공무를 곽이산이 흘깃 보고는 고개를 끄덕였다.

"물론 그만둘 수는 없지. 이 일은 지난 세월 귀곡에 드리워진 암운을 걷어내고 향후 귀곡의 앞날을 새롭게 시작하기 위해 반드시 해결해야 할 일이니까."

곽이산의 다섯 사형제는 그의 말끝에서 묻어나는 진득한 탐욕의 기운에 잘게 몸을 떨었다. 귀곡의 곡주가 되어 강호무림을 종횡하려는 그의 의도를 모르는 사형제는 없었으나, 그가 이렇게 노골적으로 가슴에 품고 있는 자신의 욕망을 드러낼 때면 한층 더 그의 그 욕망이 두렵게 느껴지는 것이었다.

"이제 어떻게 하시겠소이까? 사형!"

곽이산에 대한 두려움을 떨쳐 버리려는 듯 신조가 곽이산을 보며 물었다.

"모든 일은 끝난 곳에서 다시 시작해야 하는 법이지."

곽이산이 의미심장한 표정으로 입을 열었다.

"그렇다면……?"

"일단 애뇌산 주변을 다시 한 번 면밀히 살펴본 후, 육천문의 부문주라던 그 우심경이란 자가 죽었던 곳으로 가보세. 길이 막힌 곳으로 움직였다는 것은 결국 그곳으로 그의 발길을이끈 어떤 이유가 있다는 말이니까."

황보령은 몇 걸음 앞서 걸어가는 송무군의 등을 물끄러미바라보며 산길을 걷고 있었다. 송무군과 유공무, 그리고 황보령이 걸어가고 있는 뒤편으로 그들이 지나온 작은 산골 마을이 보였다.

귀곡의 사형제들은 두 패로 흩어져 애뇌산 주변 마을을 돌며 근자에 육천문을 중심으로 일어나고 있는 일들을 탐문하고 있었다. 몇 곳의 마을을 돌아보니 확실히 근자의 육천문은은밀히 움직이고 있었다.

애뇌산 인근에 터를 잡고 살아가는 화전민들의 말에 따르면 애뇌산에 자리를 잡은 후 수년간 큰 움직임이 없던 육천문으로 최근 들어 평소보다 훨씬 많은 사람들이 출입했고, 또한정체를 알 수 없는 상당한 양의 물건들이 마차에 실려 애뇌산육천문으로 운송되었다는 것이다. 더군다나 물건을 운송한사람들은 오래전부터 인근 마을을 오가던 표국의 사람들이아니라 처음 보는 사람들이었다고 했다.

"뭔가 일이 있긴 있군."

서너 개 마을을 돈 후 흘러나온 유공무의 말이 아니더라도 송무군과 황보령도 현재 육천문에서 무슨 일인가가 일어나고 있다는 것은 쉽게 짐작할 수 있었다.

'본시 움직이지 않던 무리가 움직이기 시작하면 반드시 세상을 놀라게 하는 법이지. 바로 송 사제처럼! 청명검 송무군의 아들이라……'

황보령은 송무군의 등에서 시선을 떼지 않았다. 그녀의 눈빛 속에 포함된 감정들은 몹시 복잡해서 어느 때는 따뜻한 정이 담겨 나오는가 싶다가도 또 어떤 때는 까닭 모를 아쉬움 같은 것이 묻어났다. 그러다가 간혹 섬뜩한 분노의 빛까지 송무군을 향해 쏘아대는 것이었다.

'백 언니라면 이해할 수도 있겠건만……!'

황보령의 눈에서 다시 파란 분노의 불길이 솟아났다 사라졌다. 하지만 등 뒤에서 시시각각 변하는 황보령의 눈초리를 아는지 모르는지 송무군은 유공무와 함께 점점 황보령과의 거리를 벌리고 있었다.

그러던 어느 순간 뒤따르던 황보령의 기척이 멀어진 것을 느낀 유공무가 슬쩍 고개를 돌려 황보령의 위치를 확인하고는 천천히 고개를 저었다. 그리고는 자신의 옆에서 묵묵히 발걸음을 옮기고 있는 송무군을 슬쩍 돌아보았다.

"무슨 하실 말씀이라도?"

송무군이 유공무를 보며 묻자 유공무가 다시 한 번 흘끗 멀리 떨어져 뒤따라오고 있는 황보령을 본 후 송무군에게 전음을 보냈다.

─사제, 난 본시 사형제들의 일에 크게 관여하지 않는 사람이네만 한 가지 묻고 싶은 것이 있네.

뜻밖의 유공무의 전음에 송무군이 살짝 안색을 바꾸며 역시 전음으로 대답했다. 유공무가 전음으로 이야기한 것은 아마도 뒤따라오는 황보령에게 자신의 말이 들리는 것을 원치 않았기 때문일 것이라 생각했던 것이다.

─말씀하시지요.

─그러니까 자네의 안사람, 음 제수씨는 어떤 여인이었나?

송무군은 유공무가 이런 질문을 할 것이라고는 예상치 못했는지 의문 어린 시선으로 유공무를 보며 대답했다.

─그저 평범한 해안가 촌락의 여인이었지요. 그런데 그건 왜 물으시는 겁니까, 사형?

─제수씨를 백 사매와 황보 사매에 비교하면 어떤가? 두 사매보다도 훨씬 아름다웠겠지?

그제야 송무군은 유공무가 화옥청의 이야기를 꺼낸 이유를 짐작한 듯 천천히 고개를 끄덕였다.

─사형께서는 그게 궁금하셨던 모양이군요.

─그렇다네. 우리 사형제들은 모두 백 사매와 황보 사매가 자네에게 마음을 주고 있다는 것을 알고 있었지. 또한 두 사

매는 모두 강호에서 보기 드문 미인들이고. 물론 두 명 모두 그 성격이 좀 강한 편이긴 하지만 말이야. 그런데 그런 두 사매의 마음을 모른 척하던 자네가 혼인을 올렸다니 도대체 제수씨께서 얼마나 아름다운 분이셨기에 두 사매를 마다한 자네가 혼인을 올렸나 싶어서 하는 말일세.

유공무의 질문은 확실히 지난 며칠간 귀곡의 사형제들 사이에 적지 않은 궁금증을 일으킨 문제였다. 과거 귀곡에서 사부 방국진을 모시고 생활하던 시기, 백적경과 황보령은 그녀들의 사제인 송무군을 두고 보이지 않는 경쟁을 했었다. 당시에는 귀곡육절이 모두 나이가 젊을 때였으므로 남녀 간의 정이 생겨나는 것은 당연한 것이라고도 할 수 있었다. 그래서 당시 귀곡주인 방국진을 포함해 귀곡의 문도들은 과연 송무군이 두 여인 중 누구를 택할 것인가를 무척 궁금해했었다.

그런데 송무군은 방국진을 따라 동해의 성주군도로 향할 때까지도 두 여인 누구에게도 마음을 열지 않았다. 그리고 그렇게 강호로 나선 세 사람은 사부와 의숙들이 실종되는 통에 그만 뿔뿔이 흩어져 각자의 길을 가면서 남녀의 인연도 함께 멀어졌던 것이다.

그런데 아름다운 두 여인을 마다한 송무군이 이미 십이 년 전 한 아이의 아비가 되었다니, 송무군이 선택한 여인에 대해 귀곡육절이 궁금해하는 것은 당연한 일이었다.

―글쎄요. 굳이 타인의 시선으로 보자면 두 사저에게 미치

지 못하는 외모였지요.

—그래? 그런데 왜 그토록 두 사매의 마음을 마다하던 자네가 제수씨를 선택한 것인가? 자네와 같은 인물이 한순간 실수를 하였을 리도 없고 말이야.

유공무가 송무군의 대답에 고개를 갸웃거렸다.

—글쎄요. 저도 그 이유를 잘 모르겠습니다. 하지만 사람의 인연이란 결국 그렇게 아무런 이유 없이 이어지는 것인가 봅니다. 다른 사람 눈에는 어떠했을지 모르지만 당시 이 사제의 눈에는 옥청이 너무도 아름답게 보였으니까요.

—옥청?

—죽은 제 안사람의 이름이 화옥청입니다.

—아! 그렇군. 화옥청이라… 좋은 이름이야. 어쨌거나 자네의 말을 듣다 보니 확실히 남녀 간의 정이란 알 수 없는 면이 있어. 백 사매와 황보 사매의 마음을 그토록 멀리하던 자네가 아무도 모르는 사이에 가정을 이룰 줄이야 누가 상상이나 했겠는가? 하지만 이보게, 사제.

—말씀하시지요.

—비록 우리 사형제가 그리 좋은 사이는 아니지만 그래도 내가 사형이니 자네에게 한마디 해주고 싶은 말이 있다네.

—사형께서는 어려워 마시고 이 사제에게 가르침을 주십시오. 사문의 사형이 사제에게 가르침을 내리는 것은 너무도 당연하고 또 아름다운 일인데 사형께서 이 못난 사제에게 하

시고 싶은 말씀을 하시는 것조차 어려워하시니 제 마음이 좋지 않습니다.

송무군의 대답에 유공무가 씁쓸한 웃음을 지었다.

─우리 사형제가 모두 사제와 같다면 어찌 오늘날 이 지경에 이르렀겠는가? 나부터도 아직 귀곡육보에 대한 욕심을 거두지 못하고 있다네. 그러니 사제에게 사형 대접을 받기에는 확실히 부끄러운 면이 있지.

─그런 말씀 마시고 하교해 주십시오. 이 무군, 사형의 말을 무겁게 듣도록 하겠습니다.

─좋아. 그렇게 말해주니 한결 말하기가 편하군. 내가 하고 싶은 말은 바로 '여자의 한은 오뉴월에도 서리를 내리게 한다'라는 말일세.

─무슨 말씀이신지……?

─말 그대로일세. 자네에게 아들이 있다는 사실이 알려졌을 때 백 사매와 황보 사매는 무척이나 당황스러워하더군. 휴, 사제… 그녀들은 귀곡의 여인들일세. 그녀들의 성정이 어떤지는 사제 자네가 더 잘 알 거야. 물론 그래서 자네가 그녀들의 마음을 받아주지 않았는지도 모르지만. 어쨌든 그녀들은 지금 몹시 자존심이 상해 있을 걸세. 그래서 조심하란 말이야. 지난 십여 년 동안 그녀들은 보이지 않는 자네의 힘이었다네. 대사형이 자네 손에 있는 청명검을 쉽게 욕심내지 못한 것은 바로 그녀들이 자네 편에 서 있다는 것을 알고 있었

기 때문일세. 하지만 이제 그녀들은 오히려 자네에게 반감을 가지고 있을지도 모르네. 아! 혹 모르지. 제수씨께서 세상을 떠나셨으니, 어쩌면 그렇지 않을 수도……. 하지만 역시 조심해야 할 걸세. 특히 황보 사매는 자존심이 무척 세지 않나.

유공무의 말에 송무군은 아무 대답도 하지 않았다. 하지만 그는 유공무의 말을 들으며 퍼뜩 한 명의 얼굴이 떠올랐다.

'문악!'

왜 유공무의 말을 들으며 아들인 송문악의 얼굴이 떠오른 것인지 송무군 스스로도 알 수 없었다. 하지만 불현듯 송문악의 얼굴이 떠오르자 송무군의 마음속에 깊은 그리움이 생겨나는 것이었다.

—휴, 사형의 말씀이 맞습니다. 이 송무군은 본의 아니게 두 사저께 죄를 짓고 말았지요. 하지만 지금에 와서 달리 무슨 방법이 있겠습니까? 그것이 제 운명인 것을요. 그저 두 분 사저께서 저에 대한 서운함을 덜어주시길 바랄 뿐입니다.

—나도 그러길 바라네. 자네를 위해서나 우리 사형제들을 위해서나 더 이상의 분란은 좋지 않지. 그나저나 이제 다 왔군. 저기 사형과 사제들이 아닌가?

유공무의 말에 송무군이 고개를 들어 바라보자 과연 곽이산이 백적경, 신조와 함께 산길을 오르고 있는 송무군 등을 보며 서 있는 것이 눈에 들어왔다.

第六章

애뇌산의 공방전

멀리서 보아도 우심경의 시신이 있던 곳에는 아무런 흔적
이 남아 있지 않았다. 아무런 일도 일어나지 않았던 곳인 듯
적막한 고요가 말없이 서 있는 절벽을 타고 흐를 뿐이었다.

"들어가 봐도 될까요?"

귀곡의 여섯 사형제는 절벽이 바라보이는 곳에 몸을 숨기
고 어둠에 싸인 골짜기 안쪽을 응시하고 있었다.

"그건 자네가 말해줘야 하는 것 아닌가?"

신조의 말에 곽이산이 신조에게 되물었다. 그러자 신조가
고개를 갸웃거리며 자신없는 목소리로 대답했다.

"아이들을 보내 살펴본 바로는 아무도 없는 것이 분명하긴

하지만 왠지 기분이 좋지 않군요, 사형!"

"자네의 귀염둥이들이 발견하지 못했다면 사람이 없다고 보아야겠지."

"그렇긴 하지만……."

애초에 우심경이 죽었던 애뇌산 골짜기의 이 절벽을 다시 찾은 것은 무리한 행동이랄 수 있었다. 우심경의 시신이 없어진 것은 곧 누군가가 그의 시신을 처리했다는 이야기인데 애뇌산에서 그런 일을 할 만한 사람들은 육천문밖에 없었다.

우심경의 죽음이 육천문에 알려졌다는 것을 가정하면 우심경이 죽은 이 골짜기 안 절벽은 무척 위험한 곳이라 할 수 있었다. 그의 주검이 발견된 곳을 육천문에서 소홀히 할 리 없었다. 더군다나 그가 죽은 곳은 막다른 골목임에도 불구하고 죽기 전 우심경이 송무군과 신조의 추격을 피해 도주했던 장소였다. 그가 막다른 길목인 이 골짜기 안쪽으로 도주한 것은 분명 특별한 이유가 있었기 때문일 것인데, 이곳이 특별한 곳이라면 우심경의 죽음이 알려진 이상 육천문에서 더욱 그 경계를 철저히 했을 것이 분명했다.

"어차피 가보지 않을 것이 아니라면 움직이시죠."

유공무가 어두운 골짜기를 뚫어지게 바라보며 딱딱한 음성으로 입을 열었다.

"그렇게 하도록 하지. 이곳까지 와서 그냥 돌아갈 수도 없는 문제니까. 더군다나 일단 사람의 흔적이 발견되지 않는다니……."

곽이산이 성큼 숲에서 모습을 드러내 골짜기 안으로 들어섰다. 그러자 그의 다섯 사형제도 어두운 숲 속에 감춰두었던 신형을 드러내 곽이산의 뒤를 따르기 시작했다.

"이곳이 우심경이 죽어 있던 곳입니다."

송무군이 손가락으로 우심경의 시신이 쓰러져 있던 지점을 가리켰다. 송무군이 가리킨 지점에 검게 말라붙은 혈흔이 남아 있어 며칠 전 사람이 죽었던 곳임을 말해주고 있었다.

"알 수 없군. 도대체 왜 그는 이곳으로 도주를 한 것일까?"

신조가 고개를 갸웃거리며 중얼거렸다.

"사방이 막힌 이곳으로 도주를 했다면 그 이유는 하나밖에 없지."

곽이산이 묘한 눈빛으로 사방을 둘러보며 말했다.

"하나밖에 없는 이유라면……?"

신조가 되묻기도 전에 사형제들의 시선이 곽이산에게 모아졌다.

"그는 당시 한 팔이 잘린 채 목숨이 경각에 처해 있었지. 사제들에게 잡히게 된다면 십중팔구 목숨을 잃게 될 것이므로 그는 무척 다급한 처지였단 말이야. 그런 그가 이곳으로 왔다는 것은 결국 이곳에 그가 살길이 있었다는 이야기가 되는 것이지."

"하지만 그는 이곳에서 죽어버리지 않았습니까?"

신조가 물었다.

"그건 아마 그조차도 예상 못한 변수가 생겼기 때문일 것이고. 아무튼 그 변수가 생기지 않았다면 분명 그는 이곳에서 살길을 찾았을 것이란 말일세. 그런데 이런 막다른 곳에서 그가 찾을 수 있는 살길이 무엇이 있을까. 생각해 보면 그것처럼 간단한 것도 없다네. 이곳에 다른 사람들 눈에 띄지 않는 육천문만의 비밀 통로가 있는 것이 분명해."

"비밀 통로요?"

"맞아. 비밀 통로! 그렇지 않다면 그가 이런 막다른 절벽으로 달려올 이유가 없지 않겠는가? 그러니 이제 그가 가고자 했던 길을 한번 찾아보도록 하세. 육천문에 이르는 또 다른 비밀 통로가 있다면 우리는 어쩌면 처음 계획대로 은밀히 육천문에 들어가 의숙을 찾아볼 수도 있을 것일세."

"비밀 통로라면 오히려 더 엄중히 감시를 하고 있지 않을까요?"

"호호, 사제, 그건 정말 순진한 생각이군. 비밀 통로란 말 그대로 일파의 수뇌부 몇 명만이 알고 있는 비밀스런 길이 아니던가? 문도를 앞세워 경계를 세우는 길을 어찌 비밀 통로라 할 수 있겠는가?"

"허험, 듣고 보니 그 말도 일리가 있군요. 자, 그럼 어디 사형의 말이 맞는지 길을 찾아볼까요?"

신조가 곽이산의 말에 고개를 끄덕이더니 이내 품속에서 옥적을 꺼내 입에 대고 불기 시작했다. 그렇게 얼마의 시간이 흘렀을까. 갑자기 신조의 눈빛이 반짝였다. 그리고 그의 입에서 옥적이 떨어졌다.

"아무래도 대사형의 짐작이 맞는 듯합니다."

옥적 불기를 멈춘 신조가 의미심장한 미소를 지으며 입을 열었다.

"찾았는가?"

곽이산이 눈빛을 번뜩이며 신조에게 물었다. 신조는 곽이산의 물음에 고개를 끄덕이며 절벽 아래 자연스럽게 놓여 있는 커다란 바위 쪽으로 다가갔다. 사형제들의 시선이 신조의 행동에 모아졌다. 신조는 바위에 다가서더니 몸을 구부려 바위 아래를 주의 깊게 살피기 시작했다. 그렇게 잠시 바위를 살핀 신조가 몸을 일으키더니 사형제들을 돌아보며 입을 열었다.

"이 바위는 나 혼자 밀기에는 좀 힘들겠는데……."

그의 입가에 지어진 득의한 웃음은 신조가 자신이 찾아낸 것에 대해 확신하고 있음을 의미했다.

"그곳이 육천문으로 이어지는 비밀 통로인가?"

곽이산의 질문에 신조가 빙긋 웃음을 지어 보였다.

"글쎄요. 이 길의 끝이 육천문으로 이어질지 아니면 다른 곳으로 이어질지는 저도 모르지요. 아직 들어가 본 것은 아니니까."

신조가 두 손을 쳐들며 어깨를 으쓱거렸다.

"그 길이 육천문으로 향할 것이라는 데 이 마창을 걸지."

곽이산이 신조가 짚고 있는 커다란 바위로 다가서며 자신의 양손에 들린 두 개의 봉을 들어 보였다. 곽이산이 그의 사부로부터 물려받은 귀곡육보는 한 자루의 창이었다. 그의 사형제들은 그것을 마창이라 불렀는데 창날이 봉의 안쪽으로 숨겨져 있을뿐더러 평상시에는 지금처럼 창을 두 개로 분리하여 봉처럼 양손에 들고 다닐 수 있었다.

"흐흐, 비록 이 길의 끝이 육천문이 아니더라도 누가 감히 사형의 마창을 욕심낼 수 있겠습니까?"

신조가 곽이산이 들고 있는 두 개의 봉을 보며 실소를 흘려냈다.

"흥, 아마도 기회가 된다면 사제가 가장 먼저 이 마창에 손을 대겠지."

"저런, 그런 말씀 마십시오. 이 신조는 감히 대사형의 물건에 손을 댈 만한 용기가 없습니다."

"그런가? 하긴 그런 것이야 막상 때가 돼봐야 아는 법이지. 자, 그런 이야기는 그만 하고, 그 바위나 한번 밀어보게."

"글쎄, 제 힘으로는 밀기 어렵다니까요?"

"흥, 육천문의 수뇌가 드나드는 길이라면 당연히 그 바위는 한 사람의 힘으로 움직일 수 있게 되어 있겠지. 난 자네에게 그 바위를 움직일 공력이 없다고는 믿지 않아. 단지 자네는 그 바위를 열었을 때 그 안에서 무엇이 나올 것인가를 두려워하는 것일 테지."

곽이산의 지적에 신조는 아무런 대답도 하지 않고 그저 겸연쩍은 웃음을 흘렸다. 사실 곽이산의 지적은 정확한 것이었다. 애초에 신조가 비밀 통로의 입구인 바위를 움직일 시도조차 하지 않은 것은 바위 뒤에 혹시 육천문에서 준비해 놓은 어떤 함정이 도사리고 있을지도 모르기 때문이었다. 신조로서는 다른 사형제들보다 먼저 위험에 노출되고 싶은 생각이 없었던 것이다.

"좋아. 자네가 길을 찾아냈으니 위험을 먼저 맞으라고 할 수는 없겠지. 이보게, 유 사제!"

곽이산이 유공무를 부르자 유공무가 입을 열지 않고 성큼성큼 곽이산의 앞으로 다가왔다.

"우리 두 사람이 먼저 길을 열도록 하지."

"그러지요."

유공무가 망설이지 않고 곽이산의 말에 대답을 하고는 지체없이 신조가 지목한 바위에 손을 올려놓았다.

"모두들 만일의 일에 대비를 해주게."

곽이산이 사형제들을 보며 말하자 귀곡의 사형제들이 각자 자신의 병기를 꺼내 들고 곽이산과 유공무가 바위를 치우기를 기다렸다. 사형제들이 병기를 꺼내 드는 것을 확인한 곽이산이 유공무와 눈빛을 교환하고는 천천히 바위를 밀기 시작했다.

스르르…….

신조의 말은 엄살에 지나지 않았다. 바위는 장성한 사내라면 누구라도 움직일 수 있을 만큼 매끄럽게 절벽 안쪽으로 밀려들어 가기 시작했다. 바위가 안쪽으로 완전히 밀려들어 가자 바위가 가리고 있던 곳에 어두운 동혈의 입구가 모습을 드러냈다.

"과연 비밀 통로였군."

곽이산이 안쪽으로 밀려들어 간 바위에서 손을 떼며 중얼거렸다. 그런데 바로 그때였다. 갑자기 귀곡육절의 다섯째 황보령의 입에서 날카로운 외침이 터져 나왔다.

"조심해요!"

황보령의 외침이 들리기도 전에 곽이산과 유공무의 신형이 동굴 앞에서 좌우로 날아올랐다. 그와 동시에 황보령이 어느 틈에 자신이 들고 있던 철궁에 동시에 철시 세 개를 걸어 시커먼 동굴 입구를 향해 쏘아내고 있었다.

차창!

동굴 안쪽에서 황보령이 쏘아낸 철시가 무엇엔가 부딪치는 소리가 흘러나왔다. 그 와중에 이미 귀곡의 사형제들은 동굴 입구에서 멀리 벗어나 매서운 눈으로 동굴 안쪽을 응시하고 있었다.

"후후후, 누군가 했더니 귀곡의 사형제들이었군. 귀곡육절의 명성이 제법 강호에 쟁쟁하더니 오늘 보니 과연 명불허전이군. 그만하면 강호에서 제 몸 하나 건사하며 편하게 살 수 있는 실력들인데, 왜 이 먼 운남까지 와서 본 문의 문전을 어지럽히는 것이냐?"

어두운 동굴에서 들려오는 음산한 목소리, 또한 그 목소리에 실려 있는 공력이 귀곡의 사형제들을 긴장시켰다.

"모습을 보이면 그 연유를 말해주리다."

곽이산의 입에서 냉막한 답이 흘러나왔다.

"그대는 아마도 곽이산이겠지?"

"이 오지에 불초의 이름을 알고 있는 고인이 있다니 영광이구려."

"귀곡육절의 첫째 곽이산의 심기가 보통이 아니라는 것은 익히 알고 있었지. 과연 그대의 모습을 보니 그 소문이 과장된 것은 아니군. 좋아, 그럼 나가도록 하지. 하지만 그 덕에 오늘 이곳에서 살아 돌아갈 수 있는 자는 아무도 없을 것이다."

동굴 안에서 흘러나오던 음산한 목소리가 멈춰지고 어두운 동굴 속에서 불쑥 세 명의 인물이 모습을 드러냈다. 그들은 모두 흰 수염을 기른 노고수들이었는데 한눈에 보아도 하나같이 고절한 공력을 지닌 자들이란 것을 직감할 수 있었다.

삼 인의 초로인은 모두 흑의를 입고 있었고, 그중 가장 앞에 선 자의 손에는 검집을 벗어난 검이 요기롭게 번뜩이고 있었다.

"그래, 이제 우리가 모습을 보였으니 귀곡육절이 본 문을 기웃거리는 이유를 들어볼까?"

세 명의 노인 중 가운데에 선 노인이 곽이산을 보며 물었다. 아마도 그가 모습을 드러내기 전 동굴 안쪽에서 곽이산과 대화를 주고받던 인물인 듯했다.

"그전에 당신들은 육천문에서 어떤 지위에 있는 사람들이오?"

곽이산의 질문에 세 노인의 눈에 얼핏 분노의 빛이 감돌았다. 그리고 그중 곽이산과 대화를 나누던 노인이 노한 기분을 숨기지 않고 차갑게 입을 열었다.

"홍, 귀곡육절의 위세가 대단하기도 하군. 감히 육천문을 이토록 무시하다니. 하지만 우리가 군이 그대의 질문에 대답해 줄 필요는 없지 않겠는가?"

"난 그저 당신들이 우리가 육천문으로부터 듣고 싶은 대답을 해줄 만한 위치에 있는 사람들인지가 궁금했을 뿐이오."

"홍, 그런 걱정은 말고 묻고 싶은 것을 물어보거라. 우리는 모두 육천문의 부문주들이니 최소한 너희의 질문에 답을 할 자격은 갖춘 사람들이라 할 수 있을 것이다."

"부문주?"

곽이산의 눈에 의문이 떠올랐다. 곽이산만이 아니었다. 그의 뒤쪽에 서 있던 귀곡육절의 눈에도 하나같이 의구심이 떠올랐던 것이다.

그들이 가지는 의문은 당연했다. 죽은 우심경 역시 자신을 육천문의 부문주라 했었다. 그리고 지금 눈앞에 서 있는 세 명의 노인 역시 자신들을 육천문의 부문주라 하고 있었다. 그렇다면 육천문에는 부문주가 몇이나 있다는 말인가? 육천문의 사정은 그동안 전혀 강호에 알려지지 않았으므로 이렇게 일반적인 문파와 사정이 다른 육천문의 체계가 귀곡육절에게 이상하게 보이는 것은 당연한 일이었다.

"도대체 육천문에는 부문주가 몇 명이나 되는 것이오?"

곽이산이 묻자 육천문 고수가 곽이산의 질문을 이해한다는 듯 고개를 끄덕이며 대답했다.

"본 문은 한 분의 문주님과 다섯 명의 부문주가 계시다. 그래서 문의 이름이 육천문인 것이지. 자, 이제 너희의 질문에 대답을 해주었으니 이제 너희도 나의 의문을 풀어주는 것이 도리겠지?"

노인이 서늘한 눈빛으로 곽이산을 보며 추궁했다.

"우리가 육천문을 방문한 이유를 말하라는 것이오?"

"흐흐, 너는 참 말을 곱게 하는군. 육천문을 방문한 것이라니. 본 문의 부문주 한 명을 살해하고 또한 이렇게 은밀히 본 문의 비밀 통로를 찾아 들어오려는 것을 단순히 방문이라고 할 수 있겠느냐?"

"뭔가 오해를 하고 계시구려. 육천문의 고수를 살해한 사람은 우리 사형제들이 아니오."

"허? 지금 그 말, 믿으라고 하는 말이냐? 우심경 부문주는 바로 이곳에서 죽어 있었고 너희는 바로 이곳에서 본 문의 암로를 찾아냈다. 그런데도 우 부문주를 죽인 것이 너희가 아니라고 부인하는 것이냐?"

노인은 곽이산의 부인에 몹시 화가 난 듯 시퍼런 안광을 흘려냈다.

"물론 우리 사형제들이 죽은 귀문의 부문주를 따라 이곳까지 왔던 것은 사실이오. 하지만 우리가 도착하기 전에 귀문의 부문주는 바로 이곳에서 이미 죽어 있었소. 이 지경에 우리가 왜 거짓을 말하겠소?"

곽이산이 노인의 분노에 아랑곳하지 않고 침착하게 말을 하자 노인의 안색이 차츰 변하기 시작했다. 아마도 곽이산의 말이 사실일지도 모른다는 생각을 하는 듯 보였다. 노인이 잠시 곰곰이 생각을 하다 고개를 돌려 자신의 양옆에 있는 노인들과 전음으로 무슨 말인가를 나누고는 이내 다시 곽이산을 보며 입을 열었다.

"그렇다면 도대체 우심경 부문주를 누가 죽였다는 말이냐?"

"그거야 우리도 알 수 없는 일이지요. 단지 육천문이 생각보다 적이 많다는 것은 알겠구려."

곽이산의 대답에 노인의 안색이 어두워졌다. 그러더니 조용한 음성으로 탄식을 흘려냈다.

"본 문이 이곳 애뇌산에 자리를 잡은 것은 강호의 이목을 끌지 않기 위해서였다. 그리고 지금까지 강호행을 삼갔던 것도 역시 사람들의 시선에서 멀어지고자 해서였던 것이지. 그런데 오늘 이렇게 멀리 중원에서 귀곡육절이 찾아오고 또 본문의 부문주가 정체 모를 흉수에게 죽임을 당했으니 지금까지의 본 문의 노력은 결국 허사가 된 것인지도 모르겠군. 하지만 상관없는 일이지. 이미 대사는 거의 마무리가 되어가고 있으니까. 그나저나 그럼 너희가 본 문을 기웃거리는 이유는 도대체 무엇이냐?"

이번에는 노인이 궁금한 표정으로 곽이산을 보며 물었다. 하지만 그 와중에도 그는 한 손을 가볍게 흔들어 자신의 좌우에 있는 두 명의 육천문 부문주들로 하여금 귀곡육절을 삼방에서 에워싸게 만드는 것이었다. 곽이산은 노인이 자신들에게 손을 쓸 것임을 짐작하고는 사형제들과 눈빛을 교환하며 천천히 입을 열었다.

"당신은 양소용이라는 이름을 아시오?"

"양소용?"

노인이 곽이산의 질문에 고개를 갸웃거렸다. 그러더니 어느 순간 눈빛을 번쩍이며 대답했다.

"양소용이라면 귀곡주 방국진의 의제이자 너희의 의숙이 아니더냐?"

"그렇소. 바로 우리의 의숙이시오."

"그의 이름을 왜 지금 여기서 거론하는 것이냐?"

노인의 대답을 들으며 곽이산의 표정이 어두워졌다. 노인의 표정으로 보건대 그는 육천문에 자신들의 둘째 의숙인 양소용이 있다는 사실을 모르는 것이 분명했다. 노인이 자신의 말처럼 육천문의 다섯 부문주 중 한 명이라면 육천문 내의 인물에 대해 모를 리가 없었다. 더군다나 이의숙 양소용의 무공은 사부인 방국진을 제외하고는 귀곡에서 가장 뛰어났었다. 그런 인물의 존재를 육천문의 부문주라는 자가 모른다는 것은 결국 이의숙이 육천문 내에서도 철저히 자신의 신분을 감추고 있다는 말이었다.

'도대체 이의숙은 육천문에서 무슨 일을 하고 있는 것인가?'

육천문의 부문주에게조차 자신의 신분을 드러내지 않고 육천문에서 이의숙이 하고자 하는 일은 무엇일까? 곽이산의 머릿속에 수많은 의문들이 떠올랐지만 상황은 그가 그런 의문들을 곰곰이 생각해 볼 여유를 주지 않았다.

"당신은 양 의숙을 혹여 본 일이 없소?"

이미 상대의 표정에서 자신이 찾던 것을 얻어낼 수 없다는 것을 알면서도 곽이산이 육천문의 부문주를 보며 물었다.

"당연히 난 그를 본 적이 없다. 귀곡의 양소용을 왜 육천문에 와서 찾는 것이냐?"

노인이 퉁명스레 대답했다. 그러면서 곽이산의 표정을 읽은 노인이 재차 질문을 던졌다.

"너희는 혹 그 귀곡의 양소용을 찾아 본 문을 기웃거린 것이냐?"

노인의 질문에 곽이산은 시인도 부인도 하지 않았지만 노인은 이미 곽이산과 그의 뒤에 있는 귀곡육절의 표정에서 자신의 짐작이 맞았음을 확인했다.

"끌끌끌, 정말 알 수 없는 일이군. 귀곡의 방국진과 그의 두 의형제는 십오 년 전 성주군도에서 실종된 것으로 알려졌는데 그중 한 사람을 이 육천문에 와서 찾으려 하다니… 그 이유가 뭐냐?"

하지만 귀곡육절 중 누구도 입을 열지 않았다.

"좋아. 그런 것이야 나중에 알아봐도 늦지 않겠지. 내가 너희에게 한 가지 제안을 하지. 순순히 우리를 따라 본 문으로 동행을 하겠느냐? 그렇다면 혹, 살 수 있는 길이 열릴지도 모른다. 그게 싫다면 이곳에서 서로의 실력을 한번 가늠해 보겠느냐?"

"물론 우리는 당신들을 따라갈 생각이 없소."

"흠, 그럴 줄 알았다. 귀곡육절이 순순히 이 운남의 작은 문파 육천문에 승복할 리 없겠지. 그리고 그런 자신감이 있었으니 육천문의 경계를 어지럽혔겠지. 하지만 너희는 이제 곧 알게 될 것이다. 본 문이 강호에서 알고 있듯 그렇게 하찮은 문파가 아니라는 것을! 두 분 부문주께서는 손을 쓰시구려."

노인의 말이 떨어지기 무섭게 귀곡육절을 둘러싸고 있던 두 명의 육천문 부문주가 성큼 귀곡육절을 향해 다가섰다.

"사제들! 조심하게!"

곽이산의 입에서 경고성이 흘러나오는 것과 동시에 장내에 일대 격돌이 벌어지기 시작했다. 육천문의 세 명 부문주와 귀곡의 여섯 사형제는 세 쌍으로 나뉘어져 각기 일 대 이의 싸움을 벌이기 시작했다.

육천문은 비록 운남의 오지 애뇌산에 자리를 잡아 중원무림에 잘 알려지지 않은 문파였으나 귀곡의 사형제들은 이미 송무군과 신조로부터 육천문의 부문주였던 우심경의 무위를 전해 들었으므로 처음부터 사부 방국진으로부터 물려받은 귀곡육보를 앞세워 신중하게 육천문의 세 명 부문주를 두 사람씩 짝을 지어 상대하고 있었다.

송무군은 지난번과 마찬가지로 신조와 짝을 이뤄 한 명의 육천문 부문주를 상대하고 있었다. 그의 옆에서는 곽이산과 백적경이, 그리고 유공무와 황보령이 각각 한 사람씩의 육천문 부문주를 상대하고 있었는데 과연 그들이 짐작했던 것처럼 육천문 고수들의 무공은 무척 뛰어나 귀곡육절 두 명씩을 상대하면서도 전혀 뒤로 밀리지 않는 것이었다. 만약 귀곡육절의 손에 방국진에게서 물려받은 귀곡육보가 없었더라면 귀곡의 사형제들은 육천문의 세 부문주에게 낭패를 당했을 것이 분명할 정도로 육천문 세 고수의 무공은 뛰어난 것이었다.

"정말 놀랍군. 육천문에 저런 고수들이 존재하고 있다니……."

아홉 사람이 뒤엉켜 싸움을 벌이는 모습을 멀리 계곡의 입구에서 다섯 명의 청의인이 모습을 숨긴 채 주시하고 있었다.

"저런 실력을 가진 자들이 왜 그동안 전혀 강호행을 하지 않았을까요?"

처음 말한 자의 뒤에 있던 장년의 청의인의 질문을 받고 앞서 육천문 고수들의 무공에 감탄사를 흘려낸 자가 고개를 돌리자 희미한 달빛에 그의 얼굴이 드러났다. 그는 바로 육천문 부문주 우심경을 일검에 베어버린 점창의 육보산이었다.

"글쎄다. 나도 그 이유를 짐작하기 어렵구나. 하지만 그들이 저런 실력을 가지고도 수년간 강호행을 하지 않았다는 것이 오히려 더 위험한 것이다. 실력을 가지고도 오랫동안 그 실력을 드러내지 않고 참을 줄 아는 자가 진정으로 무서운 인물이라는 것을 너희도 명심하도록 하여라. 그런 자들이 한번 움직이면 반드시 풍파를 일으키게 마련이지."

"사숙의 말씀 명심하겠습니다."

육보산의 뒤에 있던 세 명의 청의인이 육보산에게 고개를 숙여 보였다. 육보산은 흐뭇한 미소를 지으며 점창의 제자들을 바라보고는 이내 안색을 굳히며 옆에 있는 지긋한 나이의 노인에게 말을 건넸다.

"이보시게, 청 사제!"

"예, 사형!"

"자네가 보기에는 어떤가? 과연 저들 귀곡의 사형제들이
육천문의 고수들을 감당할 수 있을 것 같은가?"

그러자 사제라 불린 자가 고개를 돌려 한창 싸움을 벌이고
있는 절벽 아래의 전장으로 시선을 주며 천천히 입을 열었다.

"제가 듣기로 귀곡의 여섯 사형제는 각기 하나씩의 기물을
가지고 있다 하더군요. 오늘 보니 과연 저들 사형제가 들고
있는 병기들은 하나같이 무림에서 쉽게 볼 수 없는 기보들입
니다. 기보의 힘을 의지한다면 능히 육천문의 고수들을 상대
할 수 있을 것으로 보입니다만… 사형의 생각은 어떠신지
요?"

사제라 불린 노인이 육보산을 보며 묻자 육보산이 고개를
끄덕였다.

"내 생각도 자네와 같네. 내가 보기에도 귀곡육절이 사용
하는 병기들은 하나같이 그 위력이 대단하군. 또한 귀곡육절
이라면 병기의 힘을 빌지 않는다 하더라도 강호에서 제법 행
세를 할 수 있는 무공을 가지고 있기도 하지."

"그런데 소제는 아직도 이해할 수 없는 일이 있습니다."

"이해할 수 없는 일이라니?"

"과거 귀곡의 곡주 방국진은 무척 대단한 자였지요. 어느

때인가 그가 저 도도한 구대문파 중 한자리를 차지하고 있는 화산파 고수 계연수와 일수를 나누는 것을 보았는데 당시 그는 계연수에게 전혀 뒤지지 않더군요. 계연수라면 비록 화산을 대표할 수 있는 인물은 아니라고 하더라도 화산의 옥자배 중에서는 제법 이름이 알려진 자가 아니었습니까?"

"나도 그 일은 들어 알고 있다네. 계연수가 아마도 화산의 이십사장로에는 들었지?"

"몇 년 전부터 옥자배 인물들이 이십사장로를 채우기 시작했는데 계연수가 십여 년 전 이십사장로에 들었다는 소식을 얼핏 들은 것도 같습니다."

"현 강호에서 굳이 일백 명의 고수를 뽑으라면 당연히 구파의 인물이 그중 칠 할을 차지할 걸세. 방국진이 과거 계연수와 동수를 이루었으니 그의 실력으로 보자면 강호일백고수를 논할 만하지. 그런데 그가 과거 계연수와 동수를 이룬 것을 왜 거론하는 것인가?"

"제가 궁금한 것은 그런 무공을 가진 방국진이 왜 자신의 제자들에게 자신의 모든 진전을 물려주지 않았나 하는 겁니다."

"그건 모르는 일이지. 그가 모든 것을 물려주었는지 아닌지 어떻게 알 수 있겠나?"

육보산의 말에 청 사제라 불린 자가 고개를 저었다.

"그건 그렇지가 않습니다, 사형. 지금 저 싸움을 보십시오.

비록 육천문 고수들의 무공이 무척 뛰어나기는 하나 그들의 무공은 구파의 무공에 비하면 아무래도 부족한 면이 있지요."

"그야 당연한 일이 아닌가? 이미 지난 백여 년간 구파의 아성은 바위처럼 공고해졌다네. 현 무림에서 구파란 하늘 위의 하늘로 군림하고 있어 그들의 모습조차 강호에서 쉽게 구경할 수 없는 처지가 아니던가. 우리 점창만 해도 번번이 종남의 문을 두드렸지만 결국 그들을 넘지는 못했지. 그런 구파의 무공과 육천문의 무공을 비교할 수는 없는 것이 아닌가?"

"그래서 드리는 말씀입니다. 방국진이 구파의 장로와 동수를 이루는 무공을 가지고 있었던 거에 비하자면 겨우 육천문의 고수 한 사람을 두 사람씩 맡아서, 그것도 기보의 효능에 기대어 상대하는 귀곡육절의 실력이란 아무래도 보잘것없는 것이 아니겠습니까?"

듣고 보니 사제가 하는 말이 틀리지 않았다는 것을 깨달은 육보산이 천천히 고개를 끄덕였다.

"과연 사제의 말에 일리가 있군. 저들 귀곡의 사형제가 방국진의 무공을 온전히 물려받았다면 결코 육천문의 고수들을 저렇게 상대하지는 않겠지. 자네의 말을 듣고 보니 강호에 떠돌던 귀곡주 방국진에 대한 소문이 떠오르는군. 아마 그는 무척 괴팍한 성격을 가진 인물이라고 했지?"

"그의 성정 때문에 강호의 무림인들은 그와 마주치는 것을 꺼려했지요."

"그의 심성이 제자에게 문파의 절기를 전수하는 것을 꺼릴 정도로 편협했던 것은 아닐까?"

"그럴지도 모르지요. 강호에는 더러 그런 자들을 볼 수 있지 않습니까?"

"그런 문파치고 오랫동안 명성을 유지하는 곳이 없지."

"그래서 지금 그가 사라진 이후 귀곡은 유명무실한 문파로 전락하지 않았습니까? 그의 제자들은 오지의 소문파 고수들에게도 어려움을 겪고 있고 말입니다."

육보산이 눈빛을 반짝이며 입을 열었다.

"너희도 잘 기억해 두어라. 한 문파의 번성이란 결국 문파의 절기들을 온전히 후대에 전하고 절기를 전수받은 후인은 선대로부터 물려받은 절기를 갈고닦아 더 높은 무공으로 만드는 노력을 게을리 하지 않았을 때 지켜지는 것이다. 과거 수많은 문파들이 강호에 생겨났지만 오늘날 오로지 구파일방만이 천상천의 존재로 도도히 군림하는 이유는 바로 그들이 끊임없이 자파의 절기를 발전시켰기 때문인 것이다. 우리 점창이 구파의 대열에 다시 들어서기 위해서는 뼈를 깎는 노력이 반드시 필요한 것도 다 이런 이치이다."

"사숙의 말씀 명심하겠습니다."

육보산의 말에 그의 뒤에 있던 장년의 점창 문인들이 굳은 얼굴로 대답했다.

"좋아. 그런 정신이라면 우린 곧 종남을 대신해 구파에 들 수 있을 것이다. 그나저나 개중에서도 저기 푸른 검을 사용하는 자는 무척 뛰어나군. 지난번 육천문의 고수에게 손을 쓸 때도 그 기도가 범상치 않아 눈길을 끌더니 오늘 보니 귀곡육절 중에서 단연 뛰어난 무공을 가지고 있는 듯하군."

"그가 바로 청명검 송무군인 듯합니다."

"나도 짐작은 하고 있었다네. 귀곡육절 중 검을 쓰는 자는 청명검 송무군 하나로 알려졌으니까. 더군다나 그가 사용하는 검을 보건대 귀곡의 보물 중 하나로 알려진 청명검이 분명하군. 그는 아마도 귀곡육절의 막내이지?"

"그렇습니다, 사형! 하지만 귀곡육절이 귀곡에 든 시기는 크게 차이가 나지 않기 때문에 그의 무공이 다른 사형제들을 능가한다고 하더라도 이상한 일은 아니지요. 더군다나 그가 방국진으로부터 청명검을 물려받았다는 것은 그의 자질이 그의 사형제들 중 가장 뛰어나다는 것을 의미하는 것이겠지요."

육보산이 사제가 하는 말에 고개를 끄덕이면서 새삼스런 눈으로 어둠 속에서 시퍼런 검광을 쏟아내며 육천문의 고수를 상대하고 있는 송무군에게 시선을 돌렸다.

"그는 또한 강호에 대단한 의협으로 알려져 있지. 아쉬운 일이야. 그가 귀곡과 같은 정체가 모호한 곳이 아닌 명문대파에 입문하였다면 그는 아마도 지금보다 훨씬 큰 명성을 얻고 있었을 것인데… 그렇게 보자면 자네와 나도 운이 좋은 셈인가? 점창의 그늘에 들어올 수 있었으니 말일세."

"사문에 대한 은혜야 모두 갚을 수 없는 것이지요."

"너희는 이리 와보거라."

육보산이 고개를 돌려 점창의 문도들을 부르자 그의 뒤에 있던 세 명의 장년인이 육보산 가까이로 다가섰다.

"저자의 검을 잘 보아라. 저자가 바로 귀곡의 청명검 송무군이라는 인물이다. 그가 익힌 검결은 비록 구대문파나 본 문의 상승검법에는 미치지 못하나 그는 스스로의 노력을 통해 저 정도의 수준에 오른 것이다. 명가의 검결이란 익히는 자에게 무척 유리한 기회를 주는 것이기는 하나 그 검결만으로 검법을 완성할 수는 없다. 반면 검결이 약간 미흡하더라도 익히는 자의 재질과 노력 여하에 따라서 고수의 반열에 오를 수도 있다. 청명검 송무군은 귀곡의 인물 중 유일하게 강호에서 의협 소리를 듣는 인물이다. 그가 의협 소리를 듣게 된 것은 그의 성정이 호협하기 때문이기도 하지만 그의 검이 그 명성을 받쳐 줄 만큼 강하기 때문이기도 하다. 너희는 그와 연배가 비슷하니 저자의 검 쓰는 법을 보고 스스로 본인과 견주어보도록 하거라."

육보산의 말이 끝나자 삼 인의 점창 문인이 육천문의 고수를 향해 검을 펼치고 있는 송무군에게 시선을 고정시켰다. 그리고 그들은 그리 오래 지나지 않아 왜 자신들의 사숙인 육보산이 청명검 송무군의 검에 감탄했는지를 알 수 있게 되었다.

송무군은 신조와 함께 육천문의 부문주 한 명을 상대하면서 내심 무척 놀라고 있었다.

'도대체 이들은 어디에서 이런 절세의 무공을 익힌 것일까? 지난번 우심경이라는 그자도 그렇고 이들 또한 우리 사형제 둘이 힘을 모아도 감당하기 힘든 고수들이 아닌가?'

하지만 감탄을 하면서도 송무군의 청명검은 계속해서 날카로운 검기를 뿌려대며 상대를 압박하고 있었다.

귀곡육절의 무공은 그 강약이 모두 난형난제이긴 하지만 그래도 굳이 우열을 가리자면 검을 쓰는 송무군이 조금 낫고 벌레를 부리는 신조가 가장 모자란다 할 수 있었다. 육천문의 고수를 상대하는 데 송무군이 자연스럽게 신조와 짝을 이룬 것은 그런 귀곡육절의 무위의 고하를 고려했기 때문에 이루어진 일이었다.

그래서인지 육천문의 고수를 주로 상대하는 사람은 두 사람 중 송무군이었다. 신조는 송무군과 육천문의 고수가 싸움을 하는 주위를 돌다가 육천문 고수의 빈틈을 발견하면 가끔 장력을 날린다거나 혹은 독충을 던져 상대를 위협하는 식으로 송무군을 돕고 있었다. 물론 그런 신조의 움직임만으로도 육천문의 고수는 무척 어려운 처지에 처하곤 했다.

하지만 싸움의 주역은 역시 송무군이었다. 송무군의 검법은 무척 빠르고 날렵해서 상대에게 쉴 틈을 주지 않는 것이 특색이었다. 거기에다 송무군은 상대를 대하는 데 있어서 일검 일검에 자신의 전력을 쏟아 붓고 있었으므로 송무군의 검초를 상대해야 하는 육천문 고수로서는 보통 까다로운 상대가 아니었던 것이다. 단지 송무군 검법의 흠이라면 지나치게 빠름에 치중하다 보니 각각의 검초에 실리는 힘이 부족한 것이라 할 수 있었다.

귀곡육절이 그들의 사부인 방국진으로부터 전수받은 심법이란 것은 강호의 명문들이 제자들에게 전하는 심법에 비하면 그 정묘함이 한 단계 떨어지는 것이었다. 따라서 송무군의 몸에 쌓인 공력 또한 같은 또래의 명문세가 출신의 무림인들에 비하면 낮은 편이었다. 애초에 방국진에게서 전수받은 검법 자체가 빠름에 치중하는 검결인데다 공력 또한 명문의 그것처럼 정순하지 못했으므로 송무군의 검은 그 현란한 움직임에 비해 검초에 실리는 위력이 현저히 부족했던 것이다.

귀곡의 사형제 중 공력이 부족해서, 가지고 있는 무공초식이 제 위력을 발휘하지 못하는 것은 송무군만이 아니었다. 귀곡의 사형제들이 사부인 방국진으로부터 전수받은 심공은 모두 불완전한 것이었으므로 그들은 모두 송무군과 같은 처지에 처해 있었던 것이다.

귀곡육절이 각자 가지고 있는 귀곡육보에 그렇게 눈독을

들이는 것도 그 귀곡육보를 모으면 각 기보 속에 숨어 있는 귀곡의 완벽한 상승심법을 얻을 수 있기 때문이었다.

그렇듯 귀곡의 사형제들이 모두 정순하지 못한 공력으로 각자가 수련한 무공의 위력을 십분 발휘하고 있지 못했지만 그들은 나름대로 공력의 부족을 대신할 만한 방법을 가지고 있었다. 바로 귀곡육보였다. 그리고 송무군에게는 그 육보 중 청명검이 있었다.

청명검은 그 안에 검을 다루는 검결과 귀곡의 상승심법의 일부가 적혀 있어 소중한 것이었지만, 검 자체로도 기보에 속하는 물건이었다. 강호에 많은 명검들이 존재하지만 송무군의 청명검은 그 어느 검에 견주어도 뒤떨어지지 않는 날카로움을 가지고 있었다. 귀곡육절 중 송무군의 무공이 그나마 가장 앞서 있는 것도 공력의 부족함을 청명검의 날카로움으로 메울 수 있기 때문이었다.

그래서 지금 거의 홀로 육천문의 고수를 상대하다시피 하고 있는 송무군이었지만, 다른 두 곳의 싸움보다도 훨씬 유리한 국면을 만들어내고 있는 그였다.

"청명검 송무군이 귀곡육절 중 가장 낮다고 하더니 과연 그 소문이 사실이었구나. 너의 검은 노부를 상대하는 데 결코 부족함이 없다."

송무군과 신조를 상대하던 육천문의 고수가 매서운 공격으로 자신의 옷깃을 베어내며 지나가는 송무군의 검에 흠칫 놀라 몸을 날리며 감탄사를 토해냈다.

"나는 겨우 귀곡육절의 막내일 뿐이오."

송무군이 자신의 검을 피해 몸을 날리는 육천문의 고수를 따라붙으며 대꾸했다.

"물론 너는 귀곡육절의 막내이지만 그 무공은 아마도 너희 사형제들 중 가장 뛰어날 것이다. 강호에서 귀곡의 인물 중 오직 청명검 송무군만이 그 이름이 높은 이유를 알겠구나."

까깡!

대화를 나누면서도 두 사람의 손은 쉴 새 없이 상대를 향해 살초를 뿌려대고 있었다. 육천문의 고수는 우심경과 마찬가지로 조공을 사용했는데 그 성취는 우심경보다 뛰어난 듯 보였다. 그는 처음부터 송무군의 검인 청명검의 위력을 짐작한 듯 정면으로 검날을 맞지 않고 송무군이 검초를 시전하면 살짝 검을 비껴 검면을 때려내는 방식으로 송무군을 상대하고 있었는데, 쾌검이 주를 이루는 송무군의 공격을 그런 식으로 막아내고 있다는 것은 그의 무공이 무척 고절하다는 것을 증명하는 것이었다.

"흥! 나도 있다는 것을 잊지 말아라, 늙은이!"

송무군과 육천문의 고수가 일초를 겨루고 떨어져 나가는 빈틈을 이용해 신조가 육천문의 고수를 향해 일장을 날리며 일갈했다.

퍼퍼펑!

그러자 송무군의 공격을 받아내느라 잠시 자세가 흐트러졌던 육천문의 고수가 입가에 비릿한 웃음을 지어내며 괴이한 동작으로 신형을 틀더니 어느새 일지를 날려 신조의 공격을 무산시켜 버리는 것이었다.

"흐흐, 물론 너의 무공도 강호에 나서면 고수로서 대접받을 만하지만 역시 네 사제에게는 많이 미치지 못하는구나."

육천문의 고수가 흘려내는 말에는 신조의 감정을 격동시키려는 비웃음이 깃들어 있었지만 신조는 상대의 말에 마음이 흔들릴 정도의 인물은 아니었다.

"흥, 물론 난 나의 사제보다 훨씬 실력이 모자라지. 하지만 적어도 사제에게 기회를 만들어줄 만한 재주는 가지고 있단 말씀이야."

신조가 상대의 말에 콧방귀를 뀌고는 어느 틈에 옥적을 입에 물고 힘껏 불어댔다.

삐이이익!

그러자 옥적 특유의 기음이 어두운 밤공기를 타고 싸움이 벌어지고 있는 절벽 아래 공터에 괴이롭게 울려 퍼졌다. 그러자 잠시 후 숲의 어딘가에서부터 웅웅거리는 소리가 들려오더니 갑자기 장내에 수백 마리의 벌 떼가 날아들기 시작했다.

"어서 오너라, 귀염둥이들…… 흐흐, 오랜만에 마음껏 놀아보려무나."

벌 떼가 날아들자 신조의 피리 소리가 더욱 높아졌다. 그러자 벌 떼가 좀 더 매서운 소음을 토해내며 갑자기 육천문의 고수를 향해 달려들기 시작했다.

"이따위 잡술을!"

신조와 말싸움을 벌이며 송무군을 상대할 준비를 하고 있던 육천문의 고수가 갑자기 날아든 벌 떼의 공격에 당황하며 두 손을 들어 어지럽게 허공을 휘저었다.

피피핏!

그러자 그의 손이 움직이는 근처에서 시퍼런 기광들이 번뜩이더니 신조가 불러들인 벌 떼 중 수십 마리가 땅 위로 떨어져 내렸다. 그 모습을 보고 있던 신조가 안광을 번뜩이며 소리쳤다.

"사제, 뭘 기다리고 있는가? 어서 공격하게! 이러다간 나의 귀여운 아이들이 모두 죽고 말겠네!"

"알겠습니다, 사형!"

신조의 다급한 음성을 들은 송무군이 청명검을 번개같이 뻗어내며 벌 떼에 둘러싸여 있는 육천문의 고수를 향해 날아들었다.

"이놈들이?"

순간 자신의 목덜미를 향해 밀려드는 써늘한 청명검의 기세를 느낀 육천문의 고수가 한편으로는 당황하고 또 한편으로는 분노한 듯 욕지거리를 뱉어내며 더욱 빠르게 두 팔을 휘두르기 시작했다.

우우웅!

그러자 그의 두 팔에서 수백 마리의 벌 떼가 내는 소리보다
도 더 큰 소음이 만들어지더니 땅 위로 떨어져 내리는 벌 떼
의 숫자가 급격하게 늘어나기 시작했다. 그와 더불어 육천문
고수의 몸이 신조를 향해 폭사하기 시작했다.

"사제……!"

신조가 다급하게 외치자 그에 응답하듯 송무군의 음성이
어두운 밤공기를 뚫고 청량하게 터져 나왔다.

"그대는 나의 일검을 받아라!"

그와 함께 허공으로 도약한 송무군의 손에서 한줄기 푸른
색 빛줄기가 신조를 향해 날아드는 육천문 고수의 목줄기를
향해 번개처럼 뻗어나갔다.

"흡!"

송무군의 공격에 육천문 고수의 입에서 다급한 신음성이
흘러나왔다. 동시에 신조를 향해 날아가던 그의 몸이 허공에
서 횡으로 눕혀졌다. 그러자 그 순간 송무군의 청명검이 상대
의 가슴 옷자락을 길게 옆으로 갈라놓으며 상대의 배 위를 지
나갔다.

"으음!"

가까스로 송무군의 일검을 흘려낸 육천문 고수가 나직한
신음을 토해내며 겨우 자세를 바로잡고는 자신의 가슴을 바
라봤다. 그러자 송무군의 일검이 지나간 곳의 옷자락이 길게

잘라져 있었고 그 안으로부터 시뻘건 선혈이 흘러나오기 시작했다.

"이놈들……!"

그의 입에서 살기가 물씬 풍기는 처절한 음성이 흘러나왔다.

"흐흐, 늙은이, 이제 우리 사형제의 무서움을 알았겠지? 하지만 너무 늦었어. 이제 그만 죽어줘야겠단 말씀이야."

신조가 비릿한 살소를 흘려내며 다시 옥적을 힘껏 불었다. 그러자 잠시 뒤로 물러났던 벌 떼가 다시 매서운 기세로 육천문의 고수를 향해 날아들기 시작했다.

"오냐, 오너라. 와서 이 동백추의 목숨을 가져가 보거라!"

육천문의 고수가 두 손을 높이 들며 날아드는 벌 떼와 그 뒤에서 몸을 날리고 있는 신조와 송무군을 향해 소리쳤다. 그때였다. 한마디 날카로운 소성이 장내에 울려 퍼졌다.

"세 분께선 몸을 피하시오! 그만하면 충분하외다!"

새로운 목소리가 장내에 울려 퍼지자 그때까지 귀곡육절을 맞아 치열한 싸움을 벌이고 있던 육천문의 세 고수가 문득 싸움을 멈추더니 순식간에 몸을 날려 그들이 나타났던 검은 동굴 속으로 몸을 날리기 시작했다. 도주였다.

하지만 무슨 일인지 귀곡육절은 그들을 추격하지 않았다. 그들은 마치 무엇엔가 커다란 충격을 받은 듯 멍하니 서서 육천문의 세 고수가 물러난 검은 동굴을 물끄러미 응시하고 있

을 뿐이었다. 그리고 그렇게 잠시의 시간이 흐른 뒤 곽이산의
입에서 떨리는 음성이 흘러나왔다.

"이의숙?"

第七章

양소용

"정말 양 의숙이십니까?"

육천문의 고수들은 이미 동굴 속으로 사라지고 없었다. 상대를 위기로 몰아넣고 마지막 일격을 가한 송무군의 청명검에 맺혔던 핏방울들은 어느새 검신을 미끄러져 내려 청명검은 투명한 청색 검신을 현묘하게 드러내고 있었다. 아마도 송무군의 마지막 일검을 맞은 육천문의 고수는 심각한 부상을 입었으리라.

하지만 송무군도 그의 사형제들도 누구 하나 동굴 속으로 몸을 피해 물러나는 육천문의 고수들을 뒤쫓지 않았다. 그 대신 그들은 마치 강력한 일장을 얻어맞은 사람들 마냥, 어두운 동굴에 시선을 고정시킨 채 그 자리에 얼어붙어 있었던 것이다.

그것은 바로 육천문의 고수들이 몸을 뺄 때 동굴 속으로부터 들려온 목소리, 바로 그 목소리 때문이었다. 그 목소리는 지난 십오 년간 듣지 못했던 사람의 그것과 몹시 흡사했다. 그리고 그 목소리의 주인공을 찾기 위해 그들은 바로 이 운남의 애뇌산까지 와 있었다.

가장 먼저 정신을 차린 사람은 곽이산, 그의 성정은 귀곡 육절 중에서도 가장 차갑다. 성정이 차가운 자는 혼란에 빠져도 빨리 회복되기 마련, 곽이산의 입에서 검은 동굴을 향해 한가닥 질문이 던져졌다. 하지만 그들이 찾고자 했던 자의 목소리가 들려왔던 동굴 안에서는 아무런 대답도 들려오지 않았다.

"의숙, 만약 정말 의숙이시라면 대답을 해주십시오. 우리 여섯 사형제는 지난 십오 년 동안 오직 양 의숙을 만나기를 고대하고 있었습니다."

하지만 여전히 동굴 안쪽에서는 아무런 반응이 없었다. 그러자 곽이산의 눈에 번쩍, 한가닥 기광이 스치고 지나갔다.

"의숙께서 대답을 하지 않으시겠다면 어쩔 수 없지요. 저희가 의숙을 찾아가는 수밖에! 사제들, 안으로 들어가세."

곽이산이 단호한 말을 내뱉고는 육천문의 고수들이 물러

난 동굴을 향해 성큼 발걸음을 움직였다. 그러자 곽이산의 말과 행동을 주시하고 있던 그의 사제들도 곽이산을 따라 천천히 동굴 입구를 향해 움직이기 시작했다.

"휴, 너희는 도대체 어떻게 이곳까지 알아냈단 말이냐?"

그러자 갑자기 동굴 안쪽으로부터 귀곡육절의 발걸음을 멈추게 하는 목소리가 들려왔다. 그 목소리를 들은 지 십오 년이 지났지만 귀곡의 사형제들은 절대 그 목소리를 잊을 수 없었다.

"과연… 과연 의숙이셨구려."

곽이산의 입에서 깊은 감회가 어린 음성이 흘러나왔다. 그도 그럴 것이 그들 여섯 사형제는 그동안 십오 년 전에 사라져 버린 이 둘째 의숙을 찾아서 강호를 헤매고 있었던 것이다.

"그렇다, 이산. 내가 바로 너희가 그토록 찾고자 했던 양소용이다."

동굴 안쪽에서 들려오는 목소리에서도 마찬가지로 깊은 회한이 느껴졌다. 하지만 그토록 찾고자 하던 의숙이 바로 눈앞에 있건만 귀곡육절은 누구 하나 쉽게 입을 열지 못했다. 둘째 의숙 양소용에게 묻고 싶은 말들이 너무 많았기에 실제로 그가 자신들 앞에 나타나자 오히려 귀곡육절의 말문이 막혀 버린 것이다. 그리고 역시 이런 상황에서 냉정한 마음을 유지하는 것은 곽이산의 몫이었다.

"의숙, 참으로 오랜만에 만나게 되는군요. 우리 사형제들은 의숙께 묻고 싶은 말이 참으로 많습니다. 하지만 역시 오랜만에 사문의 존장을 만났으니 먼저 모습을 뵙고 인사를 드리고 싶습니다."

"흐흠, 역시 곽이산이군. 너의 그 영활한 성정은 전혀 변하지 않았구나. 오히려 과거보다도 더 심기가 깊어진 듯하군."

"칭찬으로 듣겠습니다."

"후후, 솔직히 칭찬은 아니다. 널 보면 방 대형 생각이 나거든."

순간 귀곡육절의 몸이 동시에 움찔거렸다. 그들이 그토록 양소용을 찾고자 했던 것은 바로 그가 언급한 그들의 사부 방국진의 일을 묻기 위해서였던 것이다.

"의숙! 모습을 보여주시지요."

다시 날카로운 곽이산의 음성이 흘러나왔다.

"흥! 너는 마치 날 죄인 취급하는구나. 좋아. 날 어떻게 생각하는지는 중요치 않지. 하지만 난 지금 너희 앞에 나설 수 없다. 너희가 이곳까지 날 찾아온 것은 대견한 일이나, 아직은 우리가 만날 때가 아닌 것 같구나. 그러니 너희는 이만 물러가거라. 이 육천문은 비록 무림에 그리 많이 알려지지 않은 작은 문파이기는 하나 너희가 감당할 만한 곳이 아니다. 과거의 인연을 생각해 육천문의 몇몇 인물들에게 내 정체를 드러내면서까지 내가 직접 이곳까지 나온 것이다. 그러니 그만 물러가도록 하거라. 훗날 귀곡의 일을 다시 논할 때가 있을 것이다."

"십오 년이란 세월은 결코 짧은 시간이 아니지요. 우리 사형제들은 더 이상 기다릴 인내심이 없습니다. 또한 그 시간 동안 귀곡은 아예 무림에서 사라진 문파가 되어버리고 말았지요."

곽이산이 전혀 양보할 마음이 없는 듯한 목소리로 대답했다.

"그 문제를 왜 나에게 책임을 돌리느냐? 귀곡이 오늘날 지금과 같은 지경에 처한 것은 오로지 너희 여섯 사형제의 욕심 때문이 아니더냐? 비록 방 대형께서 없다고 하더라도 너희 여섯 사형제가 힘을 모았다면 귀곡이 오늘날과 같이 폐문의 처지에 놓이진 않았을 것이다. 그러니 나에게 과거의 일을 추궁하기에 앞서 너희 스스로의 문제를 생각해 보는 것이 옳지 않겠느냐?"

"의숙은 그동안 우리를 지켜보고 계셨군요."

곽이산은 양소용의 충고에는 관심을 기울이지 않고 그가 자신들 여섯 사형제의 일을 알고 있다는 사실을 지적했다. 그러자 양소용이 잠시 침묵을 지키다가 천천히 대답했다.

"물론 나 또한 귀곡에서 적지 않은 시간을 보냈던 사람인데 어찌 너희에 대한 관심이 없었겠느냐?"

그의 목소리는 조금 처량하게까지 들려왔다.

"우리를 보고 계시면서도 우리 사형제에게서 몸을 피하신 것은 역시 의숙께서 사부의 실종과 적지 않은 관련이 있기 때문이시겠군요."

곽이산의 추궁이 날카롭다.

"흥! 이산, 넌 지나치게 상대를 몰아붙이는 경향이 있어. 하지만 너도 이제 세상이 그리 만만치 않다는 것을 알고 있을 텐데? 네가 비록 뛰어난 머리와 차가운 심성을 가지고 있다 하더라도 감히 이 의숙에게 그따위로 질문을 하다니. 네가 네 사형제들에게 신뢰를 얻지 못하는 것은 모두 너의 그런 성정 때문인 것이다."

양소용의 대답에 곽이산의 얼굴이 붉어졌다. 사제들에게 신뢰를 얻지 못하는 사형, 그래서 사부가 실종된 이후에도 귀곡의 곡주 자리를 승계하지 못하는 인물, 곽이산의 마음속에 들어 있는 아픈 곳을 양소용은 여지없이 찔러댔던 것이다. 그리고 그런 양소용의 행동으로 보아 양소용 역시 곽이산 못지 않게 차가운 심성을 가진 인물임이 분명했다.

"의숙! 무군이 한말씀 묻고자 합니다."

곽이산이 양소용의 반격에 잠시 침묵을 지키고 있자 송무군이 앞으로 나서며 동굴을 향해 포권을 취해 보이고는 정중하지만 단호한 목소리로 입을 열었다.

"무군… 오랜만이구나. 너의 기도는 시간이 지날수록 대단해지는군. 넌 이미 너의 사형제들과는 다른 경지에 이르렀구나."

곽이산을 향해선 차가운 공격을 서슴없이 해대던 양소용의 목소리가 송무군이 나서자 한결 부드러워졌다.

"제가 어찌 사형들을 능가할 수 있겠습니까?"

"그렇지가 않아. 너의 무공은 이미 너희 사형제들을 뛰어넘은 지 오래임을 이 의숙은 익히 알고 있었다. 방 대형께서도 그 사실을 이미 알고 있었기에 너에게 청명검을 넘긴 것이었지. 넌 다만 다른 사형제들의 심정을 헤아려 너의 실력을 십분 드러내지 않았을 뿐이 아니냐."

양소용의 말에 송무군의 다섯 사형제들이 놀란 눈으로 송무군을 바라봤다. 그들은 지금까지 이 막내 사제가 곧은 심성과 뛰어난 무공을 가지고 있다는 것은 알고 있었지만, 그가 이미 십오 년 전에 그들의 무위를 뛰어넘었다는 사실은 짐작조차 하지 못했던 것이다. 사부 방국진이 여섯 제자 중 막내인 송무군에게 청명검을 전할 때조차도 그들은 그저 방국진이 송무군의 사람됨과 그 자질을 보고 청명검을 전했다고 생각했을 뿐이었던 것이다.

"의숙께서 이 사질의 능력을 그렇게 높게 평가해 주시는 것은 감사하나 지금은 그런 문제를 논할 때는 아닌 듯합니다. 의숙, 이 무군이 의숙께 반드시 묻고 싶은 것이 있습니다."

"묻고 싶은 것이 무엇이냐?"

양소용의 대답이 조금 차가워졌다.

"사부와 구 의숙께서는 살아계십니까?"

순간 귀곡육절과 양소용 모두 차가운 침묵 속에 빠져들었
다. 사실 방국진의 생사를 물은 송무군의 질문은 귀곡육절이
그토록 양소용을 찾고자 했던 가장 큰 이유였다.

곽이산과 양소용은 쓸데없는 신경전으로 이 문제를 입에
올리지 않았으나 송무군은 본래 그 심성이 과단한 성격이라
쓸데없는 신경전을 펼치는 대신 즉시 본론을 꺼내든 것이었
다. 하지만 또한 방국진의 생사를 묻는 이 송무군의 질문은
무척이나 많은 의미들을 내포하고 있어 누구도 쉽게 입에 올
리기 어려운 질문이기도 했다.

"과연 청명검 송무군이군. 너의 그 단호한 물음은 네가 휘
두르는 일검 못지않게 날카롭구나."

"답을 듣고 싶습니다, 의숙!"

"그런데 넌 왜 두 의형의 생사를 나에게 묻는 것이냐?"

지금 송무군이 생사를 묻고 있는 두 사람, 그러니까 방국
진과 구양회는 양소용의 의형들이었다. 그들은 십오 년 전 방국
진이 귀곡의 전 문도를 이끌고 신기루가 나타난 동해의 성주
군도로 출도했을 때 같은 날 동시에 실종되었던 것이다.

"의숙께서는 당시 사부께서 무인도의 동쪽 절벽 위에서 기
다리신다며 저희 사형제들을 그리로 인도하셨지요. 그런데
저희가 그곳에 도착했을 때 그곳에서는 사부의 모습을 찾을
수 없었습니다. 오히려 그곳에서 저희는 수많은 강호인들의
공격을 받았지요. 더군다나 그들은 사부께서 지니고 계시던

천문시를 저희에게서 찾고자 했습니다. 그리고 뒤따라오는 줄 알았던 의숙께서는 자취를 감추셨지요. 이후 십오 년 동안 의숙은 저희를 피하셨습니다. 그러니 이 사질이 의숙께 사부와 첫째 의숙의 생사를 묻는 것은 당연한 것이 아니겠습니까?"

차가운 기운이 장내에 퍼져 나갔다. 송무군의 입에서 흘러나오는 생생한 과거의 사건이 바로 어제 벌어진 일처럼 당사자들의 머릿속에 떠오르고 있었다. 귀곡육절의 시선은 당연하게도 송무군의 질문에 대답을 해야 할 사람, 양소용이 있는 동굴 안쪽으로 쏠렸다.

"당시 나는 분명 방 대형께 너희를 그 절벽으로 데려오라는 명을 받았다."

"그런데 왜 그곳에 사부가 없었습니까?"

"그건 나도 알 수 없는 일이지. 더불어 두 분 의형의 생존역시 내가 알 수 있는 일이 아니다."

하지만 양소용의 대답을 믿을 사람은 귀곡육절 중 아무도 없었다.

"그렇다면 왜 의숙께서는 지난 십오 년 동안 우리를 피하신 겁니까?"

잠시 말을 멈추고 있던 곽이산이 도발적인 목소리로 물었다.

"그것은 나에게 피치 못할 사정이 있었기 때문이다."

"그 사정이란 것을 듣고 싶군요."

"내가 왜 그런 이야기를 너희에게 해줘야 하느냐?"

"하하! 의숙, 의숙께서는 결국 아무런 진실도 이야기하지 않으시는군요. 사부와 첫째 의숙은 어찌 되신 겁니까?"

곽이산의 질문에는 상대에 대한 조롱의 기운이 담겨 있어 문파의 존장에 대한 말투로는 받아들이기 어려웠다.

"흥! 난 더 이상 너희에게 할 말이 없다. 오늘 내가 이곳에 온 것은 과거 너희와 내가 한 사문에 속한 옛정을 생각했기 때문이다. 그러니 너희는 더 이상 과거에 집착하지 말고 이곳을 떠나거라. 그리고 다시는 나를 찾지 말거라. 그것만이 너희가 강호에서 목숨을 보전하는 길이 될 것이다."

"그렇다면 의숙은 더 이상 귀곡의 문도가 아니라는 말씀입니까?"

송무군의 눈빛이 시퍼렇게 변했다. 송무군의 질문에 잠시 말이 없던 양소용의 목소리가 다시 들려왔다.

"난… 더 이상 귀곡의 문도가 아니다. 무군! 사형들을 설득해 그만 물러나거라. 이 이상 육천문의 경계로 들어선다면 나도 너희의 생사를 장담할 수 없다. 날 곤란하게 만들지 말거라."

"의숙께서 더 이상 귀곡의 문도가 아니라고 하신다면 우리가 의숙의 입장을 생각할 필요는 없겠지요. 오늘 우리 사형제는 십오 년 만에 가장 가까이에서 의숙을 만났으니 반드시 의숙에게 과거의 일에 대한 진실을 알아내야겠습니다. 사형들, 들어가시지요."

송무군의 입에서 단호한 목소리가 흘러나오고 그의 눈빛이 형형하게 번뜩였다. 꽉 다물어진 입에선 굳은 의지가 드러났다. 송무군의 다섯 사형제는 동굴 안으로 들어서길 권하는 송무군의 모습을 보며 흠칫 몸을 떨었다. 그들의 머릿속에 잊고 있던 이 막내 사제의 본모습이 불현듯 떠올랐기 때문이다.

청명검 송무군은 강호에서 귀곡의 사형제들 중 유일하게 의협으로 이름을 날리는 인물이었다. 그의 청명검에는 적지 않은 무림인의 피가 묻어 있었는데 그럼에도 불구하고 그가 의협의 명성을 얻은 것은 청명검에 묻은 피가 한결같이 인면수심한 악인들의 것이었기 때문이다.

그와 더불어 송무군의 명성이 높은 것은 그의 과단한 성정 때문이기도 했다. 평소 부드러워 보이는 그의 성정은 반드시 해야 할 일을 눈앞에 두었을 때 누구보다도 단호한 성정으로 변했는데, 일단 그런 패기가 드러나기 시작하면 그의 사부인 방국진조차도 그가 하고자 하는 일을 막지 못했던 것이다.

"그 모습을 보니 오늘 네가 순순히 물러날 것 같지 않구나. 하지만 오늘 우리의 만남은 이것으로 끝이다. 훗날 다시 볼 때가 있겠지."

동굴 안에서 들려오는 양소용의 말소리가 점점 멀어지더

니 갑자기 동굴 안쪽으로부터 무엇인가가 무너져 내리는 소리가 들려왔다. 그리고 잠시 후 귀곡육절이 막 걸음을 들여놓으려는 동굴 입구에서 흙먼지가 흘러나오기 시작했다.

"이런 제길, 아무래도 동굴을 무너뜨린 모양이야."

신조가 뿌옇게 일어나는 먼지를 보며 혀를 찼다.

"어떻게 하죠?"

황보령이 점점 짙어져 가는 흙먼지를 보며 곽이산에게 물었다.

"사제의 생각은 어떤가?"

그러자 곽이산이 아직도 호목(虎目)을 하고 안광을 번뜩이고 있는 송무군을 보며 물었다.

"길은 이곳만이 아니지요. 어차피 의숙이 우리가 온 것을 안 이상 육천문의 이목을 꺼릴 필요는 없지 않겠습니까?"

송무군이 그의 사형들을 돌아보며 말하자 유공무가 고개를 끄덕이며 대답했다.

"사제 말이 맞네. 어차피 육천문과 의숙에게 우리의 존재가 드러났으니 굳이 딴 길을 찾을 필요는 없지. 가세!"

유공무가 고개를 끄덕이자 신조가 앞서 달리며 소리쳤다.

"길은 제가 열죠!"

말이 끝나기도 전에 신조의 신형은 이미 어두운 숲 속으로 사라지고 있었다. 그러자 유공무를 시작으로 곡의 사형제들이 차례로 신조를 따라 숲 속으로 날아들었다.

"역시 막내 사제군요. 항상 중요한 순간에는 송 사제의 말이 사형제들을 움직이는군요. 가시죠, 사형!"

백적경이 앞서 신형을 날리는 네 명의 사형제를 보고 있다가 곽이산을 돌아보며 말했다.

"그렇지. 역시 청명검의 주인이야."

곽이산이 천천히 고개를 끄덕이고는 유연한 신법으로 앞서 간 사형제들의 뒤를 따르기 시작했다. 하지만 여유있게 숲으로 달려나가는 곽이산을 응시하는 백적경의 눈에는 어두운 그림자가 내려앉고 있었다.

"휴, 송 사제는 항상 사형 앞에서 조심하다가도 결정적인 순간에 사형의 자존심을 건드려 심기를 불편하게 하는구나. 또한 사형은 많은 시간이 흘렀음에도 아직 사제의 뛰어남을 너그럽게 받아들일 만한 포용력을 키우지 못했고. 어쩌면 이번 육천문에서의 일이 끝나면 두 사람 간에 큰 싸움이 일어날지도 모르겠어. 귀곡의 앞날이 걱정이구나."

백적경이 한숨을 내쉬더니 이내 몸을 날려 장내에서 사라졌다.

"어떻게 보았느냐?"

멀리 귀곡육절이 사라지는 모습을 본 육보산이 침착한 목소리로 점창의 문도들에게 물었다. 육보산의 곁에서 귀곡육절과 육천문 고수들 간의 싸움을 보고 있던 점창의 세 장년 고수는 육보산의 질문에 긴장하며 대답했다.

"그의 검은 무척 빠릅니다. 본 문의 사일(射日)을 보는 듯했습니다."

"그의 검이 본 문의 사일과 비견되기는 힘들 듯합니다. 아무래도 그 검이 좀 거칠다고 느꼈습니다. 하지만 그것이 또한 위태로워 보입니다."

"그의 검은 어쩌면 생각보다 대단치 않을 수도 있다는 생각이 들었습니다. 그의 검법보다 그가 들고 있는 검이 명검일 뿐일 수도 있다고 생각합니다."

각양각색의 평가를 내놓는 점창의 세 장년 고수의 말에 육보산과 그의 사제가 천천히 고개를 끄덕였다. 두 사람이 보기에도 세 사질이 말하는 송무군의 무공에 대한 평가는 각기 나름대로 일리가 있었다. 하지만 그러면서도 두 사람의 얼굴에는 작은 실망감이 깃들어져 있었다.

"청 사제가 보기엔 어떤가?"

육보산이 옆에 있는 사제를 보며 물었다. 그러자 청 사제라 불린 노고수가 잠시 생각에 잠겼다가 입을 열었다.

"그에게 부족한 것은 오로지 정순한 심법이더군요."

그의 말에 육보산이 크게 고개를 끄덕였다.

"역시 사제야. 점창에 청상인이 있다는 것은 본 문의 복이로세."

"사형도… 사질들이 보고 있습니다."

청상인이라 불린 점창의 노고수가 손을 내저었다.

"아니야. 나도 송무군의 검을 보며 무엇이 문제인가 곰곰이 생각해 보았지만 자네의 말을 듣고서야 그의 검에서 무엇이 부족한지 알게 되었다네. 자네가 우리 사형제들 중 검에 관한 한 가장 뛰어나다는 것은 어제오늘 일이 아니니 내가 한 말이 결코 과한 것은 아닐세. 자, 그나저나 이제 사질들에게 자네가 본 그의 검에 대한 가르침을 주시게."

그러자 앞서 송무군의 검을 보고 평가를 내렸던 점창의 세 장년 고수가 일제히 청상인을 향해 이목을 집중시켰다. 배움이란 때와 장소를 가리지 않는다고 했던가. 그러자 청상인이 조금 머뭇거리다가 이내 결심을 굳힌 듯 입을 열었다.

"사형께서 저에게 일을 미루시니 제가 한마디 할 수밖에 없겠군요. 너희는 잘 듣거라. 조금 전 청명검 송무군의 검을 보고 너희가 내린 결론은 모두 옳다. 그의 검은 쾌검을 근본으로 하였지만 본 문의 사일보다는 매끄럽지 못하고, 적을 공격함에 있어서 그의 손에 들린 청명검의 날카로움에 의지한 바가 컸다. 그러나 그것의 원인은 그의 검법이 미숙하거나 그가 익힌 검법이 잘못되었기 때문이 아니다. 그에게 부족한 것은 앞서 말했듯이 정순한 공력일 뿐인 것이다."

"하지만 그의 검은 빠르기는 했으나 무척 불안해 보였습니다만……."

청상인의 말에 의문이 생기는지 점창의 장년 문도 중 한 명이 나직하게 반문했다.

"그렇다. 그의 검은 무척 불안해 보였지. 그러면서도 너희가 말했듯 그 불안함이 오히려 위태로웠다. 그 원인을 말하자면 그는 그 자신이 익힌 검법을 스스로 제어하지 못했던 것이다."

"자신이 익힌 검법을 제어하지 못했다면 그것은 수련이 미진한 것이 아닌지요?"

"물론 그렇게 말할 수도 있다. 하지만 그에게는 어쩔 수 없이 일어난 일이라고 할 수 있겠지."

"어쩔 수 없이 일어난 일이라면?"

"그가 그 스스로의 검초를 제어하지 못한 것은 검초의 움직임을 통제할 힘이 부족했기 때문이다. 무인에게 힘이란 곧 공력을 말한다. 즉, 그에게 부족한 것은 검술의 수련이 아니라 공력이었던 것이다. 공력이 부족하다는 것은 두 가지로 해석할 수 있다. 하나는 그 스스로 공력을 모으는 일을 게을리했거나, 다른 하나는 자신의 검술에 걸맞는 심공을 얻지 못했거나. 너희는 어느 쪽이라고 보느냐?"

청상인의 질문에 점창의 문도들이 고개를 갸웃거렸다. 송무군이 청상인의 말처럼 공력이 부족한 것이 사실이라도 그가 공력이 부족한 이유를 그들이 알 수는 없는 노릇이었던 것이다. 그러자 청상인과 점창 문도들 간의 대화를 듣고 있던 육보산이 나섰다.

"쯧쯧, 너희는 하나를 보면 그 배후에 숨겨진 일들을 짐작하는 연습을 항상 하여야 한다. 청 사제의 말처럼 청명검 송무군의 검술은 그의 공력이 부족한 것을 제외하자면 거의 완벽하다고 할 수 있었다. 그가 귀곡주 방국진으로부터 전수받은 검술은 어쩌면 본 문의 사일에는 미치지 못하는 검법이었는지도 모르겠다. 아니, 그의 검이 그려내는 검로를 보건대 분명히 한 단계 정도는 아래에 있는 검결이었을 것이다. 하지만 그가 방국진으로부터 어떠한 검술을 전수받았느냐의 문제는 더 이상 송무군이라는 검객에게는 문제가 되지 않는구나. 왜냐하면 그의 검은 이미 초식의 단점을 모두 극복한 검이었기 때문이다. 그러한 검결로 저 정도 수준의 검술을 익혔다는 것은 그의 노력이 얼마나 치열했는가를 짐작하게 하는 것이다."

육보산이 말을 마치자 이번에는 청상인이 말을 받았다.

"해서 그가 전수받은 검결의 단점을 극복할 정도로 각고의 노력을 하는 인물이라면 당연히 그가 심법을 수련해 공력을 쌓는 것을 게을리 할 리는 없었겠지. 그에게 부족했던 것은 결국 좋은 심법이었던 것이다. 심법이란 검술과 달라 노력한다고 그 부족함이 극복되어지는 것은 아니니까. 자, 이제 알겠느냐? 그에게 청명검이라는 보검이 있는 것은 부차적인 문제일 뿐이란 것을."

"그와 저희의 무공을 비교하면 어떠한지요?"

묻고 있는 점창 제자의 눈에 호승심이 일어났다.

"쯧쯧, 배울 때는 그저 배워두는 것도 좋은 것이야. 호승심이라니… 그래 가지고서야 어찌 전하는 바를 모두 얻을 수 있겠는가? 오늘 내가 너희에게 하고 싶은 것은 초식을 뛰어넘는 치열한 노력, 그것을 말하고자 하는 것이다. 그런 고련이 뒷받침되어야 종남을 넘어 구파의 대열에 들어설 수 있을 것이다. 너희와 청명검 송무군의 실력을 견주어달라?"

청상인의 말에 질문을 던진 점창 문인의 얼굴에 부끄러운 기색이 떠올랐다. 그 모습을 지켜보던 육보산이 청상인을 대신해 입을 열었다.

"너희 나이에 호승심이란 것이 꼭 나쁜 것은 아니지. 굳이 비교하자면 그와 너희가 보통의 검을 들고 겨룬다면 너희가 유리할 것이다. 그 이유는 너희는 어려서부터 본 문의 상승심법을 연마한 덕분에 그 공력에 있어서 그와 큰 차이가 있기 때문이다. 하지만 그가 만약 청명검을 들고 너희와 상대를 한다면 쉽게 승패를 논할 수 없다. 그럴 일이야 없겠지만 혹시라도 청명검을 든 그와 맞서게 된다면 너흰 자신의 목숨을 소중히 생각해야 할 것이다."

비록 표현은 완곡했지만 청명검을 든 송무군과 맞선다면 질문을 던진 점창의 장년 고수들이 불리할 것이란 설명이었다. 육보산의 말을 들은 점창의 세 고수는 얼굴에 약간의 불만이 나타났지만 감히 육보산의 말을 반박하지는 못했다. 그 모습을 지켜보던 청상인이 희미한 미소를 입가에 띠며 육보산에게 말을 건넸다.

"사형, 그쯤 하면 이 아이들도 충분히 교훈을 얻었을 겁니다. 어찌 점창의 제자들 중 가장 출중한 실력을 지닌 이 아이들이 한낱 귀곡의 인물에게 죽임을 당하겠습니까? 그나저나 이제는 어찌하실 생각이신지요? 계속 귀곡의 사형제들을 뒤쫓으시겠습니까? 비록 거리가 멀어 그들이 무슨 대화를 나누었는지 듣지는 못했지만 아마도 그들은 육천문으로 향한 것이 분명해 보입니다만."

청상인의 말에 육보산이 고개를 끄덕였다.

"일을 시작했으면 결말을 보아야겠지. 오늘 이렇게 문도를 이끌고 먼 길을 왔으니 육천문의 속내를 확실히 알아봐야지 않겠는가? 그들이 혹 점창의 앞날에 방해가 될 존재들이라면 이 기회에 정리를 하는 것도 나쁘지 않겠지."

육보산의 눈에 슬쩍 날카로운 살광이 스치고 지나갔다.

"알겠습니다, 사형!"

청상인이 육보산의 말에 고개를 한 번 끄덕이고는 손짓을 하자 점창의 세 장년 고수들이 신묘한 신법을 펼쳐 이미 그 모습이 사라진 지 오래인 귀곡육절이 움직인 방향으로 달려가기 시작했다.

"가시죠, 사형!"

"그러세."

뒤이어 육보산과 청상인도 점창 문도들이 달려나간 방향으로 몸을 날려 사라졌다.

   절벽의 중간을 갈라 구불거리며 난 위태로운 외길, 길 아래로는 수십 장 높이의 절벽이 이어져 있고, 그 절벽 아래에는 시퍼런 강물이 끊임없이 부딪치고 있었다. 강으로부터 희뿌연 안개가 절벽을 타고 오르고 있어 강의 깊이가 얼마나 되는지 짐작하기 어려웠다. 그렇게 위태로운 절벽길이 시작되는 산중턱에 신조를 선두로 귀곡육절 여섯 사형제가 날아내렸다.
   "사제의 말이 사실이었군. 누군가 길을 막고 있다면 도저히 들어가기 어려운 길이야."
   유공무가 절벽의 중앙에 난 위태로운 험로를 바라보며 어두운 눈빛으로 입을 열었다.
   "하지만 아니 들어갈 수도 없지요."
   송무군의 대답이 단호하다.
   "잠시 기다리시게들!"
   그때 곽이산과 백적경이 가장 늦게 장내로 날아 내리며 곽이산이 앞서 도착한 네 명 사제의 행동을 제지했다.
   "사형께선 무슨 다른 생각이 있습니까?"
   신조가 곽이산을 보며 묻자 곽이산이 고개를 저었다.
   "아닐세. 달리 무슨 생각이 있는 것이 아니라 다들 너무 서

두르는 것 같아서 말일세."

"그렇군요. 흐흐. 사제, 자넨 확실히 이럴 때 보면 우리 사
형제 중 가장 급한 성격을 가진 사람이라니까."

신조가 송무군을 보며 웃음을 흘려내자 송무군이 무안한
표정을 지으며 대답했다.

"그렇군요. 사형, 확실히 제가 너무 급하게 서두른 듯합니
다. 대사형께서 계신데 제가 주제넘게 너무 앞서 나갔군요.
죄송합니다, 대사형!"

송무군이 곽이산에게 고개를 숙여 보이자 곽이산이 눈가
에 의미를 알 수 없는 미소를 지으며 대답했다.

"아닐세. 송 사제의 그 과단한 성정이야 이미 오래전부터
사람들의 인정을 받아온 것이 아닌가? 일을 추진함에 있어서
는 송 사제와 같은 과단성이 반드시 필요한 것이지. 단지 지
금 우리 앞에 놓인 저 길은 너무 위험하니 잠시 여유를 갖는
것이 좋을 것 같아 자네들의 진입을 막은 것뿐일세. 신 사제,
길 안쪽을 살펴볼 수 있겠나?"

곽이산이 신조를 보며 묻자 신조가 고개를 끄덕였다.

"그야 당연히 제가 할 일이지요."

신조가 흔쾌히 대답을 하고는 몸을 훌쩍 날려 절벽 길 위에
올라섰다. 그리곤 품속에서 옥적을 꺼내 불며 천천히 절벽의
길을 따라 걷기 시작했다. 절벽의 위태로운 험로는 멀리 보이
는 육천문의 경내까지 외길로 이어져 있었으므로 귀곡의 사

형제들은 신조가 움직이는 모습을 놓치지 않고 주시할 수 있었다.

"제가 뒤를 따르겠습니다."

신조의 신형이 그의 사형제들로부터 차츰 멀어져 가자 송무군이 한마디 말을 남기고, 훌쩍 신조가 걸어간 절벽의 험로로 뛰어올라 앞서 간 신조와 일정한 거리를 두고 뒤따르기 시작했다.

"확실히 두 사람 사이가 남달리 좋은 듯하군요."

황보령의 입에서 빈정거리는 듯한 음성이 흘러나왔다.

"본시 신 사제와 송 사제는 제법 친한 편이었지."·

유공무가 황보령의 빈정거림에 대답하자 황보령의 얼굴에 진득한 비웃음이 깃들었다.

"글쎄요. 사이가 좋은 신 사형이 왜 오 년 전 개봉에서는 송 사제의 청명검을 훔치려 했는지 모르겠군요."

"후후, 우리 사형제의 정이 아무리 깊다 해도 어찌 귀곡육보에 대한 욕심을 버릴 수 있겠느냐? 외양이야 어떨지 모르지만 서로의 기보에 대해 욕심을 가지고 있는 것은 분명한 사실이지. 신 사제를 탓할 일은 아니야. 더군다나 송 사제의 청명검은 귀곡육보 중에서도 가장 중요한 보물이니까."

곽이산이 입가에 묘한 웃음을 지으며 말했다.

"근자에 대사형께서는 좀 잠잠하셨지요?"

황보령이 쏘아붙이듯 곽이산에게 말했다.

"허허, 도통 사형제들 얼굴을 볼 기회가 있어야지."

곽이산이 여유있게 황보령의 말을 받아넘겼다.

"그럼 이제 사형제들이 이렇게 모두 모였으니, 이번 육천문에서의 일이 끝나면 대사형께서는 육보를 목표로 움직이시겠군요."

황보령의 추궁이 계속되자 곽이산이 살짝 눈살을 찌푸리며 차갑게 대답했다.

"글쎄. 그건 좋도록 생각하려무나. 하지만 지금은 일단 육천문과 이의숙의 일이 먼저이니 서로 상대를 자극하는 것은 좋은 일이 아니겠지. 사제들이 돌아오는군."

곽이산은 할 말을 빠르게 내뱉고는 더 이상 황보령의 이야기를 듣고 싶지 않다는 듯 고개를 들어 막 절벽의 길로 부터 돌아오는 신조와 송무군에게 시선을 돌렸다. 황보령은 무엇인가 다시 말을 꺼내려다가 백적경이 눈짓을 하자 입술을 쑥 내밀어 보이고는 더 이상 말을 꺼내지 않았다.

"대사형, 뭔가 이상합니다."

갈 때와는 달리 신법을 펼쳐 바람처럼 돌아온 신조가 곽이산 앞에 떨어져 내리며 말했다.

"이상하다니? 길 위에 무슨 일이라도 있느냐?"

"일이라면 일이지요. 육천문에 이르는 길에는 사람이라고는 그림자도 찾아볼 수 없으니 확실히 이상한 일이지요."

순간 곽이산의 눈이 번뜩였다.

"사람이 없다니? 그럼 육천문에서 자신들의 본거지에 이르는 길에 아무런 경계도 세워놓지 않았다는 말이냐?"

"그렇다니까요, 대사형!"

신조가 두말하기 싫다는 듯 고개를 끄덕였다.

"혹, 길이 험하니 굳이 경계를 세우지 않은 게 아닐까요?"

유공무가 진중한 음성으로 곽이산을 보며 말하자 곽이산이 고개를 저었다.

"그럴 리는 없지. 아무리 길이 험하더라도 자파의 본거지를 경계하는 사람을 두지 않는다는 것은 있을 수 없는 일이야. 분명 육천문 내에 무슨 일인가가 벌어진 것이 분명해!"

"들어가 봐야 전후 사정을 알 수 있겠지요."

송무군의 말에 곽이산이 고개를 끄덕였다.

"송 사제 말이 맞네. 일단 육천문의 경계가 없다면 빨리 들어가 보도록 하세. 과연 육천문에 어떤 일이 발생했는지 말이야."

곽이산이 동의하자 신조와 송무군이 다시금 앞에 나서 절벽을 따라 난 길을 달려가기 시작했다.

송무군과 신조의 신형이 동시에 검은색 옻칠을 한 육천문의 정문 앞에 날아 내렸다.

"거참 묘한 곳에다 자리를 잡았군."

신조가 주변을 둘러보며 중얼거렸다. 과연 신조의 말처럼 육천문이 자리 잡은 골짜기는 흔히 볼 수 없는 지형으로 둘러싸여 있었다. 동쪽으로는 귀곡의 사형제들이 지나온 절벽이 수십 장 높이로 서 있었고 서쪽으로는 강으로부터 올라온 절벽의 정상이 자리 잡고 있었다. 남쪽으로는 밤안개에 휩싸인 강이 끝없이 펼쳐져 있었고, 육천문의 본거지 뒤쪽으로는 사람의 발길이 닿지 않은 원시림으로 무성한 높다란 산이 병풍처럼 펼쳐져 있었다.

"이런 곳을 난공불락이라고 하지요."

송무군이 신조의 말을 받았다.

"사제의 말이 맞네. 우리가 지나온 저 절벽 길만 지키면 누구도 이곳을 침범하기 쉽지 않겠어. 그런데 육천문은 왜 이토록 외진 곳에 자리를 잡은 것일까? 이건 마치 누군가 큰 적과 맞서 싸우기 위해 일부러 장소를 택한 것 같지 않은가?"

그때 곽이산이 날아 내리며 신조의 말을 받았다.

"또는 무척이나 숨기고 싶은 것이 많을 때도 이런 은밀한 곳을 선택하는 법이지."

"대사형 말씀이 옳습니다. 지금껏 경험한 육천문은 숨길 것이 많은 문파임이 분명한 것 같습니다."

신조가 고개를 끄덕였다.

"그럼 어디 무엇을 숨기고 있나 안으로 들어가 볼까?"

곽이산이 말하자 송무군이 고개를 갸웃거리며 입을 열었다.

"그런데 이상하군요. 이쯤 되면 육천문의 고수들이 모습을 드러내야 할 것인데……."

"사제 말이 맞네. 이쯤 되면 당연히 육천문 고수들이 모습을 나타내야 옳지. 그런데 저들이 코빼기도 비추지 않으니 정말 이상한 일이야."

신조가 송무군의 말에 맞장구를 치자 곽이산이 눈을 지그시 감으며 대답했다.

"혹은 우리를 맞을 사람이 아무도 없는지도 모르지."

"아무도 없다니요?"

"말 그대로일세. 보게. 지금 과연 이 장원 안에서 사람의 기척이 느껴지는가? 마치 텅 빈 폐가를 보는 것 같지 않은가?"

곽이산의 말에 귀곡의 사형제들이 육천문 주변에 두었던 관심을 육천문의 장원 안쪽으로 돌렸다. 그러자 과연 곽이산의 말처럼 장원 안쪽에서는 사람의 기척이 전혀 느껴지지 않는 것이 아닌가?

"그들이 숨어서 우리가 들어오길 기다리는 것은 아닐까요?"

신조의 말에 곽이산이 어이없다는 듯 신조를 바라봤다.

"자네는 그들의 무공이 숨어서 우릴 기다릴 정도밖에는 안 돼 보이던가?"

곽이산의 퉁명스런 대꾸에 신조가 기어들어 가는 목소리로 대답했다.

"그, 그렇군요. 그들의 무공이라면 굳이 함정을 파고 우릴 기다릴 인물들이 아니지요."

두 사람의 대화를 듣고 있던 사형제들의 눈에 한가닥 의문이 깃들 때 문득 송무군이 입을 열었다.

"그렇다면 망설일 이유가 없지요. 주인이 버린 집에 들어가길 꺼릴 이유가 없지 않습니까?"

그렇게 한마디를 내뱉고는 송무군이 성큼 육천문의 정문 앞으로 걸어가더니 두 손으로 힘껏 문을 열어젖혔다.

"이건?"

순간 송무군이 인상을 찡그리며 멈칫거렸다.

"뭔가?"

뒤에 있던 귀곡의 사형제들이 급히 송무군 옆으로 다가오며 묻자 송무군이 손을 들어 정문에서부터 넓게 형성된 광장을 가리켰다.

"시체입니다."

송무군의 말에 귀곡의 사형제들이 송무군이 가리킨 곳을 보자 과연 그곳에는 적지 않는 사람들의 시신이 널브러져 있었다.

"도대체 어떤 자들이지?"

"가보면 알겠지."

신조의 의문에 곽이산이 차갑게 대답하고는 성큼성큼 널브러진 시체가 있는 곳으로 걸어갔다.

"이 사람들은 육천문의 문도들이 아닌 듯하군요."

곽이산을 따라 시체 앞으로 다가선 유공무가 얼굴을 찡그리며 말했다. 유공무의 말처럼 광장에 죽어 있는 사람들은 육천문의 문도들이 아닌 듯 보였다.

"이들은 아마도 근자에 육천문으로 물자들을 나른 표국의 표사들과 짐꾼들인 듯하군요."

백적경이 침착한 목소리로 말하자 신조가 인상을 쓰며 대꾸했다.

"사매도 참, 어떻게 여자가 이런 광경을 보고도 그렇게 태연한가?"

"호호, 언제 사형께서 저희 두 사람을 여자로 보셨나요?"

황보령이 그런 신조를 보며 쏘아붙이자 신조가 어깨를 으쓱하며 대답했다.

"물론 나야 항상 사매들을 아리따운 여인들로 보지. 단지 사매들이 날 남자로 보지 않았을 뿐이야."

신조의 대답에 황보령이 무언가 다시 대답을 하려는 순간 곽이산이 입을 열어 두 사람의 대화를 막았다.

"육천문에서는 왜 이들을 죽인 것일까?"

"그들을 육천문의 고수들이 죽였다는 말입니까?"

곽이산의 말에 유공무가 고개를 갸웃거리며 물었다.

"육천문의 고수들이 아니라면 달리 누가 육천문에서 이런 살겁을 저질렀겠는가? 더군다나 죽은 사람들 중에 육천문의 문도로 보이는 자가 없으니 당연히 육천문에서 이들을 죽인 것이겠지."

"육천문에서 이들을 죽였다면 이유는 하나겠죠. 이들이 알고 있는 어떤 사실을 숨기려는 것 말이에요."

백적경이 여전히 차분한 어조로 대답했다.

"이들이 알고 있는 어떤 것?"

"예를 들면 이들이 가져온 물건들의 정체 같은 것들 말이죠."

백적경의 말에 곽이산이 고개를 끄덕였다.

"사매의 말이 맞는 것 같군. 굳이 이들을 죽일 이유는 그 이유밖에는 없군."

그때였다. 죽은 시체들 사이를 오가던 신조가 문득 입을 열었다.

"이것 보세요. 이들은 호북성 천룡표국의 표사들이군요."

말을 하는 신조의 손에는 하나의 묵빛 철패가 들려 있었는데 그 철패에는 천룡이라는 글씨와 두 마리 말이 달리는 모습이 음각되어 있었다.

"천룡표국이라… 그들은 호북을 대표하는 표국인데, 그들에게 표행을 시키고 나서 그 표사들을 이렇게 죽여 버리다니 육천문의 배짱이 정말 대단하군. 듣기로 천룡표국은 저 도도한 구대문파 몇 곳과도 거래를 트고 있다던데… 그런데 도대체 이자들은 어디로 사라져 버린 것일까요?"

유공무가 곽이산을 보며 물었다.

"그걸 지금부터 찾아봐야겠지."

곽이산이 유공무의 질문에 대답하며 사형제들을 돌아보자 그의 사형제들이 한 번씩 고개를 끄덕이고는 장원 곳곳으로 흩어졌다.

그렇게 귀곡육절이 육천문의 장원 곳곳에 흩어져 육천문도들의 흔적을 찾기를 얼마나 지났을까. 갑자기 장원의 뒤쪽에서 신조의 목소리가 들려왔다.

"대사형! 이곳으로 와보십시오!"

육천문의 장원은 제법 넓은 규모였으나 한적한 밤중에 울려 퍼지는 신조의 목소리에 곧 귀곡의 사형제들이 신조가 있는 곳으로 몰려들었다.

"그래, 뭘 찾았어요?"

황보령이 신조를 보며 물었다.

"흐흐흐, 찾긴 찾았지. 그런데 아마도 이곳은 그리 기분 좋은 곳은 아닌 것 같아. 마치 지옥으로 가는 관문과 같은 느낌이 드는 곳인걸."

신조가 짐짓 음산한 목소리를 흘려내며 자신이 찾은 곳을 손으로 가리켰다. 그러자 과연 그곳에는 마치 지옥으로 들어가는 관문인 양 커다란 동혈이 비스듬한 각도로 땅 밑을 향해 입을 열고 있었다.

"사형의 말이 맞아요. 이곳은 정말 지옥으로 가는 입구 같
군요."

황보령이 긴장이 되는지 한 걸음 뒤로 물러나며 말했다.

"글쎄. 보기에는 지옥으로 가는 길 같긴 한데 육천문에서
는 그렇게 생각한 것 같지 않군."

"그게 무슨 말이에요, 대사형?"

황보령이 묻자 곽이산이 손을 들어 동굴의 입구 위쪽을 가
리켰다. 사람들이 곽이산의 손을 따라 시선을 돌리자 그곳에
는 어둠에 가려 희미하게 드러나는 글씨가 바위에 새겨져 있
었다

"등천로(登天路)라……!"

신조가 동굴 위쪽 바위에 새겨진 글씨를 소리 내어 읽었다.

"그들은 아마도 이 길을 지옥으로 가는 길이 아닌 하늘로
올라가는 길이라 생각했던 모양이군."

유공무가 입을 열자 곽이산이 입가에 고소를 지으며 대답
했다.

"그럼 어디 이 길이 하늘로 가는 길인지 지옥으로 가는 길
인지 들어가 볼까?"

곽이산의 말에 귀곡의 사형제들이 눈빛을 교환하고는 이
내 곽이산을 선두로 검은 입을 벌리고 있는 등천로로 들어가
기 시작했다.

第八章

사라진 육천문

거대한 지하 광장은 넘실거리는 강물과 맞닿아 있었다. 광장은 사람의 손길이 닿은 흔적이 있긴 했지만 자연적으로 형성된 동굴임이 분명했다. 화강암으로 이루어진 광장의 천장에는 땅의 정기를 받아 자라난 석순이 거대한 궁전의 돌기둥처럼 세워져 있어 마치 광장이 석순에 의해 지탱되어지는 듯한 느낌을 들게 했다.

강물이 들어차 있는 광장의 바닥 중앙으로부터 강물이 밀려드는 입구까지는 안개가 자욱하게 끼어 있어 지하 세계에서 물의 세계로 이어지는 관문을 보는 것과 같은 신비함을 자아내고 있었다.

그런데 자연이 만들어낸 이 신비로운 지하 광장에 한가닥 음산한 기운이 감돌고 있었다. 인간의 냄새, 그것도 살아 있는 사람이 아닌 죽은 자의 냄새가 천연의 동굴을 어지럽히고 있었다.

그리고 거대한 크기의 흑선이 강으로 이어진 물길을 따라 서서히 지하 광장을 빠져나가고 있었다. 흑선의 선미에는 두 명의 인물이 흑의를 차려입고 그들이 탄 배가 나가는 방향의 반대편에 있는 광장 안쪽을 주시하고 있었는데 두 사람 모두 강호에서 쉽게 볼 수 없는 기도를 흘려내고 있었다.

흑선이 강으로 이어진 지하 광장의 입구를 거의 빠져나가려는 순간 갑자기 지하 광장 안쪽에 뚫려 있는 동굴로부터 여섯 명의 신형이 날아 내렸다. 곽이산을 선두로 한 귀곡의 여섯 사형제였다.

"의숙!"

곽이산이 광장이 쩌렁하게 울릴 정도의 큰 목소리로 흑선 위에 오연히 서서 멀어지는 지하 광장을 바라보고 있던 두 명의 흑의인 중 한 명을 보며 소리쳤다. 그러자 두 명의 흑의인 중 한 명이 고개를 끄덕이며 느릿하게 입을 열었다.

"결국 이곳까지 찾아왔구나. 하지만 조금 늦었구나. 이 의숙은 그만 이곳을 떠날 생각이다. 다시 만날 날이 있을 것이다. 그럼 그때까지 잘들 지내거라."

두 명의 흑의인 중 입을 연 자는 마른 체격에 날카로운 눈매를 가진 노인이었는데 그가 바로 지난 십오 년간 귀곡의 사형제들이 찾아 헤매던 이의숙 양소용이었던 것이다.

"제길! 의숙, 정말 이럴 거요?"

충귀 신조가 멀어지는 흑선 위에서 자신들을 내려다보고 있는 양소용을 보며 울화통을 터뜨렸다.

"껄껄, 네놈은 벌레귀신이구나. 너희 사형제들 중 그나마 네놈이 제법 재미있는 놈이었지. 이놈아, 그리 화를 내도 어쩔 수 없다. 이 의숙은 워낙 일이 많아 네놈과 놀아줄 시간이 없구나. 그럼 잘들 있거라!"

양소용이 지하 광장에서 자신을 노려보고 있는 여섯 명의 사질에게 손을 한번 흔들어 보이고는 옆에 서 있는 또 다른 흑의 노인과 눈빛을 교환하더니 이내 선실 안으로 들어가 버렸다.

두 사람이 선실 안으로 사라지자 어느새 지하 광장을 벗어나 안개 낀 강으로 들어선 흑선이 속력을 내기 시작했다. 그리고 잠시 후 강의 안개 속으로 들어선 흑선이 이내 귀곡육절의 시야에서 사라져 버렸다.

"젠장, 항상 이런 식이라니까. 언제나 마지막 순간에 의숙을 놓치고 마는군. 이제 어떡할 거요, 대사형!"

신조가 신경질을 내며 곽이산을 돌아봤다.

"어쩔 수 있겠느냐? 날개가 달리지 않은 이상 의숙을 따라갈 수는 없지. 돌아갈 수밖에⋯⋯."

곽이산도 조금 허탈한 어조로 신조의 말에 대답했다.

"우리 사형제가 돌아갈 곳이 어디 있소?"

"그거야 나에게 물을 문제가 아니지 않느냐? 각자 자기가 가고 싶은 곳으로 가면 그뿐이겠지."

곽이산의 말에 신조가 못마땅한 표정으로 고개를 돌리다가 퉤 하고 입 안에 고인 침을 뱉어내며 중얼거렸다.

"젠장, 이놈의 육천문은 하는 짓이 정말 고약하군. 이렇게 인명을 함부로 해치다니 말이야."

신조가 불평을 흘려내며 지하 광장의 한곳에 쌓여 있는 사람들의 시체에 눈길을 주었다.

"이들 역시 육천문에서 고용한 사람들인 모양이군."

곽이산이 죽어 있는 시체들을 살펴보며 중얼거렸다.

"죽은 시체들이라도 한곳에 묻어주도록 해야겠군요."

송무군이 침통한 표정으로 입을 열었다.

"역시 사제는 의협이야. 이렇게 시체를 놓아두고 떠날 사람이 아니지. 자, 어서 이들을 묻어주도록 하세."

신조가 고개를 끄덕이며 팔을 걷어붙였다.

귀곡의 사형제들은 지하 광장 한쪽, 부드러운 흙이 드러난 곳을 파고 육천문의 고수들이 죽이고 떠난 인부들을 묻어주고는 그 위에 흙과 돌을 이용해 작은 봉분을 만들었다.

"제길, 또다시 혼자 강호를 떠돌아야겠군. 사제, 사제는 어떻게 할 생각인가?"

죽은 자들의 봉분을 만드는 일이 끝나자 신조가 손을 털며 송무군에게 물었다.

"글쎄요. 저도 특별한 계획은 없습니다만……."

"그래? 그럼 나와 함께 다니는 것은 어때?"

신조가 눈빛을 반짝이며 묻자 곁에 있던 황보령이 두 사람의 대화에 끼어들었다.

"송 사제는 아이에게 가봐야 하는 것이 아닌가요?"

황보령의 말에 사형제들의 시선이 송무군에게 향했다. 그러자 송무군이 쓸쓸한 웃음을 지어 보였다.

"지금은 만나기가 어렵습니다, 사저."

"아니, 왜요?"

"믿을 만한 사람에게 아이를 맡겨놓았는데 그 사람의 거처가 확실치 않습니다."

송무군의 말에 그의 사형제들이 어이없다는 표정을 지어 보였다.

"아니, 거처도 확실치 않은 사람에게 아이를 맡겼다는 거예요?"

이번에는 백적경이 따지듯 송무군에게 물었다.

"물론 거처는 확실치 않지만 믿을 수 있는 사람입니다."

"그럼 송 사제는 도대체 어떻게 아들을 다시 만날 생각인가요?"

"아마도 때가 되면 아이를 맡고 있는 사람이 제 앞에 나타날 것입니다."

송무군의 입에서 흘러나오는 말은 보통의 부모라면 할 수 없는 소리들이었다. 신조를 제외한 그의 사형제들은 모든 일에서 사리가 분명한 이 막내 사제가 도대체 왜 아들의 문제에 대해서는 이리 허술하게 일을 처리한 것인지 도무지 이해할 수 없다는 표정으로 송무군을 바라보고 있었다.

"도대체 자네가 믿고 있다는 그 사람은 누군가? 우리도 알고 있는 사람인가?"

문득 곽이산이 물었다.

"그것은 말씀드리기가 어렵습니다, 대사형."

"왜 말하기가 어렵지? 혹 우리 사형제가 자네의 아들에게 무슨 해라도 입힐까 봐 그러는가?"

"설마, 그럴 리가요?"

송무군은 곽이산의 말에 고개를 저으며 부정했지만 가만히 있던 신조가 불쑥 입을 열어 장내의 분위기를 싸늘하게 만들었다.

"혹 모르지요. 우리 사형제 중 청명검을 탐내는 누군가가 아이를 이용하여 송 사제를 협박할지도……."

순간 신조의 말을 들은 사형제들이 눈가에 은은한 분노의 빛을 드러내며 신조를 노려봤다.

"신조 자네라면 모를까. 우리 사형제 중에 그 정도로 비열한 사람은 없네."

곽이산이 분노한 사형제들을 대신해 차갑게 쏘아붙였다.

"흐흐흐, 글쎄요. 과연 그럴까요? 지난 십오 년간 서로를
못 잡아먹어 안달이던 우리 사형제에게 갑자기 없던 정이라
도 생겨났을 리 없고, 손에 든 기보를 노려 서로의 목숨까지
노리는 마당에 사제의 아들이라고 이용하지 않을 거란 보장
은 없는 거죠."

"하! 어쩌다 우리 사형제가 이 지경까지 됐는지."

신조의 말에 유공무가 허탈한 탄식을 내뱉었다. 그러자 정
작 불편해진 사람은 송무군이었다. 자신이 송문악을 셋째 의
숙인 장사진에게 맡긴 것을 발설치 않아 분위기가 냉랭해졌
기 때문이다.

"소제가 제 아들을 맡아 보살펴 주시는 분의 신분을 밝히
지 못하는 것은 신 사형께서 말씀하신 그런 이유는 절대 아닙
니다. 단지 제 아이를 맡고 있는 분이 워낙 사람들 입에 오르
내리는 것을 싫어하시는 분이라 절대 자신의 이름을 발설치
말라고 당부했기 때문입니다."

송무군의 해명이 있자 장내에 감돌았던 서늘한 기운이 조
금씩 누그러지기 시작했다.

"알겠네. 그렇다면 굳이 오해를 받아가며 더 물어볼 필요
는 없지. 그런데 자네 아들 이름이 문악이라고 했던가?"

곽이산이 난처해하는 송무군을 보며 물었다.

"그렇습니다, 대사형!"

"이름이라도 기억해 두어야지. 혹 강호에서 문악이라는 이름을 쓰는 아이라도 만나게 된다면 모르고 지나치는 일이 없도록 말이야."

"맞는 말입니다. 그야말로 우리 귀곡의 유일한 후인이 아닙니까?"

유공무가 오랜만에 곽이산의 말에 맞장구를 쳤다.

"자자, 그럼 이제 어디 가서 이별주라도 마십시다. 이번에 헤어지면 또 언제 다시 만날지 모르는데 이대로 헤어질 수야 없지요."

신조가 호탕하게 말하며 육천문의 장원으로 이어지는 동굴로 들어서려다 갑자기 훌쩍 몸을 날리며 사형제들이 있는 뒤쪽으로 번개처럼 물러났다.

"누구냐?"

동시에 신조의 입에서 날카로운 음성이 터져 나왔다.

차창!

귀곡육절의 손에는 어느새 저마다의 병장기가 들려 있었고, 그들의 시선은 육천문의 장원으로 이어진 동굴 입구에 머물러 있었다.

"핫하하! 귀곡의 적은 아니니 그리 긴장하지 마시오."

한가닥 도도한 웃음과 함께 동굴에서 다섯 명의 청의인들이 모습을 드러냈다. 비록 귀곡의 적이 아니라고 밝히기는 했으나 강호무림이란 항상 상대가 하는 말의 절반도 믿을 것이 못 되는 곳이라 귀곡육절은 여전히 손에 병장기를 든 채 동굴에서 나타난 다섯 명의 청의인의 행동을 주시하고 있었다. 더군다나 상대는 이미 귀곡육절의 정체를 알고 있지 않은가.

"어느 곳의 고인들이신지⋯⋯?"

곽이산이 여전히 경계의 빛을 거두지 않고 장내에 등장한 다섯 명의 청의인을 보며 물었다.

"그리 경계하지 않아도 되오. 우린 점창에서 나온 사람들이고 난 육보산이라 하오."

순간 귀곡육절의 눈에 놀라움이 떠올랐다.

"이런, 점창파의 고인들이셨군요. 미처 몰라뵈었습니다. 저희는 귀곡의 사형제들로 과분하게도 강호에서 귀곡육절이라 불리고 있지요. 제가 그중 맏이인 곽이산이라고 합니다."

상대가 점창의 고수들인 것이 밝혀지자 곽이산의 태도가 급변했다. 사형제들을 모으고 육천문을 상대하며 양소용을 추적하던 당시의 곽이산이라고는 볼 수 없을 정도로 그의 태도는 정중했다. 하지만 그것은 곽이산의 잘못이 아니었다. 점창파라면, 더군다나 점창의 육보산이라면 곽이산의 태도는 전혀 지나친 것이 아니었던 것이다.

점창파는 운남을 단씨의 월하장원과 양분하고 있는 세력이다. 비록 그 규모 면에서는 대리단씨의 광범위한 세력에 미치지는 못하지만 문파의 저력과 문파 내 개개인의 무공은 월하장원을 훨씬 뛰어넘는 명문인 것이다.

현재의 점창은 비록 운남에 치우쳐 있지만 백여 년 전만 해도 구파의 자리를 종남이나 곤륜파와 함께 번갈아 차지할 정도로 강성했던 시절도 있었다. 비록 현재의 구파일방이 확고하게 자리를 잡은 백여 년 전부터는 구대문파에 단 한 번도 이름을 올리지 못했지만 구파를 제외하자면 강호에서 누구보다도 강한 명문정파라고 할 수 있었다.

귀곡도 비록 강호에 제법 이름이 알려진 곳이었기는 하나 구대문파에 근접해 있는 점창에 비할 바가 아니었다. 과거 귀곡이 번성하던 시절에도 구대문파의 고수와 일수를 겨룰 수 있는 사람은 귀곡의 절기를 대성한 곡주 방국진이 유일했다.

그런데 상대는 구파의 한 자리를 놓고 경쟁했던 역사를 가지고 있는 점창파였던 것이다. 마음만 먹는다면 문 내의 최고수 한두 명으로도 귀곡육절을 상대할 수 있는 곳이 점창이었다. 곽이산의 행동이 조심스러워진 것은 당연한 일인 것이다. 더군다나 눈앞의 노인은 점창의 고수 중에서도 강호에 널리 이름이 알려진 육보산이라지 않던가?

"귀곡의 여섯 사형제가 모두 출중한 실력을 가지고 있어 강호에서 귀곡육절이라 불리며 명성을 떨치고 있다는 것은 익히 들어 알고 있소이다. 오늘 이렇게 귀곡의 형제들을 보게 되니 이 육보산도 무척 기쁘구려."

육보산의 말은 비록 친근했지만, 이미 그의 말투에는 강자의 여유가 깃들어져 있었다.

"그렇게 말씀해 주시니 감사할 다름입니다."

육보산을 향해 고개를 숙이는 곽이산의 자세는 비열해 보이기까지 했다.

"그런데 귀곡 사형제들께서 왜 이곳에 있는 것인가?"

육보산이 자연스럽게 하대를 하기 시작했다. 하지만 귀곡의 사형제들은 그런 육보산에게 반발할 생각은 추호도 없었다. 그는 점창이 자랑하는 고수인 것이다. 육보산의 질문에 선뜻 대답을 하지 못하고 망설이던 곽이산이 천천히 입을 열었다.

"문 내에 일이 있어 육천문을 찾았다가 이곳까지 오게 되었습니다."

"귀곡의 일?"

"그렇습니다, 어르신."

"그게 어떤 일이기에 이 먼 운남까지 찾아온 것인가?"

이쯤 되면 아무리 점창의 고수라도 지나친 감이 있었다. 강호에서 타 문파의 내부 일을 묻는 것은 금기시되는 일이었다. 하지만 육보산은 그런 강호의 관례는 깔끔히 무시하고 태연하게 귀곡 내부의 일을 묻고 있는 것이었다.

육보산의 질문이 계속되자 곽이산은 양소용에 대한 이야

기를 하지도 못하고 또 육보산의 질문을 무시할 수도 없어 자못 곤란한 지경에 처하게 되었다. 곽이산이 육보산의 질문에 대답하지 못하고 머뭇거리자 한쪽에 서 있던 송무군이 한 걸음 앞으로 나서며 정중하지만 단호한 목소리로 입을 열었다.

"본 곡의 사정은 강호에 드러내기가 어려운 것이니 육 노사께서는 양해해 주시기 바랍니다."

불쑥 송무군이 끼어들자 육보산이 입가에 묘한 미소를 지으며 송무군을 돌아봤다.

"그대가 바로 청명검 송무군이겠군."

"미천한 후배를 알아봐 주시니 영광입니다."

송무군이 당당한 태도로 육보산에게 포권을 취해 보였다.

"미천하다니. 청명검 송무군의 이름은 강호의 의협으로 귀곡육절 중 가장 많이 알려졌는데 이 육보산이 모를 리가 있나."

"과찬이십니다."

송무군이 다시 한 번 고개를 숙여 보였다. 그런 송무군을 육보산은 호기심 어린 시선으로 바라보며 다시 입을 열었다.

"결코 과찬이 아니지. 귀곡이 강호에서 명성을 얻은 것은 자네의 협행에 의한 것이 아니겠는가? 그런데 자네들이 이곳에 온 사정을 말하기가 곤란한 모양이군?"

"문 내의 일이라 외부에 발설하기가 어려우니 노사의 너그러운 양해를 바랍니다."

"끌끌, 사정이 그렇다면 어쩔 수 없지. 그런데 혹 이곳에서 육천문의 고수들을 만나지 못했는가?"

"그들을 보기는 했습니다."

"그래? 그럼 그들은 어디로 갔는가?"

질문을 던지는 육보산의 눈초리가 너무도 날카로워 귀곡의 사형제들이 자신도 모르는 사이에 주춤거리며 뒤로 물러섰다.

"그들은 우리 사형제들이 도착했을 때 이미 배에 올라 이곳을 떠나고 있었습니다."

송무군의 대답에 육보산이 잠시 고개를 숙이고 생각에 잠겼다가 천천히 입을 열었다.

"짐작은 하고 있었지. 육천문이 절벽 위에 자리를 잡은 것은 이런 퇴로가 준비되어 있기 때문이었던 거야. 그나저나 도대체 어디로 사리진 것일까?"

육보산이 청상인을 돌아보며 물었다.

"글쎄요. 그들은 아마도 이곳에서 무엇인가를 준비했었던 듯합니다. 그리고 그 준비를 마치고 이곳을 떠난 것이겠지요."

"그렇겠지? 그렇다면 곧 그들을 다시 만나게 되겠군."

육보산의 말에 장내에 있던 사람들이 의문 어린 시선으로 육보산을 응시했다.

"곧 다시 만나다니요, 사형?"

"사제, 생각해 보게. 그들이 이곳에서 무엇인가를 준비했다면 곧 그 준비한 것을 들고 강호에 나오지 않겠는가? 그렇지 않을 바에야 이렇게 은밀히 일을 준비할 필요가 어디 있겠는가?"

육보산의 말에 청상인이 고개를 끄덕였다.

"과연 사형의 말씀이 옳습니다. 그들은 곧 강호에 어떤 형태로든 모습을 드러내겠군요. 그렇다면 일이 참 애매하게 되었습니다, 사형."

"일이 애매하게 되었다니?"

"그들의 일이 정리되지 않았으니 사천으로 가는 일은 아무래도… 더군다나 그들이 이토록 비밀리에 준비를 했다는 것은 결코 가볍지 않은 일을 도모한다는 뜻이 아닙니까?"

"으음, 그도 그렇군. 이 일은 돌아가서 장문 사형과 논의를 좀 해봐야겠군."

육보산이 무언가 마땅치 않다는 표정을 지으며 고개를 갸웃거렸다. 그러다가 자신을 보고 있는 귀곡육절의 시선을 느끼고는 이내 송무군에게 다시 질문을 던졌다.

"그래, 이제 귀곡육절은 어디로 갈 생각인가?"

"특별히 정해놓은 일정은 없습니다. 단지 오늘 우리 사형제는 이곳에서 벗어나 술이나 한잔할 생각이었지요."

송무군의 입가에 희미한 미소가 깃든다. 그것은 점창과 육보산이라는 이름에 눌려 본모습을 잃었던 곽이산과는 확연히 차이가 나는 행동이었다. 육보산이 그런 송무군을 보며 고개를 끄덕였다.

"그렇군. 알겠네. 그럼 우리가 먼저 이곳을 떠나야겠군. 급히 본 문으로 돌아가야 할 것 같으니 말이야. 오늘 귀곡의 사형제들을 만나서 무척 반가웠네. 특히 청명검 송무군을 만난 일은 무척 유쾌한 일이었어. 기회가 되면 또 만나세."

"후배 또한 점창의 고인을 만나뵈어 무척 기뻤습니다. 좀 더 오래 가르침을 받고 싶지만 일이 있으시다니 아쉽지만 인사를 드리겠습니다."

송무군이 육보산을 향해 포권을 해 보이자 그의 주위에 있던 귀곡의 사형제들이 저마다 육보산을 향해 포권을 취해 보였다.

"그럼 다음에 다시 보기로 하세. 가자!"

육보산이 귀곡육절의 인사에 고개를 한 번 끄덕이고는 점창의 고수들을 이끌고 자신들이 나타났던 동굴 속으로 사라졌다. 그러자 거대한 지하 광장에 다시 귀곡의 사형제 여섯 명만이 남게 되었다. 하지만 귀곡의 사형제들은 점창의 고수들이 사라진 이후에도 쉽게 자리를 뜨지 못하고 한동안 그 자리에 서 있었다.

"이거야 원, 한바탕 꿈을 꾼 듯하군. 점창의 고수들이 나타날 줄이야."

먼저 입을 연 사람은 신조였다.

"그러게 말이에요. 이곳에서 점창의 고수들을 만날 거라고는 생각도 못했는데 말이죠."

황보령도 고개를 끄덕이며 신조의 말을 이었다.

"아마도 점창은 오래전부터 육천문을 주시하고 있었던 모양이군. 육천문에서 근자에 들어 여러 가지 수상한 움직임을 보이자 그를 조사하러 고수들을 파견했던 모양이군."

육보산의 위세에 위축되어 있던 곽이산이 어느새 신색을 회복하고 자신의 생각을 입에 올렸다.

"대사형의 말씀이 옳은 듯합니다. 그나저나 과연 송 사제야. 점창의 육보산을 앞에 두고도 전혀 위축되지 않으니 말이야."

유공무가 대견하다는 듯 송무군을 보며 말했다.

"점창의 장년 고수들도 모두 송 사제에게 이목을 집중하고 있더군요."

유공무의 말을 백적경이 거들자 송무군이 사형제들을 보며 가볍게 고개를 숙여 보였다.

"사형들이 계신데 이 사제가 나선 점 사죄드립니다."

"사죄는 무슨, 자네가 아니었으면 육보산이 그렇게 쉽게 물러갔겠는가? 반드시 양 의숙의 이야기를 듣고야 말았을 거야."

신조가 손사래를 치며 말하자, 귀곡의 사형제들도 고개를 끄덕여 신조의 말에 동조했다.

"자, 그만 나가세. 언제까지 이곳에 있을 수는 없지 않은가?"

그때였다. 갑자기 곽이산이 차갑게 말을 내뱉고는 앞서서 점창의 고수들이 사라진 동굴로 걸음을 옮겼다. 돌아선 그의 눈에서 시퍼런 불꽃이 일고 있었다.

"흐흐, 대사형은 조금 마음이 상한 모양이군. 이보게, 송 사제. 자네는 더더욱 조심해야겠어."

신조가 장난스레 말을 내뱉으며 송무군을 어깨로 툭 치고는 곽이산의 뒤를 따르기 시작했다. 송무군은 그런 신조의 모습을 보며 천천히 고개를 젓다가 발걸음을 떼어놓았다.

"그는 확실히 우리 중에 가장 뛰어나. 설마 육보산 앞에서도 그리 당당할 줄이야."

유공무가 중얼거렸다.

"그가 뛰어난 것은 어제오늘 알게 된 사실이 아니잖아요? 그렇게 대단해서 아무도 모르게 혼인을 하고 아이도 가졌겠지요. 어서 가요, 사형!"

황보령이 약간 빈정거리는 말투로 유공무의 말에 대답하고는 동굴을 향해 몸을 날리자 유공무도 황보령의 뒤를 따라 움직이기 시작했다.

"하지만 그는 욕심이 없지… 권력에도, 여인에게도……."

가장 뒤에 남아 있던 백적경이 깊은 눈으로 송무군을 보며 낮은 목소리로 중얼거리고는 천천히 앞서 간 사형제들의 뒤를 따르기 시작했다.

*　　　　　*　　　　　*

구름 한 점 없는 가을 하늘이 거대한 호수에 드리워져 있다. 호수 주변으로 이어진 끝없는 원시림도 어느덧 울긋불긋한 선홍빛 색깔로 옷을 갈아입어 호수에 담긴 푸른 하늘을 배경으로 한 폭의 멋들어진 산수화를 그려내고 있었다.

첨벙!

그런데 갑자기 잔잔한 물결 위에 무엇인가가 던져지며 멋들어진 산수화를 일순간에 일그러뜨렸다.

"그렇게 요란하게 던져서야 물속에 있는 고기들이 모두 도망을 가고 말지 않겠느냐?"

고요하던 호숫가에 갑자기 나이 든 노인의 말소리가 들려온 것은 그때였다.

"에이, 할아버지도! 그럼 어떻게 소리나지 않게 그물을 던져요?"

이번에는 어린아이의 목소리가 흘러나와 노인의 말에 대답했다.

"허허, 내가 언제 소리 내지 말고 그물을 던지라고 했느냐. 이 할애비는 단지 조심스럽게 그물을 드리우라고 말한 것이야. 비록 소리가 나도 고기들이 놀라지 않게 말이야. 진법을 펼치는 것도 곧 이와 같은 법이다. 상대가 알아채지 못하는 사이에 진법을 펼쳐야 효과가 있는 것이지, 상대가 모두 알게 진법을 펼친다면 누가 진 안으로 발을 들여놓겠느냐? 내 말을 알아듣겠느냐, 문악아?'

땅딸막한 키에 통통한 체격의 노인과 총명한 눈빛을 쏟아내는 아이, 그들은 이 년 전 새로운 거처를 찾아 송림의 은거지를 떠난 송문악과 장사진이었다.

"알겠어요, 할아버지. 그러니까 좋은 도구보다는 그 도구를 쓰는 방법이 중요하단 말씀이시죠?"

"요런 놈을 보았나. 흐흐, 그따위 영특한 소리를 하다니. 네가 지난 이 년 동안 제법 책을 읽더니, 이제 이 할애비에게 그런 소리를 다 하는구나. 낄낄. 하지만 네 말이 맞다. 같은 능력을 가지고도 항상 강호에서 손해를 보는 자들은 모두 그런 이치를 무시하기 때문이지."

장사진이 죽 찢어진 눈에 어울리지 않게 흐뭇한 미소를 지으며 고개를 끄덕였다. 그러자 송문악이 장사진의 칭찬에 기분이 좋아졌는지 휘파람을 불며 다시 호수에 그물을 드리우기 시작했다.

'이놈은 정말 대단하단 말이야. 무군도 제법 뛰어난 근골에 호협한 성격을 가지고 있어 귀곡의 문도 중에서는 가장 좋은 재목이었지만, 문악 이놈은 제 아비를 훨씬 능가한단 말씀이야.'

장사진은 지난 이 년 동안 송무군이 부탁한 대로 고금의 좋은 글들을 송문악에게 가르쳤는데 문악의 재질은 그가 생각했던 것보다 훨씬 뛰어나 이미 글로서는 장사진 자신의 밑천이 드러나기 시작하고 있었다. 더군다나 송문악은 총명할뿐더러 글을 배우고자 하는 집착도 대단해서 마치 솜이 물을 빨아들이듯 장사진의 머릿속에 든 지식들을 자신의 것으로 만드는 것이었다.

더군다나 송문악은 장사진을 만나기 전 이미 상당한 분량의 책들을 읽었던 후라 소위 학문을 익히는 자들이 주로 읽는 서책들인 사서삼경은 이 년이 지나자 더 이상 송문악의 관심을 끌지 못하는 지경에 이르렀던 것이다.

그래서 장사진은 결국 송문악이 일찍이 접해보지 못했던 서책들을 끄집어내기 시작했는데 그것은 결국 송무군의 당부를 저버리는 일이기도 했다.

하지만 장사진이 새롭게 꺼내 든 서책들이 정작 송문악의 마음을 사로잡는 데는 긴 시간이 필요하지 않았다. 진법(陣法)을 다룬 서책들과 무림의 기사를 담은 여러 기서(奇書)들, 그리고 의서(醫書)라는 명목으로 전해진 여러 가지 기초 무공 비급들은 어린 송문악을 단번에 사로잡았던 것이다.

"이미 이 아이는 무림에 들어온 아이였지. 제 아비를 만나는 순간부터 무림과 떨어지려야 떨어질 수 없었던 것이야. 더군다나 무군 자신도 이 아이에게 귀곡의 심법이 적힌 책을 전했단 말씀이야. 그러니 문악이 지금 와서 무림의 서책들을 접한다고 해서 그게 나의 잘못은 아니지. 암!"

장사진은 스스로 이렇게 변명을 늘어놓았지만 기실은 송문악을 송무군으로부터 부탁받은 이 년 전부터 그의 마음속에는 이미 자신이 알고 있는 무림의 지식들을 송문악에게 가르칠 생각이 있었던 것이다. 더군다나 그가 알아본 결과 송문악은 이미 송무군이 준 서책을 통해 귀곡의 기초 심법을 알고 있던 상태였던 것이다.

그래서 장사진은 가뜩이나 송무군과 신조에 의해 무림에 대한 호기심이 왕성했던 송문악에게 진법이나 간단한 무공을 은연중에 보여주며 송문악의 관심을 자극하다가 결국 더 이상 학문으로는 가르칠 것이 없다는 것을 핑계 삼아 드디어 송무군에게 기초 무공과 진법, 그리고 의술들을 전수하기 시작했던 것이다. 그러면서도 장사진은 송문악에게 당부하는 것을 잊지 않았다.

"문악아, 네 아비는 네가 무림과 인연을 맺는 것을 원치 않는단다. 그래서 이 할애비가 너에게 무림과 관련된 것들을 가르치는 것을 원치 않을 것이다. 하지만 이 할애비는 이미 송림을 떠날 때 말했듯이 무공이나 진법을 배운다고 하더라도 무림의 분란에 끼어들지만 않으면 반드시 무림인이 되었다고 말할 수 없다고 생각한단다. 더군다나 넌 네 아비를 제외하자면 천하에 의지할 사람이 없으니 자기 한 몸 지키는 무공을 배운다고 해서 나쁠 것은 없지 않겠느냐?"

물론 장사진의 이런 말은 송문악도 반가운 것이었다. 그 또한 아버지인 송무군이나 어머니인 화옥청이 자신이 무림인이 되는 것을 원치 않는다는 것을 알고 있었으므로 장사진이 만들어낸 변명은 송문악 자신에게도 유용한 변명거리가 되는 것이었기 때문이다.

그래서 시작된 송무군의 새로운 공부는 가르치는 장사진이나 배우는 송문악 모두에게 커다란 즐거움을 안겨주고 있었다.

이제 강호에서 한발 물러난 노강호에게 재능있는 좋은 제자가 있다는 것은 확실히 즐거운 일이다. 그런 의미에서 장사진에게 송문악은 보배와 같은 존재라고 할 수 있었다.

'어디 가서 이런 제자를 구할 수 있을 것이냐? 천하를 뒤집어보아도 몇 명 찾지 못할 것이다. 흐흐흐, 앞으로 십여 년이 지나면 이제 강호에 놀랄 만한 고수가 한 명 출현하게 될 거야. 그 고수는 바로 이 장사진이 기초를 잡아준 사람일 거고… 아아! 하지만 나는 과연 문악의 대성을 볼 수 있을 것인가? 나에게 그럴 만한 시간이 허락될 것인가. 그리고 과연 난 문악의 재주를 제대로 살려낼 좋은 스승이 될 수 있을까?'

이런 생각이 들 때마다 흐뭇한 마음 한편에 걱정이 찾아드는 장사진이었다.

강호에서 좋은 스승을 만난다는 것은 일생일대의 복이라 할 수 있다. 그런 의미에서 송문악은 자신은 미처 모르고 있지만 정말 복이 많은 아이라 할 수 있었다.

귀곡주 방국진에게는 모두 세 명의 의제가 있었다. 첫째가 방국진과 함께 실종된 구양회, 둘째는 송무군과 그의 사형제들이 그토록 찾아 헤매던 양소용, 그리고 장사진이 바로 세 번째 의제였다.

이 귀곡주 방국진의 세 의형제 중에서 무공이 가장 약한 사람은 바로 장사진이었다. 선천적으로 무공을 익히기에는 어울리지 않는 체형을 가지고 있었다. 오 척 단구의 키에 남들이 보기에 비만이라고 느낄 만큼 옆으로 퍼져 버린 장사진의 몸은 아무래도 무공을 익히는 것에는 일정한 한계를 가지고 있는 것은 분명했던 것이다.

행여 그에게 구대문파에서 가지고 있는 절대심공의 비결이 찾아든다면 혹 다를 수도 있었겠지만 그에게 그런 인연은 찾아오지 않았다.

하지만 귀곡의 문도 그 누구도 장사진을 무시하지 못했다. 왜냐하면 장사진은 귀곡의 문도 중 그 누구보다도 뛰어난 두뇌를 소유한 인물이었기 때문이다. 방국진이 신기루에 도전하기 전까지만 해도 귀곡의 대소사는 대부분 장사진의 머리에서 결정이 되었다고 해도 과언이 아니었다. 그는 박학다식했음은 물론 저간의 사정을 살피고 문파의 행보를 결정하는 데에도 뛰어난 면을 보였던 것이다.

돌이켜 보면 귀곡주 방국진의 신기루행을 반대했던 그의

판단은 옳았다고 할 수 있었다. 만약 방국진이 신기루의 전설에 도전하지 않았다면 귀곡은 여전히 강호의 중견문파로 존재하고 있었을 것이다.

어쨌든 귀곡에서 가장 현명한 자로 알려진 장사진이라면 송문악의 스승이 되기에 가장 적합한 인물이라 할 수 있었다. 장사진은 비록 무공에 있어서는 그의 사형제들에게 미치지 못하는 사람이지만 누군가에게 무공과 세상 돌아가는 이치를 가르치는 사람으로서는 귀곡의 누구보다도 뛰어난 인물이라고 할 수 있었다.

호수의 물결은 잔잔했다. 파랑을 일으키며 그물을 드리운지 반 시진이 지나고 있었다. 장사진은 작은 나룻배 뒤편에 걸터앉아 멋들어지게 어우러진 호수 주변의 풍경을 감상하고 있었고, 송문악은 나룻배의 앞머리에서 서서 고개를 숙이고 그물을 드리운 물속을 유심히 관찰하고 있었다.

"와! 정말 고기들이 모여들고 있어요, 할아버지!"

그러던 어느 순간 송문악이 장사진을 보며 소리쳤다.

"허허, 이 녀석아! 그야 당연한 일이지. 내가 너에게 거짓말을 했겠느냐? 겨우 그런 일로 이 할애비의 휴식을 방해한단 말이냐?"

"죄송해요, 할아버지. 하지만 너무 신기해서요. 어떻게 사방에 길을 터놓았는데도 고기들이 한곳으로 모일 것이라고 생각이나 할 수 있었겠어요?"

송문악이 여전히 흥분을 가라앉히지 못하고 신기한 듯 소리쳤다. 그러자 장사진의 얼굴에 득의한 웃음이 떠오르며 약간 거만한 목소리로 입을 열었다.

"흐흐, 그게 바로 천마금진(天馬擒陣)의 효능이지. 이 할애비가 만든 진법 중 가장 고절한 것 중 하나란 말씀이야. 천마금진은 비록 사방이 생문으로 뚫려 있는 것처럼 보여도 진에서 벗어나려 하면 생문이 사문으로 바뀌어 버리는 절진이란다. 흐흐, 뭐 자랑은 아니지만 내가 수년간 고민해 만든 그 진법은 강호의 어떤 진법에도 뒤지지 않을 것이다. 내 무공은 비록 강호의 고수들에게는 부족한 면이 있지만 이 진법에 있어서만큼은 결코 누구에게도 뒤지지 않는다고 할 수 있지. 그리고 넌 그 천마금진을 나에게 전수받은 첫 번째 사람이란다. 어떠냐? 이 할애비가 보통 사람은 아니지?"

장사진의 말에 송문악이 고개를 끄덕였다.

"맞아요, 할아버지. 아마 이런 진법을 만들어낼 수 있는 사람은 세상에 별로 없을 거예요. 전 언제나 할아버지처럼 될지 모르겠어요."

"껄껄껄, 네 녀석은 이제 아부도 무척 늘었구나. 하지만 걱정 말거라. 넌 총명한 아이이니 머지않아 이 할애비를 능가할 거다. 넌 나를 대단한 존재로 생각한다만, 솔직히 말하자면 이 할애비의 능력은 강호에 그리 자랑할 것이 못 된단다. 이 할애비와 네 아비의 이름은 강호서 제법 알려지긴 했다만 아무래도 오랜 세월 강호에 군림해 온 명문정파의 고수들에게는 한참 미치지 못하는 것은 사실이니까."

장사진의 말에 송문악이 놀란 눈으로 되물었다.

"그게 정말인가요? 정말 강호에는 할아버지나 아버지보다 뛰어난 사람이 많아요? 예전에 보니까 신 숙부는 온갖 곤충들을 부리고 또 아버지는 보이지 않을 정도로 빠르게 움직이던 걸요? 더군다나 할아버지는 이렇게 절진을 만들어내실 수 있을 뿐만 아니라 의술도 뛰어나시고 세상일에 모르시는 게 없잖아요?"

송문악의 질문에 장사진이 쓸쓸한 미소를 지었다.

"문악아, 강호무림은 네가 생각하는 것보다 훨씬 넓단다. 당연히 그 넓이만큼 많은 사람들이 살고 있지. 넌 무림인이라면 단지 너의 아비와 충귀 그놈, 그리고 나, 이렇게 겨우 세 명만 보았을 뿐이다. 그러니 네 눈에는 우리가 대단한 사람으로 보일지도 모르겠다. 하지만 너의 생각은 곧 변하게 될 것이다. 네가 무림에 나서지 않는다 하더라도 네 스스로 무공을 익히다 보면 어느 순간 네가 대단하다고 생각했던 우리 세 사람이 사실은 그리 대단치 않다는 것을 알게 될 것이다."

장사진의 말투가 조금 쓸쓸하게 느껴졌으므로 송문악이 조심스럽게 되물었다.

"그럼 무림에서 가장 뛰어난 사람은 누구예요?"

어린아이로서는 당연한 질문에 장사진은 기분이 풀린 듯 빙긋 웃음을 지어 보였다.

"문악아, 그런 것은 답할 수가 없는 질문이란다. 무림에는 각양각색의 사람들이 다양한 무공을 익히며 살아간다. 물론 가끔 천하제일인이라 불리는 사람은 존재했지만 그가 정말 강호에서 가장 강한 사람이었는지는 아무도 모르는 것이지. 마치 저 물속에 갇혀 있는 물고기 중 가장 커 보이는 놈 밑에 그보다 더 큰 놈이 숨어 있을지도 모르는 것처럼 말이다. 하지만 비록 강호무림에서 누가 가장 뛰어난지는 말해줄 수 없지만 가장 뛰어난 자가 속해 있을 만한 문파 열 곳은 말해줄 수 있다."

장사진의 말에 송문악이 호기심 어린 표정으로 장사진을 바라봤다.

"그곳이 어디예요?"

"바로 구파일방이란 곳이지."

"구파일방이요? 구파일방이란 말은 저도 들어본 것 같아요."

"그렇다. 구파일방의 명성은 이미 무림인이 아닌 일반인에게도 알려져 있을 정도로 대단한 것이다. 사람들 중에는 그 열 개의 문파에 속해 있는 자들이 마치 신선이나 되는 것처럼 생각하는 자가 있을 정도니까. 그들이 정말 신선은 아니지만 그들의 능력은 확실히 대단하지. 지난 백여 년간 그 열 개 문파의 경지에 이른 문파는 없었다."

장사진의 말에 송문악이 고개를 끄덕였다.

"그래서 그들 열 개의 문파에 강호에서 가장 뛰어난 사람이 있을 것이란 말이군요?"

"그렇지."

그러자 송문악이 조금 의기소침한 표정으로 한숨을 쉬며 입을 열었다.

"휴, 그럼 아무리 노력을 해도 그 열 개의 문파에 속한 사람들을 능가할 수는 없겠네요?"

풀이 죽은 송문악을 보며 장사진도 역시 기분이 가라앉는지 더 이상 입을 열지 않았다. 그렇게 두 노소가 한동안 침묵을 지키고 있다가 불쑥 장사진이 입을 열었다.

"하지만 꼭 그들에게서만 천하제일인이 나오란 법은 없다."

"그럼 그들만큼 대단한 문파가 더 있다는 말인가요?"

"그렇진 않다. 구파일방의 아성은 이미 백여 년 전부터 이어져 온 것이라 작금에 이르러서는 아무도 그 열 개의 문파와 견줄 수 있는 곳이 없지. 하지만 만약 세력이 아니라 구파일방에 속한 고수들을 능가하고자 한다면 아주 방법이 없는 것도 아니다."

"도대체 그 방법이 뭔가요?"

"신기루에 도전하면 된다."

"신기루?"

장사진의 말을 무심코 되묻다 송문악이 자신도 모르게 몸을 움츠렸다. 신기루라는 말을 입 밖으로 뱉어낸 장사진의 표정이 너무도 어두웠기 때문이다. 그는 마치 무엇인가에 무척이나 화가 난 듯한 표정을 짓고 있었는데 그것은 송문악이 장사진과 만난 이후 처음 보는 표정이었다.

"그래, 신기루……."

장사진의 말끝은 조금 떨리기조차 했다.

"신기루라면 간혹 바닷가에 나타나는 이상한 그림들 말인가요? 하지만 그건 안개가 만들어내는 것이라고 어른들이 그러던데……?"

송문악이 고개를 갸웃거렸다. 그런 송문악을 보며 기분이 풀리는지 장사진이 미소를 지으며 차분히 신기루에 대해 설명하기 시작했다.

"네가 말한 그 신기루를 말하는 것이라 해도 맞는 말이 될수 있다. 왜냐하면 그들은 항상 사람들이 생각지 못한 곳에네가 말한 식의 신기루를 만들어내며 강호에 모습을 드러내기 때문이다."

강호에 언제부터인가 신기루의 전설이 생겨났다. 열사의 사막, 깊은 계곡, 사람의 발길이 닿지 않는 원시림, 도저히 오를 수 없는 만년설의 산봉우리, 그리고 망망대해까지, 수십 채 고루거각의 형상을 만들어내며 신기루는 등장했다. 일반인들에게는 그저 기온의 변화로 생겨나는 자연현상에 지나지 않아 보이는 이 신기루가 어느 때부터인가 강호의 전설로 자리 잡기 시작했다.

신기루의 비전을 얻는 자, 자신이 원하는 것 그 무엇이라도 얻을 수 있다는 전설! 그것이 천하제일의 무공이든 한 성을 살 수 있는 재물이든, 아니면 인세에 볼 수 없는 미인일지라도… 신기루에 든 자의 소원은 무엇이든 이루어진다는 전설이 생겨난 것이다.

"에이, 그건 좀 과장이 심한데요? 어떻게 그런 일이 있을 수 있어요."

장사진의 말에 송문악이 고개를 저으며 피식 웃었다.

"물론 이 이야기는 어린 너조차도 믿지 못할 정도로 허황된 이야기지. 하지만 신기루는 엄연히 현 무림에 존재한다. 말이 전설이지 결코 전설이 아닌 현실인 것이다. 왜냐하면 신기루에 들어 자신이 원하는 것을 성취한 사람들이 존재하기 때문이다."

"정말 그런 사람들이 있었나요?"

"그렇다. 신기루가 무림의 전설로 알려진 이후 정확히 사인의 인물이 신기루에서 자신이 원하는 것을 얻는 데 성공했다. 그들이 존재했으므로 신기루는 허황된 전설이 아니라 현실이 되어버린 것이다."

"와! 그건 정말 놀라운 이야기예요. 할아버지, 그럼 그 신기루에 들어 자신이 원하는 것을 성취했던 사람들은 어떤 사람들이었나요?"

"그게 바로 문제다. 신기루의 전설을 푼 사람은 모두 구파일방의 사람들이었거든! 신기루에 들기 위해선 신기루가 나타날 때마다 동시에 강호에 던져지는 천문시(天門匙)가 필요하다. 천문시를 얻는 자가 바로 신기루에 들 자격을 얻게 되는 것이지. 그래서 신기루가 나타나기만 하면 강호는 그 천문시를 놓고 일대 혈겁이 벌어지는 것이다. 하지만 역시 힘의 우열이란 어쩔 수 없는 것인지 지금껏 그 천문시를 얻었던 인물들은 대부분 구파일방의 사람들이었지. 더군다나 천문시를 얻었다고 모든 일이 해결되는 것은 아니다. 그 천문시를 가지고 신기루로 들어간 자들 중 살아 돌아온 자는 내가 말한 사인에 지나지 않는다. 지금까지 대략 십여 회 정도 신기루가 나타났으니 나머지 사람들의 생사는 짐작이 가는 것이겠지."

"죽었단 말인가요?"

"아마도……."

"그 살아 돌아왔다는 사람들은 정말 자신이 원했던 것을 얻었나요?"

"물론 그렇다. 지금껏 신기루에 도전해 살아 돌아온 자 사인은 어김없이 당대의 천하제일인으로 인정을 받았으니까."

"지금도 살아 있는 사람이 있나요?"

"물론 있지. 가장 최근에 신기루에서 살아 돌아온 자는 무당의 현천검객 동려행이다. 그는 나이 칠십에 신기루에 도전하여 자신의 뜻을 이룬 후 지금껏 천하제일인으로 인정받고 있지."

"신기루는 도대체 누가 만든 것인가요?"

"그게 바로 당금 강호 최대의 비사다."

"하지만 신기루에서 살아 돌아온 자들이 있으니 당연히 신기루의 주인들이 알려졌을 것 아니에요?"

"상식적으로 보자면 그렇지. 하지만 신기루에서 살아 돌아온 사 인 중 누구도 신기루에서의 일을 입에 올리는 사람은 없었다. 소문에 의하면 그들은 자파의 인물들에게도 신기루에 대해선 함구했다고 하더구나. 그래서 신기루는 여전히 전설로 남아 있고, 오늘이라도 천하 어딘가에 신기루가 나타난다면 수천의 강호인들이 신기루의 전설에 도전하기 위해 벌떼처럼 모여들 것이다."

"정말 대단한 이야기네요, 할아버지. 그러니까 구파일방에 속한 무인들을 뛰어넘을 수 있는 무공을 원한다면 바로 신기루에 도전해서 성공하면 된다는 이야기지요?"

"그렇지. 그게 바로 현 강호에서 구파일방의 고수들을 능가할 수 있는 유일한 길이라 할 수 있다. 하지만 만약 네가 신기루에 도전하고자 한다면 이 할애비는 반대하고 싶구나."

"왜요? 한번 도전해 볼 만한 가치가 있지 않나요?"

"물론 언뜻 보면 도전해 볼 만하다만 그 네 명이 신기루의 전설을 얻는 동안 죽어간 인물들이 몇이나 되는지 아느냐?"

서늘한 장사진의 물음에 송문악이 좌우로 고개를 저었다.

"적어도 수천 명이 신기루의 전설을 탐하다가 목숨을 잃었다. 대략 십 년 전후를 주기로 나타나는 신기루의 전설은 사실은 신비로운 무림의 전설이 아니라 한바탕 혈란(血亂)의 원인이 되는 셈이지. 그리고 그 혈란 속에서 나의 의형이자 네 아비의 사부인 귀곡의 곡주와 의형 한 명이 실종되고 귀곡은 지금과 같이 폐문의 처지에 놓이게 된 것이란다. 그리고… 나의 사부 역시… 그런데도 넌 신기루에 도전하고 싶으냐?"

장사진의 물음에 송문악이 언뜻 대답을 하지 못했다. 장사진의 이야기는 서늘한 한기를 품고 있었지만, 또한 강호의 전설에 대한 호기심은 어린 송문악의 마음에 여전히 남아 있기 때문이었다. 그런 송문악의 눈을 가만히 들여다보던 장사진이 한숨을 내쉬며 고개를 저었다.

"휴, 누가 말린다고 해서 갈 사람이 아니 가는 것도 아니고, 등을 떠민다고 해서 아니 갈 사람이 가는 것도 아니지. 인연이 되면 너 또한 신기루 앞에 서 있겠지. 자, 이제 날도 저물어가니 그만 돌아가도록 하자꾸나."

장사진의 말에 퍼뜩 정신을 차린 송문악이 주변을 살펴보자 과연 어느새 잔잔한 호숫가에 산 그림자가 길게 늘어지고 스산한 저녁 바람이 불어오고 있었다.

"예, 할아버지. 그런데 그물은 어떻게 할까요?"

"그대로 놓아두어라. 한쪽의 문만 열어주면 밤사이 큰 놈들을 제외하고는 모두 진 밖으로 나갈 테니. 내일 아침 일찍 와서 그물을 걷도록 하려무나."

"알겠어요. 할아버지, 그런데 어느 쪽 문을 열어주어야 하죠?"

송문악의 물음에 장사진이 손을 들어 북쪽에 내려진 그물을 가리켰다.

"저 그물의 오른쪽 끝을 일 장만 북쪽으로 열어두도록 하여라."

"예, 할아버지."

송문악이 힘차게 대답을 하고는 어린 고사리 손으로 배를 저어 여기저기 복잡하게 내려져 있는 그물 중 가장 북쪽에 쳐진 그물로 이동했다. 그리곤 북쪽에 쳐진 그물의 한쪽 끝을 끌어 올려 북쪽으로 일 장 정도 옮긴 후 장사진을 바라봤다.

"이렇게 하면 된 건가요?"

"오냐. 그래, 그렇게 하면 되었다. 이제 내일 아침에 나오면 아마도 네 팔뚝만 한 고기들만 그물 안에 남아 있을 것이다."

"하하, 이 진법은 다시 봐도 정말 신기해요."

"너도 한 번 펼쳐 보았으니 이제 다시 펼칠 수 있겠지?"

"예, 할아버지."

"그래, 과연 총명하구나. 자, 이제 돌아가도록 하자."

장사진의 말에 송문악이 고개를 끄덕이고는 힘껏 배를 저어 호수를 둘러싸고 있는 홍엽(紅葉)의 원시림 쪽으로 나아가기 시작했다.

第九章

신기루(蜃氣樓)

송문악과 장사진이 새로 정착한 곳은 의외로 사람 사는 마을과 그리 멀리 떨어지지 않은 곳이었다. 그들이 정착한 초가에서 보통 사람의 걸음으로 반 시진 정도를 걸어가면 이백여 호의 민가로 이루어진 유행촌이라는 촌락이 하나 나오는데 유행촌은 사방으로 길이 트여 항상 적지 않은 여행객들이 몰려드는 촌락이었다.

"할아버지, 왜 사람들이 많이 오가는 마을 근처에 자리를 잡았어요?"

송문악이 어느 날 유행촌 근방에 자리를 잡은 연유를 묻자 장사진이 대답했다.

"원래 등하불명(燈下不明)이라고 오히려 조금 번잡한 곳에 자리를 잡아야 사람들 눈에 잘 띄지 않는 법이란다. 더군다나 이곳은 화산(華山)에서 가까운 거리에 있는 곳이라 화산파의 영향력이 미치는 곳이지. 즉, 강호의 분란으로부터 벗어날 수 있는 곳이란 말이다. 또한 경치도 아름답지 않으냐?"

하지만 장사진이 굳이 사람 사는 촌락 인근에 거처를 정한 것은 꼭 그런 이유 때문만은 아닌 듯했다. 장사진은 가끔 유행촌에 나가 여행객들로부터 강호의 소식을 전해 듣는 것을 빼놓지 않았던 것이다. 그것은 강호무림을 등지고 은거한 자의 행동으로 보기에 어려운 면이 있었으나, 장사진이 그런 식으로 강호의 소식을 전해 듣는다는 것을 송문악은 알지 못했다.

정착한 지 이 년여가 지나자 장사진은 근방에서 제법 유명한 인사가 되었다. 우연한 기회에 근처에서 농사를 짓는 사람들의 병을 봐줬던 것이 소문이 나 요즘에는 이삼 일에 한번씩은 반드시 진맥을 보기 위해 장사진의 초가를 찾는 가난한 환자가 있는 실정이었다.

그것 역시 은거의 삶을 사는 자에게 어울리지 않는 일이었으나, 장사진은 찾아오는 자들을 굳이 물리치지 않았다. 병이 들어 찾아오는 사람들을 매정하게 돌려보낼 수 없기 때문이기도 했지만, 또 그들을 통해 세상 돌아가는 소식을 들을 수 있었고, 적지만 그들이 내미는 금전도 두 사람이 생활하는 데 쏠쏠한 도움이 됐기 때문이다.

그렇게 장사진이 은거인치고는 무척 다망한 생활을 하고 있는 데 반해 송문악의 생활은 송림의 은거지에 있을 때와 별반 다르지 않았다.

송문악은 아침 일찍 일어나 송무군이 남긴 서책에 적혀 있던 호흡법을 수련하는 것으로 하루를 시작했다. 송무군이 남긴 호흡법은 귀곡의 문도들이 처음 귀곡에 입문했을 때 전수받는 것으로 홀로 익히기에는 어려움이 있었으나, 장사진의 가르침에 의해 이 년이 지난 지금은 능히 호흡의 진퇴를 자유롭게 하는 수준에 다다른 송문악이었다.

그렇게 하루를 시작한 송무군의 일과는 장사진의 가르침을 받는 시간을 제외하고는 두 사람이 먹을 음식을 준비하거나, 혹은 초가 앞쪽에 마련한 작은 채소밭을 관리하는 것으로 채워졌다. 가끔 병자들에게 줄 약재를 구하기 위해 장사진과 함께 며칠씩 호수 옆 원시림을 돌아보기도 하고, 무료한 오후에는 호숫가에서 낚시를 즐길 때도 있었다.

"얼른 그물을 건져 내야겠어. 잘못하면 아침 준비가 늦을 수도 있겠는걸!"

아직 해가 뜨지 않은 새벽, 안개가 자욱한 호수 변 풀밭을 따라 송문악이 잰걸음을 걷고 있었다. 다른 때와 다름없는 일상이었지만, 오늘은 어제 쳐놓은 그물을 걷어 큼직한 물고기로 아침을 준비할 생각이었기에 송문악은 조금 서둘러 움직일 필요가 있었다.

안개가 만들어내는 싸늘한 공기를 뚫고 나룻배가 매여져 있는 곳에 도착한 송문악은 얼른 나룻배에 올라 어제 장사진과 함께 그물을 드리웠던 곳으로 배를 저어가기 시작했다. 송문악이 힘차게 노를 젓자 뿌연 안개 밑으로 차갑게 보이는 호수물이 기분 좋게 갈라지며 나룻배를 밀어냈다.

"이쯤일 텐데. 안개가 너무 짙어 그물 놓은 자리를 찾기 어렵네."

한참을 노를 저어 호수의 중심에 다다른 송문악이 주변을 살피며 중얼거렸다. 잠시 후 그의 눈에 어제 드리워 놓은 그물의 흔적이 들어왔다.

"옳거니, 저기군."

송문악이 반색을 하며 그물의 윗부분이 물 위로 머리를 내밀고 있는 곳으로 배를 저어가서는 천천히 호수에 드리워진 그물을 건져 올리기 시작했다.

"와! 이건 정말 큰 놈들인걸?"

어린 송문악의 힘으로는 그물에 걸린 이십여 마리의 고기를 단번에 끌어 올리기 힘겨웠다. 하지만 그간 꾸준한 수련으로 자신도 모르는 사이에 공력이 형성된 송문악은 결국 큼직한 고기들이 걸린 그물을 배 위로 끌어 올렸다. 어떤 녀석은 송문악의 팔보다도 길었으므로 그물에 걸린 고기를 모두 끌어 올리자 스무 마리의 고기만 가지고도 배 안이 그득하게 차는 것이었다.

"이런, 오늘은 일이 많아지겠어. 날씨가 선선하니 손질해서 말려두면 겨울에도 먹을 수 있겠지."

배 안에 가득 쌓인 고기들을 보며 송문악이 만족한 듯한 웃음을 지었다. 비록 고기를 손질하고 말리는 것은 손이 많이 가는 일이기는 하지만 한겨울에 말린 고기를 구워 먹는 맛을 생각하면 그런 수고쯤은 충분히 감수할 수 있었다.

"얼른 돌아가야겠어. 벌써 해가 뜨려고 하는군. 아무래도 오늘 아침은 늦게 먹게 되겠는걸?"

송문악이 문득 고개를 들어 서서히 안개에서 벗어나고 있는 호수 동쪽의 산을 바라봤다. 산 너머로 하늘이 붉게 달아오르는 것이 곧 해가 솟을 것이 분명했다.

송문악이 노를 잡고 힘차게 젓기 시작했다. 젖은 그물과 펄떡이는 고기가 실린 배가 한층 묵직하게 느껴졌지만 송문악은 기분 좋게 팔에 느껴지는 물의 저항을 밀어내고 있었다.

그렇게 얼마 동안 노를 젓자 송문악이 탄 배가 처음 배를 매어놓았던 곳에 도착했다. 송문악은 얼른 배에서 뛰어내려 배를 호수 변에 박아놓은 굵은 나무 기둥에 묶어놓고, 급히 배에서 그물을 내리기 시작했다. 십대 초반의 어린 나이인 송문악에게는 힘겨워 보이는 일이었지만 송문악은 능숙하게 그물을 내리고, 고기를 떼어낸 후 그물을 풀밭 위에 길게 펼쳐 놓았다.

"아침나절이면 다 마르겠지."

젖은 그물에서 손을 뗀 송문악이 호수가로 다가가 더럽혀진 손을 물에 담갔다. 차가운 물 기운이 손끝을 통해 전해졌다. 그 기운이 송문악의 정신을 좀 더 맑게 만들었다. 맑아진 정신 때문일까. 갑자기 송문악의 귀에 생소한 소음이 들려왔다.

"뭐지?"

송문악이 물에 담갔던 손을 빼내며 소리가 들려오는 호수의 중심 부근을 바라보았지만, 아직 모두 걷히지 않은 안개가 그의 시야를 가로막았다. 하지만 소리는 점점 크게 들려오고 있었다. 이런 소리는 결코 바람에 의해 출렁이는 물결 소리가 아니라는 것을 송문악은 알고 있었다. 송문악은 소리를 내는 주인공에 대한 궁금증으로 목을 길게 빼고 떠오르는 태양에 밀려 점점 옅어져 가는 안개 속으로 시선을 집중시켰다.

그때였다. 한 척의 검은색 목선이 서서히 안개 속에서 그 모습을 드러내며 빠르게 호수의 중심부를 따라 내려오는 것이 송문악의 눈에 들어왔다.

"배잖아?"

송문악이 고개를 갸웃거리며 안개 속으로 언뜻언뜻 보이는 흑선에 시선을 고정시켰다. 그렇게 얼마간의 시간이 지나자 이제 완전히 안개에서 벗어난 흑선은 온전히 그 모습을 드러내며 송문악의 정면으로 빠르게 미끄러져 내려왔다.

"이곳의 배가 아니다."

송문악이 긴장하며 낮게 중얼거렸다. 송문악이 고기를 건져 올린 호수는 꽤 넓어 근처에 사는 농부들이 가끔 고기를 낚으러 배를 타고 나오는 경우가 있었지만, 지금 송문악의 눈앞에 나타난 배는 이 근방의 주민들이 타는 작은 배와는 그 생김새부터가 전혀 다른 것이었다.

배는 온통 검은색으로 칠해져 있었는데 선두에는 세밀하게 조각된 용두가 얹어져 있었고, 배의 중간에는 사람들이 머물 수 있는 선실이 머리를 내밀고 있었다. 길이는 대략 오 장, 이 정도의 크기라면 근방에서 쉽게 볼 수 없는 큰 배였다.

흑선은 점점 더 호수의 아래쪽으로 내려오더니 어느 순간 송문악과 가장 가까운 거리로 다가왔다가 빠른 속도로 송문악의 시야를 스치고 지나갔다. 그리고 그때였다.

"아!"

송문악의 입에서 자신도 모르는 사이에 나직한 탄성이 흘러나왔다. 그리곤 마치 운명처럼 한 사람의 시선과 송문악의 시선이 차가운 호수 위에서 정면으로 마주쳤다. 순간 송문악은 한줄기 뇌전이 자신의 등을 타고 올라 그의 머리를 강하게 때리는 듯한 충격을 받았다. 하얀 안개 같은 것이 그의 시야를 가리며 지나갔다. 하지만 그 안개가 사라지자 여전히 그와 시선을 맞추고 있던 눈동자는 거기에 그대로 있었다.

순백의 옷이 빠르게 흘러 이동하는 흑선에 의해 너울거린다. 길게 늘어뜨린 짙은 검은색 머리칼 역시 순백의 옷자락과 함께 배가 흘러내려 가는 반대편으로 흩날렸다. 나이는 이제 십삼사 세가 되었을까. 멀리 바라보이는 얼굴에서도 앳된 기운을 찾을 수 있었다. 더군다나 그녀 주위에 선 사람들은 하나같이 선풍도골의 모습을 하고 있는 노인들, 한 마리 백학이라도 날아들면 곧 학을 타고 하늘로 날아오를 것 같은 도인의 모습을 한 노인들 속에서 그녀는 그렇게 인세의 사람이 아닌 모습으로 서 있었다.

그리고 사람일 것 같지 않은 모습을 한 그녀가 처음 세상의 사물을 대하는 사람의 호기심을 담은 눈으로 송문악을 응시하고 있었다. 그 한순간의 마주침이 송문악에게는 몹시도 길게 느껴졌다. 그녀의 시선이 영원히 자신의 눈에서 떨어질 것 같지 않았다.

하지만 다음 순간 소녀의 입가에 묘한 웃음이 감돌더니 이내 소녀는 송문악에게서 시선을 돌려 흑선이 달려 내려가고 있는 방향을 향해 돌아섰다. 그러자 송문악은 순식간에 해가 지고 어둠이 찾아든 것과 같은 느낌에 빠져드는 것이었다.

"화산의 고수들이구나."

송문악은 자신의 뒤쪽에서 들려오는 장사진의 목소리에 퍼뜩 정신을 차렸다. 그리곤 어느새 자신의 뒤에 다가선 장사진을 보며 되물었다.

"화산이요?"

"그래. 저들은 화산파의 고수들이다. 그들이 입은 백의에 매화의 수가 놓여 있지 않느냐? 강호에서 저런 문양이 들어간 옷을 입는 자들은 오로지 화산의 고수들밖에 없지."

장사진의 설명에 송문악이 중얼거렸다.

"그렇군요. 저들이 바로 그 대단한 구파일방의 인물들이었군요."

"그런데 이상한 일이구나 그들이 갑자기 강호에 모습을 드러내다니… 강호에 무슨 일이라도 생긴 것인가?"

장사진이 어느새 시야에서 멀어지고 있는 화산파의 흑선을 보며 중얼거렸다. 두 사람은 그렇게 화산파의 고수들을 실은 흑선이 시야에서 완전히 사라질 때까지 그 자리에 서 있었다.

"그나저나 오늘 아침은 먹을 수 있는 거냐?"

화산파의 흑선이 완전히 사라지자 장사진이 장난스레 물었다.

"헤헤, 할아버지, 좀 늦었죠? 하지만 조금만 기다리세요. 제가 금방 지어 올릴 테니까요."

어느덧 흑선에 타고 있던 소녀에게서 받았던 충격에서 벗어난 송문악이 뒷머리를 긁적이며 대답했다.

아침 식사를 마치자 장사진은 송문악에게 유행촌에 다녀올 준비를 시켰다. 장사진은 보통 한 달에 한 번 정도 유행촌에 나가 식량이나 생활에 필요한 물건들을 사 오곤 했는데, 지난번 다녀온 것이 보름 전이므로 오늘 또 유행촌에 나가려는 것은 특별한 경우라고 할 수 있었다.

"오늘은 너도 함께 가자꾸나."

준비를 마친 장사진이 송문악에게 말하자 송문악이 궁금한 표정으로 물었다.

"무슨 특별한 볼일이라도 있는 거예요?"

"글쎄, 아직은 모르겠구나. 하지만 아마 유행촌에 도착하면 특별한 소식을 들을지도 모르지."

"화산파의 고수들 때문에 그러시는 거예요?"

송문악의 질문에 장사진이 고개를 저었다.

"꼭 그들 때문만은 아니다. 왠지 강호에 무슨 일이 생긴 것 같은 예감이 드는구나. 그리고 넌 유행촌에 다녀온 지 꽤 오래되지 않았느냐?"

"그렇긴 해요. 이미 석 달이 지났는걸요."

"그래, 그러니 바람을 쏘이고 오는 것도 나쁘지는 않겠지?"

유행촌의 시가지는 언제나 분주하다. 마을 남쪽을 끼고 도는 폭 넓은 강은 송문악과 장사진이 살고 있는 곳의 호수로부터 풍부한 수량을 공급받아 황하로 이어지는 뱃길을 만들어내고, 사방으로 이어진 길들은 중원의 큰 성들로 이동하는 길목이었기 때문에 마을에는 항상 적지 않은 여행객들이 찾아들었다.

송문악과 장사진은 유행촌의 동북쪽으로부터 강을 따라 난 길을 따라 유행촌에 들어섰다. 두 사람은 등에 제각기 하나씩의 보따리를 짊어지고 있었는데, 그 안에는 두 사람이 간간이 호수 주변의 원시림에 들어가 채취해 말려놓은 약재들이 들어 있었다.

장사진과 송문악이 가지고 온 약재들은 사람의 발길이 닫지 않는 곳에서 채취했기 때문에 약효가 좋아 유행촌의 약재상들이 항상 기다리는 물건이었다.

송문악과 장사진은 상점과 객잔이 좌우로 길게 늘어선 시가지를 걷다가 그들이 항상 거래하는 약재상으로 들어섰다.

"어서 오십시오, 어르신. 이번에는 다른 때보다 일찍 나오셨네요?"

유행촌에서 제일 큰 약재상을 하는 곽 노인은 장사진과 비슷한 나이였지만 항상 깍듯하게 장사진을 대했다. 처음 장사진이 약재를 팔러 왔을 때 볼품없는 장사진의 모습을 보고 헐값에 약재를 넘겨받으려다 장사진에게 크게 혼쭐이 난 후부터의 일이었다.

"그래, 잘 지내셨수? 장사는 좀 되고?"

장사진이 오랜 거래로 친분이 쌓인 곽 노인을 보며 부드러운 목소리로 인사를 받았다.

"저야 무슨 일이 있을 거나 있나요. 약재 장사야 언제나 그럭저럭합니다만 근자에 유행촌은 큰 대목을 맞고 있지요."

곽 노인은 얼굴에 아쉬운 기색을 띠며 말했다. 아마도 약재상 말고 주변의 상점들이 근래에 제법 이문을 남긴 모양이었다.

"큰 장이 섰나 보구려?"

"그러게 말입니다. 갑자기 십여 일 전부터 여행객들이 늘어나기 시작하더니 며칠 전부터는 객잔에 빈방이 없을 정도입니다."

곽 노인의 말에 장사진의 눈이 반짝였다.

"아니, 근방에 무슨 일이라도 있는 거요?"

"글쎄요. 그게 저 같은 장사치가 알 수는 없으나 분명 무슨 일이 있기는 있는 모양입니다. 더군다나 유행촌을 지나가는 자들은 대부분 무림인들로 보이더군요."

"무림인이라……."

장사진이 낮게 뇌까리자 곽 노인이 마치 누가 자신의 말을 듣고 해코지라도 할까 겁내는 사람처럼 머리를 장사진 쪽으로 숙이고 소리 죽여 입을 열었다.

"글쎄 듣자 하니 오늘 저 아래쪽의 금화장에는 화산의 도인들이 들었다지 뭡니까? 제가 무림이란 곳은 잘 모르지만 화산의 도인들이라면 하늘을 날고 산을 가르는 능력을 가진 신인들이라고 하지 않습니까? 유행촌이 비록 화산하고 가까운 곳에 있다고는 하나, 저 같은 사람은 평생 한 번 만날까 말까 한 사람들이지요. 그래서 저도 오전에 화산의 도인들 얼굴이나 볼까 하고 금화장 쪽을 기웃거려 봤습니다만 얼굴은커녕 그림자도 못 보고 돌아왔지요."

"왜요? 누가 그들을 보는 것을 막아서던가요?"

곽 노인이 장사진의 질문에 고개를 저었다.

"그런 것이 아니라 어제까지만 해도 수많은 사람들로 번잡하던 금화장이 화산의 도인들이 든 이후에는 묵던 손님들까지 내보내고 더 이상 손님을 받지 않을 뿐 아니라, 그 주변에도 개미새끼 한 마리 볼 수 없을 정도로 한산해 차마 금화장을 기웃거릴 수가 없었지요. 더군다나 화산의 도인들은 금화장에 들어간 이후 전혀 외부 출입을 하지 않으니 얼굴을 볼 수가 있어야지요."

곽 노인의 아쉬운 듯한 설명에 장사진이 고개를 끄덕였다.

"하긴 우리 같은 사람들이 무림의 고수들을 보는 것이 어디 쉽겠소이까? 자, 그건 그렇고 물건이나 살펴봐 주시오."

장사진이 송문악과 자신이 메고 온 짐을 곽 노인 앞에 풀어 놓았다.

"아유, 어르신께서 가져오신 물건은 볼 필요가 뭐 있습니까? 항상 최상품만 가져오시는데… 보자, 이번에는 일찍 나오셔서 그런지 양이 많지는 않으시군요. 은전 오십 냥을 드리지요."

"이런, 너무 과하게 값을 쳐주시는 것이 아니오?"

"그런 말 마십시오. 잊지 않고 제 약방에 약초를 가져다주시는 것만으로도 전 감사할 따름입니다."

곽 노인이 손사래를 치며 안으로 들어가서는 전낭에 은자를 담아 들고 나와 장사진에게 건넸다.

"고맙구려. 그럼 다음에 또 봅시다."

곽 노인에게서 전낭을 받아 든 장사진은 약재방을 나서자마자 송문악을 보며 말했다.

"문악아, 난 잠시 다른 볼일이 있으니 우리 한 시진 뒤에 장학사의 서점에서 만나기로 하자."

장사진의 말에 문악이 웃음을 지으며 대답했다.

"알았어요, 할아버지. 하지만 너무 많이 드시지는 마세요."

"이런 녀석도, 내가 뭐 꼭 술을 마시러 가는 것은 아니다."

장사진이 발뺌을 해봤지만 송문악은 장사진이 유행촌에 나오면 반드시 주루에 들러 술 한잔을 한다는 사실을 익히 알고 있었다.

"하지만 결국 한잔하실 거잖아요."

"물론 여기까지 와서 한잔 안 할 수야 없지."

"그것 봐요. 그럼 이따가 서점에서 뵐게요."

송문악이 장사진을 향해 손을 흔들어 보이고는 주루가 있는 곳과 반대 방향으로 달려가기 시작했다.

"역시 아무리 총명하다 해도 아직은 어린애야. 오랜만에 시가지에 나오니 기분이 좋은 모양이군."

장사진은 송문악이 어느새 사람들 사이로 사라져 모습이 보이지 않게 되자 실소를 흘려내고는 이내 주루를 향해 발걸음을 옮겼다.

"어디 오랜만에 시원하게 한잔해 볼까."

금화장은 유행촌에서 가장 고급스런 객잔이다. 보통의 객잔이 최대한 객실을 많이 지어 많은 손님을 받으려고 하는 것과 달리 금화장은 객잔 곳곳에 정원을 만들고 기화이초들을 심어 객잔의 분위기를 고급스럽게 하였고, 건물에 쓰인 재료들도 하나같이 최상품의 재질들을 사용해서 객잔에 묵는 손님들로 하여금 금화장에 묵는 것 자체가 스스로의 가치를 높이는 일로 느껴지게 만드는 곳이었다.

그래서 하룻밤 숙박료가 다른 객잔의 비해 배에 달했지만 금화장은 언제나 자신의 가치를 과시하려는 손님들로 넘쳐났다. 그런데 그런 금화장에서도 특별한 손님들만이 묵을 수 있는 곳이 존재했다.

금화장은 오층 높이의 건물이었는데 그중 가장 높은 오층은 유행촌의 시가지와 그 너머 남쪽을 끼고 도는 강줄기를 조망할 수 있고, 또한 중원에서는 쉽게 볼 수 없는 귀한 물건들로 장식되어 있어 금화장에서도 가장 귀한 손님들만 묵어갈 수 있는 곳이었다. 그래서인지 금화장의 오층을 개방하는 날은 일 년에 채 석 달이 못 될 지경이었다.

그런데 오늘 그 금화장의 오층 특실의 문이 활짝 열렸다. 귀인들만 드나든다는 금화장에서조차 쉽게 만나볼 수 없는 귀인 중의 귀인을 위해서 그 문이 열린 것이다. 거기에 더해, 그 귀한 손님들은 오직 오층만 사용했음에도 불구하고, 그 아래층에 묵던 자칭 대단한 지위의 손님들까지 자의 반 타의 반으로 금화장으로부터 쫓겨나는 신세가 되었던 것이다.

그뿐만이 아니었다. 평소 금화장 앞에는 돈 많은 손님들을 만나려는 사람들의 발길로 부산했으나, 오늘은 마치 누군가가 금화장에 드나드는 사람들을 빗자루로 쓸어버린 것처럼 고요한 적막이 흐르고 있었다.

그 고요한 적막이 흐르는 금화장 앞에 한 명의 소년이 모습을 드러냈다. 바로 장사진과 헤어져 시가지 구경에 나선 송문악이었다. 송문악은 인적이 끊긴 금화장 앞 시가지의 맞은편에 서서 높다랗게 솟은 객잔 건물을 바라보고 있었다. 금화장을 둘러싼 담장의 높이가 삼 장에 이르렀기에 객잔 내부를 볼 수는 없었으나 그 담장 위로 훌쩍 솟아오른 객잔 건물만으로도 금화장의 화려함을 드러내기엔 충분했다. 하지만 오늘 송문악의 관심은 그 화려한 금화장 건물에 있지 않았다.

"저곳에 화산파의 고수들이 있단 말이지. 그렇다면 그 여

자 아이도 저곳에 있겠지?'

송문악이 하늘을 향해 높다랗게 솟은 금화장의 오층 건물을 바라보며 중얼거렸다. 새벽에 호수에서 보았던 화산파 여자 아이의 인상이 줄곧 송문악의 머릿속에서 떠나지 않고 있었던 것이다. 하지만 아무리 궁금해도 삼 장 높이의 담장 너머 금화장 안을 살펴볼 수는 없었다.

"가만있자… 혹 객잔 뒤편에 있는 느티나무 위에 올라가면 볼 수 있지 않을까?"

문득 송문악의 머릿속에 금화장 뒤편 담장 밖에 있는 수백 년 묵은 느티나무가 생각났다. 송문악은 유행촌에 올 때마다 장사진이 주루에 들러 술을 마셨기 때문에 혼자 시간을 보내곤 했었다. 그럴 때마다 송문악은 이곳저곳 시가지 구경을 하다 지칠 때면 금화장 뒤편의 그 오래된 느티나무에 올라 지친 몸을 쉬곤 했던 것이다.

생각이 머릿속에 떠오르자마자 송문악이 바쁘게 걸음을 옮겼다. 긴 금화장의 담을 따라 한참을 걷자 과연 시가지로부터 벗어난 한적한 금화장 뒤편에 어른 두 사람이 손을 잡고 감싸 안아도 모자랄 정도의 굵은 기둥을 가진 느티나무가 눈에 들어왔다. 수령이 오래되었음에도 불구하고 그 잎이 무성한 느티나무는 서서히 단풍이 들어가고 있었는데, 그 단풍 빛깔이 기형적인 줄기의 굴곡과 어울려 신묘한 기운까지 담아내고 있었다.

"좋아. 어디 올라가 볼까?"

느티나무 아래에 도착한 송문악이 고개를 들어 구불거리며 하늘로 올라간 나무 기둥을 보며 중얼거렸다. 다른 때 같으면 느티나무의 무성한 잎사귀들이 만들어내는 나무 그늘 아래에 앉아 몸을 쉬었을 것이지만 오늘은 금화장 안을 살펴보려는 것이었으므로 나무줄기를 타고 위로 올라가야만 했다.

나무 아래에서 미리 자신이 올라갈 곳을 정한 송문악이 능숙하게 나무를 타고 오르기 시작했다. 어려서부터 도회지에 산 경험이 없는 송문악은 시골 촌락에서 자란 다른 아이들처럼 나무 타기에 능숙했다. 그래서 송문악의 작은 체구는 눈 깜짝할 사이에 느티나무의 중간 부근에 자란 어른 팔뚝만 한 가지에 걸터앉아 있었다.

"과연 잘 보이는구나."

송문악이 걸터앉은 나뭇가지는 금화장의 담보다 일 장 이상 높은 곳에 위치했기 때문에 금화장 안이 한눈에 내려다보였다. 하지만 곧 송문악의 입에서는 실망스런 한숨이 새어 나왔다.

"아무도 나와 있지 않네. 하긴 그들은 금화장에서 가장 좋은 방인 오층 특실에 묵을 테니 정원까지 내려오진 않겠지. 괜히 고생만 했네."

송문악은 입맛을 다셨지만 그렇다고 바로 나무에서 내려오진 않았다. 미련이란 것이 송문악의 머릿속에 남아서 조금 더 기다려 보자고 유혹하고 있었기 때문이다.

하지만 그것도 잠시, 이각여의 시간이 흐르자 송문악은 더 이상 나무 위에서 화산파의 고수들, 그중에서도 새벽에 보았던 그 여자 아이를 기다리는 것은 시간 낭비라고 결론짓고는 천천히 나무 위에서 내려오기 시작했다. 오랜만에 시가지에 나왔으므로 언제 나올지도 모르는 화산파의 고수들을 기다리는 일 말고도 하고 싶은 일이 많았기 때문이다.

"우선 허씨 아저씨네 집에 가서 만두를 먹자."

두툼한 살집을 자랑하는 허씨 아저씨네 만두는 유행촌의 명물 중 하나였다.

"그리곤 유씨 아줌마네 집에 들러 새들을 구경하고, 그 다음엔 그렇지! 노씨 아저씨의 대장간에도 들러 인사를 해야겠군. 그런 후에 장학사님의 서점에 가서 할아버지를 기다리면 되겠지."

송문악은 느티나무 아래에 내려서기도 전에 이미 머릿속에 남은 시간 무엇을 할지에 대한 계획을 세우고 있었다. 할 일들이 머릿속에 떠오르자 화산파 고수들의 모습을 보지 못한 것에 대한 서운함은 금세 머릿속에서 사라졌다. 그 대신 그를 기다리고 있는 즐거운 일들에 대한 기대가 그 자리를 대신 채우는 것이었다.

그래서 갑자기 마음이 급해진 송문악이 땅 위에 내려선 후 급히 시가지를 향해 걸음을 옮기려는 순간 갑자기 등 뒤로부터 서늘한 기운이 느껴졌다.

"뭐지? 헉!"

서늘한 기운을 느낀 송문악이 고개를 돌려 그 기운의 정체를 살피려는 순간 송문악의 입에서 경악성이 터져 나오며 그의 몸이 그 자리에 얼어붙었다. 그리고 그의 시선이 자신을 향해 요기롭게 번쩍이는 물체에 고정됐다.

새하얀 검날, 그 검을 잡은 투명한 손, 그리고 선녀와 같이 아름다운 그 손의 주인…….

"너는……?"

송문악이 자신도 모르는 사이에 입을 열었다. 그녀는 바로 송문악이 새벽에 호숫가에서 보았던 화산파의 여자 아이였다. 하지만 검의 주인은 송문악의 말에는 신경도 쓰지 않고 날카로운 눈으로 송문악을 노려보며 차갑게 물었다.

"넌 누군데 감히 화산파의 동정을 살피는 것이지?"

아름다운 외모와 달리 차가운 그녀의 말투와 눈빛이었다. 그녀의 태도는 마치 자신이 든 검으로 곧 송문악을 찌를 것처럼 위협적이었다. 송문악은 소녀의 행동과 말투가 자신이 상상하던 것과는 너무 달라 잠시 당황했으나, 시간이 지나자 슬그머니 화가 치밀어 올랐다. 그는 그저 화산파 고수들을 구경하고자 했을 뿐인데 이 아름다운 소녀는 마치 자신이 큰 잘못이라도 한 듯 검을 들이대고 위협을 하고 있는 것이 아닌가.

'역시 사람은 겉모습만 가지고는 모르는 것인가 보군. 할

아버지의 말씀이 결코 틀리지 않았어!'

송문악은 지난 이 년간 장사진으로부터 많은 것들을 배웠지만 그중에서도 특히 사람들의 속마음을 짐작하는 법과 사람들이 어떤 방식으로 행동하는지에 관한 지식들을 특히 많은 시간을 들여 배워왔었다. 어린 송문악에게는 결코 쉬운 지식들이 아니었지만 장사진은 무척이나 공을 들여 그 지식들을 송문악에게 전했던 것이다. 그리고 그런 지식들 중에 사람을 결코 겉모습을 보고 판단하지 말라는 것이 포함되어 있었다. 그리고 지금 그 배움이 그르지 않았다는 것을 눈앞의 소녀가 증명해 주고 있었다.

송문악은 화산파 소녀의 행동에 적지 않게 실망을 하면서도 침착한 목소리로 소녀의 물음에 대답했다.

"난 화산파의 동정을 살핀 것이 아니야. 난 그저 사람들이 화산파 고수들이 신선과 같이 대단한 사람들이라고 해서 잠시 구경을 하려고 했던 것뿐이라고. 그리고 이 검 좀 치워줄래? 잘못하면 사람 다치겠다."

송문악이 눈으로 자신의 목을 겨누고 있는 소녀의 검을 내려다보며 말했다. 그러자 소녀의 차가운 눈에 살짝 기이한 감정이 떠올랐다.

"넌 내가 누군지나 알고 그렇게 여유를 부리는 거니?"

"너야 당연히 화산파의 문도겠지."

"맞아. 난 대화산파의 제자 백설아라고 한다. 그런데 넌 대화산파 제자의 추궁에도 겁을 먹지 않는구나?"

"내가 잘못한 것이 없는데 왜 겁을 먹어야 하지?"

"정말 넌 아무것도 모르는구나. 넌 화산파에 대해 들어보지 못했니?"

"물론 난 화산파가 유명한 구파일방 중 하나라는 사실은 알고 있어."

그러자 소녀의 눈꼬리가 살짝 위로 올라갔다.

"구파일방을 알아? 그럼 넌 무림인이니?"

"아니, 난 무림인은 아냐. 하지만 무림인이 아니라도 구파일방과 화산파의 이름을 아는 사람은 많지."

송문악의 말에 소녀가 고개를 끄덕였다.

"하긴, 그건 네 말이 맞아. 우리 대화산파는 꼭 무림인만이 아는 문파가 아니지. 그런데 우리 화산파가 어떤 곳인지 알면서도 겁을 먹지 않는 거니?"

"내가 잘못한 일이 없는데 왜 겁을 먹어야 하니?"

그러자 소녀가 왜 송문악이 겁을 먹어야 하는지를 이해시키려는 듯 천천히 힘주어 말했다.

"이것 봐, 염탐꾼. 보통 강호에서 우리 화산파의 문도를 보면 모두들 겁을 먹는단 말이야. 그러니 나를 보고도 너 같은 어린아이가 겁을 먹지 않는다면 정말 정상적이지 않은 일이지. 넌 내가 이 검으로 네 목을 확 베어버릴지도 모른다는 생각이 들지 않니?"

소녀의 말에 송문악이 화가 난 표정으로 대꾸했다.

"흥, 화산파라고 해서 아무 잘못도 없는 사람을 함부로 해칠 수 있는 권리는 없어. 어서 이 검을 치우는 게 좋지 않을까? 네가 실수해서 내 목에 상처라도 나면 어떡하니? 그리고 검같이 위험한 물건은 어린아이들이 함부로 휘두르면 안 되는 것이야. 화산파의 어른들은 너에게 그런 것도 가르치지 않았니?"

송문악이 양보하지 않고 쏘아붙이자 백설처럼 하얀 소녀의 얼굴이 발갛게 상기되기 시작했다.

"넌 정말 무림에 대해 아무것도 모르는구나. 우리 화산파의 제자들은 아주 어려서부터 무공을 익히기 시작해 십 세가 되면 검을 잡는단 말이야. 난 이미 열세 살이니 내가 검을 들고 있다고 해서 잘못된 일은 아니란 말이야. 더군다나 화산의 제자인 내가 실수할 리 없지."

소녀가 거만스럽게 말을 건네자 송문악이 더 이상 말하고 싶지 않다는 듯 손을 저으며 말했다.

"좋아. 뭐 화산파가 대단하다는 소문은 익히 들었던 것이니까 네 말이 맞다고 해주지. 그러나 이 검은 이제 좀 치워줘야겠어. 난 가봐야 할 데가 있거든."

"어딜 가려는 거지?"

송문악의 말에 소녀가 검을 회수하며 물었다.

"흥, 그거야 네가 알 것 없잖아?"

송문악이 불쾌한 듯 소녀에게 한마디 쏘아붙이고는 몸을
돌려 시가지 쪽을 향해 걸음을 옮기기 시작했다.

금화장을 떠나 시가지로 나온 송문악은 허씨 아저씨네 만
두 가게로 향했다.

"이런, 송 공자가 아니신가?"

만두 가게 주인인 허씨의 이름을 아는 사람은 유행촌에서
도 그리 많지 않았다. 그는 주변 사람들에게 그저 허씨로 불
릴 뿐이었다. 하지만 허씨가 빚는 만두 맛은 무척 뛰어나 유
행촌을 찾는 사람이라면 누구나 허씨가 빚은 만두를 먹어보
려고 찾아왔다. 오늘도 눈코 뜰 새 없이 바쁜 하루를 보내고
있던 허씨는 송문악을 보자 반갑게 인사를 건넸다.

장사하는 사람의 본능 때문인지 아니면 장사진과 송문악
이 적지 않은 학문을 익히고 있다는 것을 눈치 챘기 때문인지
몰라도 허씨는 항상 송문악을 공자라고 높여 불렀다. 처음에
는 공자라는 호칭이 어색하던 송문악도 요즘 들어서는 허씨
의 그런 호칭을 자연스럽게 받아들이고 있었다.

"안녕하셨어요, 아저씨? 휴, 오늘도 아저씨 가게는 바쁘네
요?"

"뭘 그냥 입에 풀칠이나 하는 것이지. 그래, 오늘도 만두
다섯 개에 차 한 잔이겠지?"

"네."

"그런데 장 어르신은 어딜 가셨나?"

"주루에 가셨지요."

"흠, 술이 드시고 싶으셨나 보군. 자, 여기 지금 바로 쪄낸 따끈한 만두 대령일세."

허씨가 송문악 앞에 김이 모락모락 나는 만두를 내놓자 익히 허씨 가게의 만두 맛을 알고 있는 송문악이 침을 삼키며 만두를 잡아갔다. 그런데 그때였다. 불현듯 귀에 익은 목소리가 들려왔다.

"만두 다섯 개에 차 한 잔 주세요."

송문악은 만두를 입에 가져가다 말고 고개를 돌려 목소리의 주인을 바라봤다.

'아니, 이 계집애가?'

송문악의 눈에 조금 전 느티나무 아래에서 자신에게 검을 겨누었던 백설아의 모습이 들어왔다. 백설아는 송문악이 자신을 바라보고 있는 것을 알고 있으면서도 송문악에게는 전혀 눈길을 주지 않고 자신을 멍하니 바라보고 있는 허씨를 보며 재촉했다.

"이봐요, 아저씨. 만두 달라니까요?"

"아, 알겠습니다, 소저."

허씨는 그제야 백설아의 미모에 혼미해졌던 정신을 추스르고는 얼른 깨끗한 접시에 만두 다섯 개와 따뜻한 차 한 잔을 내놓았다. 만두 접시를 앞에 놓은 백설아는 요리조리 만두를 살펴보더니 이윽고 조심스럽게 만두 하나를 집어 입으로 가져갔다.

"음, 이건 생각보다 맛이 좋구나. 이런 허름한 곳에서 만든 것치고는 말이야."

허씨의 만두 가게는 유행촌에서 제법 이름이 난 곳이지만, 그 명성은 어디까지나 서민들에게나 유명한 것이었다. 금화 장을 이용할 정도의 손님에게 허씨의 만두 가게는 그저 저잣 거리의 허름한 식당에 지나지 않았다. 하물며 백설아는 대화 산파의 문도, 이런 허름한 만두 가게에서 만두를 먹는 것 자 체가 그녀에게는 특별한 일이었던 것이다. 하지만 허씨가 만 든 만두는 그녀가 생각했던 것보다 훨씬 맛이 좋아 그녀는 어 느새 접시에 놓은 다섯 개의 만두를 모두 먹고 투박한 찻잔에 따라놓은 차를 마시고 있었다.

"차 맛은 별로군."

허씨의 만두 가게에서 내어놓는 차는 손맛으로 만들어내 는 만두와 달리 질 좋은 차가 아니었으므로 평소 상품의 차만 을 즐겨온 백설아의 입맛을 만족시킬 수는 없었다.

송문악은 백설아가 자신에게 아는 척을 하지 않자 허씨의 만두집에서 그녀를 다시 만난 것을 우연으로 돌리며 그녀에 대한 관심을 접고는 자신의 접시에 있는 만두를 재빨리 먹어 치우고 자리에서 일어났다.

"아저씨, 저 갈게요. 다음에 봬요."

"아, 벌써 가려구? 오랜만에 만났는데 서운하군. 그럼 다음에 보세, 송 공자!"

허씨가 만두와 차를 먹는 백설아의 모습에 시선을 빼앗겼다가 송문악의 인사에 아쉬운 듯 일어서서 가게 밖으로 나오며 송문악을 전송했다. 송문악은 허씨에게 고개를 숙여 보이고는 흘끗 백설아를 보았지만 그녀는 여전히 송문악에게는 시선조차 주지 않는 것이었다. 송문악이 쓸쓸한 미소를 짓고는 이내 허씨의 만두 가게를 떠났다.

그런데 허씨의 만두 가게에서 백설아와의 만난 것을 우연이라고 생각했던 송문악의 생각은 그가 과부인 유씨 부인이 운영하는 새를 파는 가게에 들러 새로 들어온 새들을 구경하고, 노씨 성의 노인이 운영하는 대장간에 들러 노씨 노인과 오랜만에 반가운 인사를 한 후, 장사진을 만나기로 했던 장학사의 서점에 도착했을 때 완전히 바뀌어 버렸다.

왜냐하면 그가 가는 곳마다 백설아가 마치 약속이나 한 듯 불쑥 모습을 드러냈기 때문이다. 물론 그녀는 여전히 송문악에게 눈길을 주거나 말을 걸지는 않았다. 하지만 우연이란 한 번으로 족한 것이다. 송문악이 가는 곳에 그녀가 항상 모습을 드러낸다는 것은 곧 그녀가 송문악의 뒤를 따르고 있다는 의미였다.

"넌 왜 내 뒤를 따라다니는 것이지? 나에게 아직 볼일이 남아 있는 거니?"

그래서 드디어 송문악은 장학사가 운영하는 서점 앞에 도착했을 때, 역시나 자신의 뒤에 나타난 백설아를 보며 차가운 말투로 쏘아붙였던 것이다.

"무슨 말이지? 난 결코 네 뒤를 따라온 적이 없어. 난 그저 잠깐 시장 구경을 하고 있었던 것뿐이라고. 내가 왜 네 뒤를 따라다니겠니?"

"흥, 그럼 어떻게 항상 내가 가는 곳에 네가 나타날 수 있는 거지?"

"그거야 우연히 그렇게 된 일이겠지. 생각해 봐. 대화산파의 제자가 너 같은 시골뜨기에게 무슨 볼일이 있겠어?"

백설아의 천연덕스러운 반박에 송문악은 은근히 부아가 치밀어 올랐지만 그렇다고 더 이상 그녀를 추궁할 만한 근거도 없었다. 심증은 확실했지만 확실한 증거를 들이댈 수는 없었다.

"그럼 넌 이제 어디로 갈 거지?"

송문악이 차갑게 물었다.

"난 이제 이 서점에 들러 읽을 만한 책이 있나 좀 살펴볼 생각이야."

'흥, 요 계집애는 벌써 내가 이 서점에 들어갈 것임을 눈치챘군. 하지만 이제 날 따라오는 것도 마지막이야. 이곳이 오늘 유행촌에서 내가 들르는 마지막 곳이거든.'

송문악이 속으로 생각하며 막 백설아에 앞서 장학사의 서점에 들어서려는 순간 무엇인가 하얀 물체가 눈앞에 번뜩이는가 싶더니 어느 틈에 백의를 걸친 한 명의 장년인이 송문악과 백설아 앞에 불쑥 모습을 드러냈다.

"설아, 안됐지만 서점 구경은 다음에 해야겠구나."

"대사형!"

백설아의 입에서 낭패한 듯한 음성이 흘러나왔다.

'대사형이라고? 이자는 화산파의 고수구나.'

송문악은 갑자기 자신과 백설아 앞에 나타난 화산파의 고수를 신기한 듯 바라봤다.

"설아, 유 사숙께서 기다리고 계신다. 그만하면 시장 구경은 충분히 했을 테니 아쉽더라도 이만 가야겠구나."

"대사형은 언제부터 절 따라오셨죠?"

"네가 금화장을 벗어날 때부터……."

"흥, 역시 대사형의 무공은 고절하시군요. 난 그만 대사형이 제 뒤를 따르고 있다는 것을 까맣게 모르고 있었지 뭐예요."

"난 그저 오랜만에 즐거운 구경을 하는 설아를 방해하고 싶지 않았을 뿐이야. 하지만 이제 가야 할 시간이구나."

"쳇, 알았어요. 오늘은 대사형이 제게 선심을 쓰셨군요. 제법 오랫동안 방해를 하지 않으셨으니까요. 대사형이 제게 선심을 쓰셨으니 저도 이제 그만 돌아가도록 하죠."

"하하하, 이렇게 이 사형의 입장을 생각해 주니 고맙구나."

화산파의 고수가 호탕하게 웃음을 터뜨리는 사이 백설아는 고개를 돌려 송문악을 바라봤다.

"이것 봐, 촌뜨기!"

"왜 무슨 할 말이라도 있어?"

"오늘 난 네가 안내를 해준 덕에 제법 즐거운 시간을 보냈어. 그래서 내가 그 답례로 선물을 하나 주도록 하지."

그러면서 백설아가 품속에서 작은 옥패를 꺼내어 송문악에게 내밀었다.

"이럴 필요 없어. 난 널 안내한 적이 없으니까."

송문악이 고개를 저으며 대답했다.

"넌 이게 뭔 줄 아니? 강호의 모든 사람들이 이 옥패를 탐낸다구. 이건 바로 대화산파의 신물이야. 이 옥패를 지닌 사람은 화산파에 무슨 일이든 하나의 일을 부탁할 수 있지. 그러니 넌 오늘 횡재를 한 것이야."

"난 그런 거 필요없어."

그러자 백설아가 살짝 눈썹을 치켜뜨더니 갑자기 번개같이 손을 움직여 송문악의 팔을 틀어잡고 그의 손에 옥패를 쥐어줬다. 그녀가 송문악의 팔을 제압하는 솜씨는 무척이나 고절해 송문악은 미처 그녀의 손이 움직이는 것조차도 보지 못했을 정도였다.

"네가 필요없어도 내가 주는 거니까 넌 무조건 받아야 해. 자, 그럼 난 이만 갈게. 나중에 인연이 되면 다시 보자. 대사형, 어서 가요."

강제로 옥패를 송문악에게 쥐어준 백설아가 마치 송문악
이 옥패를 다시 돌려줄 것을 걱정하는 사람처럼 화산파의 장
년 고수에 앞서 금화장을 향해 신형을 날리는 것이었다.

"꼬마, 오늘 넌 정말 운이 좋았구나. 화산의 청옥패를 손에
넣다니……."

백설아의 대사형이 송문악에게 의미심장한 눈빛을 보내고
는 이내 백설아의 뒤를 따라 신형을 날렸다. 백설아가 사라지
는 것을 바라보고 있던 송문악이 고개를 갸웃거리며 옥패를
품에 넣고 장학사의 서점으로 들어갔을 때 그곳에는 이미 장
사진이 송문악을 기다리고 있었다.

"벌써 와 계셨어요?"

"그래, 조금 서둘러 왔구나. 그런데 그들은 화산파의 고수
들 같던데……?"

"어쩌다 안면을 익히게 되었어요."

순간 장사진의 안색이 살짝 변했다.

'아아, 물론 이렇게 될 수밖에 없었겠지만 무군, 네 바람은
이루어질 수 없을 것 같구나. 문악은 이미 무림과 인연을 맺
기 시작했단 말이다. 더군다나 그 첫 인연이 화산이라니… 무
림에서의 문악의 운명도 심상치는 않겠구나.'

장사진의 깊은 눈에 한가닥 안타까움이 묻어 나왔다. 하지

만 장사진은 이미 송문악이 무림과 무관한 삶을 살기는 어려운 아이라는 것을 알고 있었다. 송문악은 청명검 송무군의 아들이요, 자신의 제자가 아니던가. 송문악이 무림에서 벗어난 삶을 사는 것은 애당초 불가능한 일이었던 것이다. 송문악을 물끄러미 바라보던 장사진이 작은 한숨을 내쉬며 입을 열었다.

"문악아, 우린 아마도 다시 이곳을 떠나야 할 것 같구나."

"예, 무슨 일이 있나요?"

"그래, 강호에 제법 큰일이 일어났더구나. 이번에 이곳을 떠나게 되면 아마도 네 아비를 만날 수 있을 것이다."

장사진의 말투가 무척이나 심각했다.

"도대체 무슨 일인데요?"

"신기루가 다시 강호에 나타났다는구나!"

『신기루』 1권 끝